死者の木霊

内田康夫

目次

プロローグ

　いま一歩、のぼりつめそうになる寸前で、はぐらかされる。躰《からだ》中のありとあらゆる末梢《まつしよう》神経が、爆発しそうなところまで昂《たか》まり、歪《ゆが》んだ唇の端から我知らず呻《うめ》きが洩《も》れ（ああ来る……）と戦慄《せんりつ》の襲来を予感した瞬間、男の手は蠕動《ぜんどう》を止めた。その部分から波状的に拡がっていた甘美な快感は、とたんにエネルギーを失って、せっかくの昂まりが、すうっと遠退いた。

「ねえ、どうしたのよォ」

　遁《に》げかける快感を繋《つな》ぎとめようとする願望と苛立《いらだ》ちを露《あらわ》に、君江《きみえ》はうわずった声で言った。

「ん？　ああ……」

　孝平《こうへい》は思い出したように愛撫《あいぶ》を再開する。しかし、いったんしらけた官能がリズムを取り戻すには、何倍もの時間が必要なことを、君江は経験で知っている。それに孝平の指の動きが、心ここにあらざるような、おざなりなものであることも、君江の掌《てのひら》の中にある男の部分が、いくぶん弛緩《しかん》したままであることで分かった。

もともと、野本《のもと》孝平は精力絶倫というタイプではない。どちらかといえば、中肉中背の平凡な初老の男というイメージだ。店の常連の中でもとりわけてこわもてするわけではなく、ただ金離れがいいだけが取柄の、だからこそ店にとっては上客であるというだけの、とおりいっぺんの付き合いが長かった。

「ノモさんと一度寝てごらんよ」と奨《すす》めたのは同僚の松子《まつこ》である。店を辞めて郷里へ還《かえ》る話をしたあと、そう言った。君江は松子が孝平とそんな関係にあるとはついぞ思ってみたこともなかったし、だいいち、そういう艶《つや》めいた連想とはおよそ無縁なような孝平の印象であったから、まるで現実性のない笑い話でその時は了《お》わった。

君江の男遍歴といったところで、二十八歳という若さではたかが知れている。君江自身セックスに関しては淡白な性格だと思いこんでいた。その頃付き合っていたのは、三十三になる会社員で、週に一度の割でモーテルへ行ったりしているが、その男を含めて、過去の男たちに共通した、遮二無二《しゃにむに》突き進んでくるようなセックスには、どうにも乗りきれないところが君江にはあって、それはたぶん、自分の淡白さのせいだと信じていた。

孝平とのことは、去年のクリスマスの晩が最初である。

近頃は家庭サービスのファミリークリスマスが流行《はや》りだとかいうことだが、それでもどうにか客の入りの悪くないどんちゃん騒ぎの閉店まぎわにやってきて、おしぼりを渡す君江の耳元に口を寄せ「Tホテルに、あんたのための部屋をとってあるのだが」と囁《ささや》いた。とっぴすぎて、孝平の、それが口説き文句だということに、君江は一瞬、気が付かなかった。

クリスマスイヴは上すべりに華やぐばかりで、独り身の女にとってはつらい夜でもある。そういうタイミングの捉《とら》え方が憎い、と君江は思った。けれども、悪い気がしたというのではなく、むしろ男の優しさのようなものを感じていた。同時に（この人も孤独なんだわ、きっと――）と、なにがなし愍《あわ》れみのような母性本能めいたものをそそられ、それがどうやら、孝平の誘いに応じる決め手になった。

もっとも、年齢をいえば、孝平は五十代後半といったところで、父娘《おやこ》ほどの差がある。しかし孝平にはいつも文学青年のような稚気と翳《かげ》がつきまとっていた。陽気な作り話で女たちを笑わせていながら、心の底流には虚無感が漂っている。眼の動きや話しぶりのはしばしに、ほんのわずか、それがあらわれるのを君江は感じることがあって、そんな時、ふっと孝平と視線がぶつかったりすると、お互いが泣き笑いのような表情を泛《うか》べ、あわててあらぬ方へ眼を転じるのだった。

フィーリングが合うのかも知れない――という予感らしきものは、かなり以前から芽生えていたことは慥《たし》かだ。だから、孝平とそういう関係になること自体には、君江はさほどの抵抗を感じなかった。

孝平のベッドテクニックは、こまやかな前戯とゆきとどいた後戯が特徴で、本来のセックスはむしろ全体の構成上欠かすわけにはいかない、いわば画竜点睛《がりょうてんせい》の意味あいで行なうようなところがある。これは君江にとって、従来の性知識とは、はなはだしく異なるものであった。君江の官能は、孝平の掌や指や唇や舌先で芸術品のように彫り出され、昂められ、燃焼し尽され、やがてゆったりとした大海のような安らぎとまどろみの中に誘《いざな》われてゆく。(これがセックスなんだわ)と、君江は眼を洗われる想いがした。

最初のTホテルもそうだったが、孝平は常にそれと同程度の一流ホテルを予約して、君江を誘った。モーテルとか連れ込みホテルしか知らなかった君江にしてみれば、そのことだけでも充足した気分に浸りきれる。孝平も単なる一流趣味や見栄《みえ》だけでなく、夜の饗宴《きようえん》を演出するために必要な道具立てとして、そういう場所を選んでいるようであり、事実、そのことが、君江に次回の招待を心待ちにさせる因子にもなっていた。

東京を離れてデートすることはめったにない。あってもせいぜい横浜どまり、今度のように遠出したのは初めてのことだ。お互い、人目を憚《はばか》らねばならぬような背景を持たぬ者同士であるし、なにより、遠隔地へ出掛けるとなれば、君江は店を一日休むことになる。それを承知で誘うからには、孝平にそれなりの心算《こころづも》りがあっての上だろう。金銭的なことは言うつもりのない女だが、君江は、そういったことも思い合わせて、孝平の自分に対する気構えが少しずつ変化していると感じた。だから、孝平から「今度、鳥羽《とば》へ連れて行ってあげよう」と言われたとき、素直に喜ぶことができた。

「鳥羽って、あの伊勢《いせ》、志摩の?」

実際のところ、君江には、伊勢、志摩や鳥羽といった地名にはにがい記憶がある。女子高校の修学旅行がその方面への旅だったのを家庭の事情で参加できなかった。級友にもらった土産の真珠にさえ差別感がこめられているように思え、そんなふうに感じる自分の心の貧しさが悲しくて、泣いた。そういう思い出があるだけ、よけいに君江は心が弾《はず》んだ。

おそらく孝平は、念を入れて選んだのであろう。ホテルは洗練されたムードの高級なものであった。七階の部屋からの眺望も絶品で、この地方独特の明るい風光、波立ちの少ないしっとりと落ち着いた海の色が、リアス式海岸の複雑な構図とあいまって、いかにも日本的な美しさに満ちみちている。君江はまるで新婚の花嫁のように浮き立つ想いと、ういういしい羞《はじ》らいに浸りながら、着いた早々から、夜の営みへの予感で、躰の潤むような気分に襲われた。

それにしても今夜の孝平は、よほどどうかしている。献身的なまでに君江との行為を大切にするこの男が、愛撫を中断するなどは、これはもはや異変といってよかった。せっかくのお膳《ぜん》立《だ》てで期待感が大きかっただけに、昂まりが凋《しぼ》んでゆく時の、背筋を奔《はし》る遣《や》る瀬ない疼《うず》きに、君江は思わず身もだえた。

「ねえ、何考えてるの？」

「うん……」

孝平は生返事をして、眸《め》を宙に据えた。関心の逸《そ》れたことすら、もはや隠す気がないらしく、君江の躰に置いた手は完全に動きを止めている。

「誰だったかなあ……」

（ああ、あの女のことなんだわ）と君江は思い当たった。

夕食のあと、最上階にあるラウンジへ行ってブランデーを飲んだ。ぐるりがガラス張りで、展望を妨げないために室内の照明を極端に落としているから、志摩半島一帯の夜景があざやかに浮かびあがって見える。時季はずれのせいか、それとも夜の早い新婚客が多いせいか、ラウンジは閑散として、ムードミュージックが低く流れているほかは話し声も聴こえてこない。客待ち顔のボーイたちがフロアのあちこちに佇《たたず》んでいる。他人事《ひとごと》とはいえ商売柄、君江にはこの静けさがかえって落ち着かない雰囲気であった。お客が来ればいいのにと思っていると、お誂《あつら》えむきにアベックの客が入ってきた。君江たちのいるテーブルの脇を通って、奥の席へ向かう。その女の方の顔を見て、君江は目を瞠《みは》った。

室内の照明はテーブルの上のキャンドルライトのほかは、天井のあちこちに埋め込まれたスポットライトが細い光束を床に投下しているだけで、女の顔がその光の中に浮かびあがったのはほんの一瞬ともいえる短い時間だが、それにもかかわらず、その女の美しさに君江は見とれてしまった。

年齢は君江よりわずかに若い二十六、七歳か。いわゆる目鼻立ちの整ったという表現だけでは言い尽せぬ気品と知性と、それにも増して女の美しさを深みのあるものにしているいいしれぬ憂愁の翳りが、君江に与えた印象《ひと》をきわ立たせた。

それにしても、なんてきれいな女だろう。そう思いながらふと気がつくと、孝平も君江の肩越しにしきりに視線を送っている様子だ。その眸《ひとみ》の色は、なみなみならぬ関心を物語っている。男ってどうしてこうなのだろう。あたしの存在を越えて他人の女に興味を示すなんて――。君江は口惜《くや》しさがこみあげ、飲みさしのブランデーグラスを邪険にテーブルに置くと、ついと立って「お部屋へ戻りましょう」と孝平を促したのだった。

いま孝平が気がかりなのは、きっとその女のことに違いない。

「あの女のこと、考えてるのね」

君江はベッドの上に半身を起こして、険のある声を出した。

「ん？　女？……」

孝平はうろたえた目で君江を見た。

「隠したってだめ。さっきラウンジで見た女の人のことが気になっているんでしょう」

孝平は困ったような顔をしていたが、急にはっと真顔になり、それから今度はいかにもおかしそうに笑いだした。

「あはは、そうか、女か、なるほど」

「笑ってごまかさないで！」

孝平の笑った顔が、ふいに君江の視野の下へ消え、次の瞬間、君江は下腹部に熱っぽい圧力を感じた。

「あ、だめ、いやよ！」

君江は悲鳴を上げた。しとどに濡《ぬ》れているであろうその部分に、孝平の唇が押し進んでくる情景を思い、その羞恥《しゅうち》に堪えかねる想いが、冷めかけていた君江の情欲《じょうよく》を急速に燃え立たせていった。

松川ダム

1

長野県飯田《いいだ》市の南縁に沿って流れ、天龍川に注ぐ川を「松川」という。流路延長二十六キロ。水源を木曾山脈の念丈岳《ねんじようだけ》、安平路山《あんぺいじやま》といった標高二千数百メートル級の山々に発している勾配《こうばい》の大きい急流である。かつてこの川は「あばれ松川」の異名をとるほどの荒廃河川であった。台風やちょっとした長雨のたびに出水し、大量の土砂を押し出して、流域にあたる飯田市や鼎町《かなえまち》、上郷町《かみさとまち》などを直撃した。あいつぐ陳情の結果、昭和四十九年にダムが完成した時は、だから、地元住民はこぞって祝福したものであった。

松川ダムは、洪水調節を主目的とする、上水道、かんがい用水取水など、いわゆる多目的ダムとして長野県が建設した重力式コンクリートダムである。もともと荒れ放題の急《きゆう》峻《しゆん》な渓谷で、人家はおろか田畑もないようなところだったから、ダム建設につきものの〝湖底の村〟といった哀話もない。むしろ、観光立県の長野県にありながら比較的に観光資源に恵まれていない飯田地方にとって、人造湖とはいえ、山脈《やまなみ》に抱かれた静かな湖面の誕生がゆくゆく、観光の目玉商品になりうる可能性をもつものとして充分期待された。ダム完成と同時に、鯉やニジマスの稚魚が放流されたのも、そういう思惑を秘めた事業の一端であったが、その狙いどおり、魚たちは釣りの対象として立派に成育していた。

十月六日、西山建一は従弟《いとこ》の佐野実とふたりで、ダムの松ケ窪《まつがくぼ》あたりに釣り糸を垂れていた。

「松ケ窪」とは西山が付けた名である。おおむね峻険な湖岸の中で、ここは平坦《へいたん》で足場もよく、釣り場所として格好の低地だ。伐《き》り残された松が一本、よい枝ぶりを湖面に投げかけている風情もわるくない。

西山は飯田市内で親の代からの薬局を経営する男で、ことし四十二になる。松川とは幼時から岩魚《いわな》釣りで親しんできた。ダムができて岩魚がだめになってからも、長いことかけて広い水域の中から魚の集まるポイントを探しあてた。その中でも「松ケ窪」は秘蔵の場所として、ごく親しい者にしか教えないことにしている。佐野は西山の父の妹の息子で、七つ齢下《としした》だ。伊那《いな》市に住んでいるが、中央高速道路が部分開通して車で三十分の距離になってから、週に一、二度はこうして連れ立ってダムを訪れた。

朝六時頃から釣りはじめて、十一時頃までにはまあまあの釣果があった。西山はひと息入れようと、ポケットのハイライトを一本抜いて唇の端に銜《くわ》え、ライターをまさぐりながらぼんやり浮子《うき》のあたりを眺めていた。風の方向が変わったのか、水面に漣《さざなみ》が立って、こっちへ渡ってくる。

その時、西山は異様な臭気を嗅《か》いだ。とたん、佐野が顰《しか》めた顔で振りかえった。

「建さん、くせえ屁《へ》たれるなや。はらわた腐ってるでねえかやァ」

「なに言うだや、実《みの》さんこそロクなもん食っとらんずら」

そうやり返してからすぐに気付いた。

「こりゃ屁の臭いと違うで、犬か猫の死骸《しがい》でもあるんでねえずらか」

「そうだな、死臭だな。誰かダムの中に捨て猫でもしやがったかなや」

二人は薄気味悪そうに湖面を見渡した。釣り針に猫の死骸がひっかかりでもしたひにはかなわない。早々に仕掛けを引きあげた。

高い位置から見下ろすと、かなり透明度の高い碧《あお》い湖面なのだが、水面に近いここからでは波の乱反射が強く、かりに漂流物があったとしても容易に発見できそうにない。西山はこわい物見たさのような、あまり気乗りのしない足取りで斜面を這《は》い登り、臭気の源とおぼしき方角に眸《め》を凝らした。

「ああ、あれらしいな」

それは、なにやら白っぽく座蒲団《ざぶとん》ほどの大きさと形状で、ビニールのようなテラテラした光沢を水面上にわずかに浮かべていた。まだ岸辺から三十メートル以上も沖合で、それがいったい何なのか正体不明だが、ことによると人間の土左衛門《どざえもん》——といった不吉な想像さえあっただけに、西山はひとまずほっとした。

「なんかよく分からんが、どうやらゴミのようだな」

「しかし、ただのゴミとは違うずら、やっぱり猫の死骸でも詰めてあるんでねえか」

それは微風に押されて、ゆっくりと岸に近寄ってくる。それとともに不快な腐臭はますます強烈になった。

「こりゃたまらんで」

二人は風下を避け、やや上流寄りに位置をかえて、おそるおそる漂流物の接近を待った。釣った魚は水から引き揚げてクーラーに納《しま》った。すでに釣りを続ける気分ではなくなっている。

岸から三メートルほどの水面に水没した枯木の梢《こずえ》が突き出ていて、漂流物のどこかがそれにひっかかったらしく、そこで停まった。思ったとおり表面は袋状のビニールで覆われ、水がいっぱいに入りこんでいるから、おりふし風が止み漣《さざなみ》が消えると、まるで氷塊のように中の物体がくっきりと透けて見えた。

それはまさに禍々《まがまが》しいという表現がぴったりの異様な光景であった。西山も佐野も現実に見ているものを信じたくない、一種の拒絶反応を起こしていた。その心のタガを外せば堪えがたい嘔吐《おうと》感に襲われるに違いないと直感し、事実、そのあとでほとんど同時に、二人は胃の腑《ふ》をひっくり返したように激しく吐いた。

ビニール袋の中身はまぎれもなく、人間の下腹部であった。胸郭より下、太腿《ふともも》の付け根より上の部分――彫刻のトルソーの下半分にあたる。おぞましいことに、そのものの胯間《こかん》とおぼしきところに陰毛に包まれた男性器がゆらめいており、その付近の肉を、どこからくり返しながら、蹌踉《そうろう》とした足どりで背後の斜面を登っていった。

目をそむけたあともそれらの映像は網膜から消えることはなかった。二人の男は嘔吐を潜りこんだものか、数匹の小魚が啄《ついば》んでいるのが見えた。

飯田警察署で「バラバラ死体発見」の通報を受けたのは、捜査係の竹村岩男巡査部長である。発見者の西山は、やみくもに一一〇番することを避けて、俳句仲間として交際のある竹村を名指しで電話をかけた。西山は飯田市内の俳句同好会「きさらぎ」で世話役のようなことをしており、一方の竹村はこの春入会したばかりの新参者だ。句会への出席率もあまりよくないかけだしだが、数少ない若手であること、それに警察官であるという珍しさもあって、竹村の作品はいつの場合でも概して評判がよかった。とりわけ、西山は竹村に好意的な採点をし「あんたはスジがいいです」と、まんざらお世辞ばかりではない高い評価を与えては竹村を喜ばせた。それが思わぬときに役に立った。西山にしてみれば、どえらい事件に関わりあった、なろうことなら面倒に巻きこまれたくないものだ、竹村に頼めばなんとかその辺をうまくとり計らってくれるだろう――という思惑があった。

竹村はおおよその状況を把握すると、西山と佐野に現在いる場所でそのまま待機していてくれるよう依頼した。西山が電話しているのはダムの東岸に二軒だけある民家のひとつで「松ヶ窪」からごく近い。

「よろしいですね、われわれが到着するまで外部に事件のことは洩《も》らさないでください。

野次馬で現場が荒らされると困りますから」

「はあ、分かりました」

西山は情けない声を出した。「竹村さん、なんとかお手柔らかに頼みますよ」

「ははは、心配いりませんよ」

竹村はわざと、陽気に言った。

「なにも、西山さんが犯人というわけじゃないのですから」

しかし、受話器を置いたときには、すでに竹村はきびしい表情にかえっていた。

バラバラ殺人――これは奉職以来、最大のセンセーショナルな事件になるという予感がした。その第一報を自分が受けた。いま、この瞬間から、自分を中心として拡がる波紋のように、警察の組織がつぎつぎに始動してゆくのだ。それを思うと、身の竦《すく》むような想いに襲われた。

「竹村君、なにか事件かね」

中本刑事課長が眼鏡を光らせて、こっちを見ている。竹村は近寄って、通報の内容を報告した。べつに大声を出しているわけではないが、話の内容は老朽木造建築の署内に、たちまち伝播《でんぱ》してゆく。席を外していた園田捜査係長も、あたふたと駆けつけた。

「タケさん、バラバラ事件だって？」

坊主頭に、太い眉《まゆ》と大きな目。イノシシとあだ名される、ずんぐりした巨漢は、いかにもどう猛な印象だが、見かけによらぬ、優しい面のある男だ。

「もっかのところ、市民からの通報だけで未確認ですが、発見されたのは、男の下腹部ひとつのようです」

「下腹部——だったらバラバラじゃねえか。少なくとも、四つには分かれてるぜ」

園田警部補は不器用な手つきで、胴と両股《もも》を切断する仕草を演じた。近くにいた婦警が、おそろしげに首を竦めた。

初動捜査の指揮は園田がとることになり、竹村以下、在席のスタッフ五名全員が出動した。ほかに鑑識班および警ら係、交通課まで含め、パトカー四台、ワゴン車一台がつぎつぎに、街の中へ走りだした。いずれ県警本部から応援が来るにしても、なにしろ、長野市から県南の飯田市までは百七十キロの道程《みちのり》である。それまでに、ひととおりの検証と現場保存は所轄署の手で遺漏なくやり了《お》えなければならない。

国鉄飯田線の踏切を渡るとまもなく、市街を出はずれて山道にかかる。舗装されてはいるが、車のすれちがいがやっとという狭い道路だ。この道は木曾峠を越えて南木曽《なぎそ》へ通じている。ダムまでは車で二十分、そこからさらに一キロ余り登った道路際直下に「松ヶ窪」がある。

発見者の西山は最初、案内を渋ったが、とにかく「松ヶ窪」までという条件で、一隊の先導を引き受けた。急斜面を降りきると、それ以上前には進まず、湖畔の一ヵ所を指さして「あれです」と言った。岸辺には釣り道具を置き去りにしたままだが、取りにゆく気力もないらしい。

漂流物はいぜんとして岸から三メートルほどの位置に停滞していた。

「うひゃー、こいつはひでえぜ」

さすがの園田も嘆声を発した。竹村は職業意識を忘れて顔をそむけた。若い警官にいたっては、ちらっと形状を見たきり近寄ろうともしない。そこへゆくと鑑識の二人は物慣れたもので、まるで珍しい見世物でも見るような目付きで、湖上に首をつき出していた。

「西山さん、これはどっちの方角から流れてきましたか？」

竹村が訊《き》いた。

「はっきり分かりませんが、われわれが気付いたかぎりでは、あの辺りからでした」

西山は指を伸ばして、湖水の中央を示す。

「となると、投入場所の見当もつかないな」

現場検証をしようにも、広大なダム湖のどこから手を着けるべきか困惑した。

「鑑識さん、しょうがねえから、ともかくあのブツを引き揚げようや」

園田は竹村と鑑識班を伴って、パトカーをダム管理事務所へ向けた。残りの連中は、とりあえず発見場所周辺に立ち入り禁止のロープを張りめぐらせている。

管理事務所は堰堤際《ダムサイト》に建つ鉄筋コンクリート三階建て、白亜の瀟洒《しょうしゃ》なビルである。最新設備が導入されており、ダム湖に注ぎこむ各水系の降雨量、流入量、ダム水位などのデータは自動的に集録され、中央制御室《コントロール・センター》の正面パネルに表示される。その数値や天候に応じた放水量が定められてあり、必要があればいながらにしてボタンひとつで水門《ゲート》の開閉ができる仕組みだ。

床も壁もまだ真新しく磨きこまれている管理事務所に足を踏み入れながら、竹村は飯田署のオンボロ庁舎を思い合わせて、場所柄、いささか不謹慎ともいうべき羨望《せんぼう》を抱いていた。

数人居る職員の中から高島という所長が応対に出た。学者のような落ち着いた物腰だが、時ならぬ刑事の来訪に目を丸くしている。竹村が西山に指示した箝口令《かんこうれい》が守られたおかげで、ここではまだ事件の発生を知らないのだ。

「何かあったのですか？」

高島所長は、いかつい園田警部補を敬遠して、おとなしそうな竹村に尋ねた。

「すみませんが、ダムにボートを降ろしていただきたいのです」

「え？　ボートですか。ダムにボートを降ろして、ほかならぬ警察のためですからかまいませんが、いったい何事ですか」

「じつは、ダムにバラバラ死体が投げこまれましてね」

「えっ、ほんとうですか！」

所長の顔色が変わった。「それは大変だ。なにしろ、ここの水は上水道の水源ですからねえ」

（なるほど——）と竹村は感心した。立場によって、人間はいろいろな考え方をするものだ。バラバラ事件というショッキングな出来事を前にして、この人物はまず水質の汚染を危惧《きぐ》している。いわれてみれば、たしかに飯田市民はみなこの水を飲んでいるのであって、いくら浄化されているとはいえ、死体——それもバラバラの腐乱死体を浮かべた水を飲んでいたのかと思うと、竹村は口中に酸っぱいものが湧《わ》くのをおぼえた。

「所長さん、そういうわけですからね、早いとこボートを出してくれませんか」

高島が見当はずれの反応をするので、園田が語気を強めて言った。モタモタするのが大嫌い、仕事ぶりはイノシシという綽名《あだな》そのまま、短気で猛進するタイプなのだ。現場第一主義、いろいろ思案するより、まず見、聞き、やってみることが捜査の本道だと信じている。齢《とし》は四十を越えているが、高卒から叩《たた》きあげ、とにかく警部補試験をパスしているくらいだから頭だって悪いはずがない。それにもかかわらず、本人はどうも考えるのが苦手らしくただひたすら動きまわるのが、この男の身上であった。

それとは対照的に、竹村岩男は思索型の人間だ。部長刑事になって三年、ことし、三十歳になる。高校卒の田舎刑事にしてはまあ、早い出世といえる。まさにその点は、竹村の非凡を証明しているし、本人も考えることが好きで、つねづね頭脳的な捜査活動をやってみたいと念願しているのだが、惜しむらく、この飯田署管内で発生する事件には、卓抜した推理力を必要とするようなものは、まず見当たらない。強力犯《ごうりき》にしても単純なケースが多く、地道な聞き込みと証拠集めと、それに腕力さえあれば、事が足りた。

園田に言わせれば「捜査は労働だ」ということになる。まったく、そのとおりかもしれない、と近頃の竹村は考える。探偵もどきの頭脳プレーなどというものは、現実にはありえないと、つくづく思う。そんなわけで、竹村の頭脳の中には、直感力という秀れた特性が、埃《ほこり》をかぶったまま眠っている。

いうまでもなく〝直感力〟は、園田にみられるような〝行動力〟とともに、刑事の適性を形成する才能の双璧《そうへき》なのだが、周囲はもとより彼自身、まだその存在を知らない。

園田警部補にせきたてられ、高島所長は用務員の横田という男にボートを降ろすよう命じた。横田は正規の県職員ではなく地元採用の臨時雇員で、齢は六十に近い。それだけに松川流域の地形や気象に詳しく、機械類の操作にも精通した重宝な存在であった。

事務所脇の艇庫から水面までは、満水時でも十数メートルはある切り立ったコンクリートの側壁である。わずかに角度をもたせたその急斜面に二本のレールが敷設されていて、艇庫内に台車ごと格納されてあるモーターボートがレールを滑り降りる仕組みになっている。むろんワイヤーで台車は吊《つ》り下げられているから降下速度は遅いが、直下の湖面に頭から突っ込んでゆくような感覚は、あまり気分のいいものではなかった。

「あまり飛ばすわけでねえから、六人乗ってもだいじょうぶずら」

横田が言うのに、高島所長は首を振った。

「いや、わたしは乗らんからね。どうもそういう物は見たくありませんでな」

能面のような、白っぽい顔で言った。

結局、湖面には五人が降りた。横田が慣れた手付きでエンジンをかけ舵《かじ》を握った。山峡《やまあい》の湖水には、時折、漣《さざなみ》が浮かぶほか、波らしきものの立つ気配もない。静まり返った湖面に、微速前進するボートから波紋が拡がった。

堰堤《えんてい》から百メートルほどの所に、流木防止のフェンスが張ってある。

「流れてきた物《もん》は、しまいにはこのフェンスにひっかかるだ」

横田の説明を待つまでもなく、みごとな弧を描いたフェンスのここかしこに浮遊物が流れついているのが見える。

「係長、どうしますか、一応調べてみましょうか」

竹村の言葉に園田はちょっと思案しただけで、

「いや、ブツの回収が先だ。またどこかへ流れていかんともかぎらんからな」

フェンスを抜け、ややスピードを上げたかと思うまもなく、松ケ窪はもう目の前に迫ってきた。現場を遠巻きにした警官たちは、なんとなく所在なげに見えた。

「近頃の若い連中は、まったくいくじがねえな」

園田は嗤《わら》ったが、あらためて間近に眺めると、それのグロテスクな形状は到底、正視に堪えるものではない。

「ひでえな、こいつは」

園田の蒼《あお》ざめた顔を、竹村はこれまで見たことがなかった。現物を見まいとしても、水中から沸きあがってくるすさまじい臭気は容赦なく襲ってくる。

鑑識の者が〝死体〟の漂着している状況を何枚も写真撮影してから、いよいよ、収容にとりかかる。ビニール袋の破れ目から入りこんだらしい小魚が数匹、逃げ場を見失って右往左往していた。いざ回収するとなると、物体の重量もさることながら、ふつうの死骸《しがい》と異なって、摑《つか》まえどころのない形状にとまどった。突起物といえば、そこだけが妙に存在感のある男性器だけで、クールなはずの鑑識係も、そこにはさすがに触れたがらない様子だ。さんざん苦労のあげくどうやら取りこみ、用意したビニール袋に納め、袋の口を密閉すると、ようやく腐臭が消えた。

ボートを松ヶ窪に着け、鑑識の二人はひとまず〝獲物〟をかかえて引き揚げて行った。ボートには新たに若い刑事が二人乗った。

「ほかの部分もこの近くにあるはずだ。あんたすまんが、ゆっくりボートを走らせてみてくれんか」

園田に促されて、横田はハンドルを握り直した。戦時中、死体といっしょにごろ寝した経験があるというだけに、この小柄な老人が頼もしく見えた。

ボートは湖上をジグザグに走った。しかしそれらしい浮遊物は見当たらない。「臭いを嗅《か》げ」園田の命令で、全員が犬のように鼻を空に向けながらさまよった。

紺青《こんじょう》の空には鰯雲《いわしぐも》がかかり、湖上を渡る微風には秋の陽の匂いがあった。周囲の山並はあたたかく湖面を見下ろし、日当たりのいい南側の山肌では紅葉の早いウルシなどの木木が色づきはじめている。ボートの揺れに身を委《ゆだ》ね、仰向《あおむ》いておおらかな自然の風景の底に浸っていると、一句浮かびそうなのどかな気分を、竹村は抱きかけた。そんな場違いな感懐を、園田のガラ声が破った。

「ほかのヤツはまだ浮かんでこねえのかな。タケさんよ、ひとつだけ浮いて、ほかのは沈んでるってこともあるんかね」

「そうですねえ、腹部はガスの発生が早いということはあるかもしれませんねえ」

「そうか、すると例のフェンスにひっかかっているってこともなさそうだな」

期待薄ながら防護フェンス一帯を調べたが、やはり収穫はなかった。

「とにかく応援を呼ぼう。こう広くっちゃ、人海戦術でいくよりしょうがねえよ。日が暮れねえうちに探さんと厄介だぜ」

園田の要請を受けて、飯田署から二十数名の捜索隊がかけつけた。総指揮は署長の大森警視が執《と》ることになった。それと同時に署内に「松川ダムバラバラ死体事件捜査本部」が設置されている。

その頃になると報道関係者も事件を嗅ぎつけ、次からつぎと現場に集まってきた。どうせ、夕刊の締切には間に合わない時間だから、新聞記者はのんびりしているが、放送関係の取材班は重たい機材をかついで、あわただしく湖岸を駆けまわった。

湖上にはいくつものゴムボートと組立式鉄舟が浮かび、横一列の隊型を組んでダムから上流方向にむけ遡行《そこう》をはじめた。全部、手漕《てこ》ぎだから隊列は遅々として進まない。先導役の園田は、まだるっこそうにモーターボートの底を踏み鳴らした。

「こんな調子じゃラチがあかんぜ」

その時、横田用務員が重大なことを思い出した。昨夕、釣り客のひとりが管理事務所に立ち寄って「中の島あたりで妙な臭いがした」と言っていた、というのだ。

〝中の島〟というのは湖の最上流寄りにある、なかば水没した小山のことで、第一発見現場から一キロ以上離れた位置だという。

「とにかく行ってみようや」

モーターボートで三艘《そう》の鉄舟を曳航《えいこう》して現場へ急行する。捜索の結果、水中の朽ちかけたブッシュの合い間から、やはりビニール袋に入った胴体の上半分が発見された。さらにその胴体に圧《お》し潰《つぶ》されたような具合に、バラバラに解体したダンボール箱らしいものが沈んでいた。

「係長、あれと同じようなダンボールが、防護フェンスにたくさんひっかかっていましたね」

竹村の指摘に園田は眼をむいて応じた。

「そうか、この湖にダンボールが浮いてるっちゅうのはおかしいな」

中の島周辺の捜索は他の連中に任せて、モーターボートは防護フェンスにとってかえした。園田が言ったように、山中のダム湖に人工的な浮遊物が漂流しているのは不自然だ。事実、フェンスにはダンボール以外に人工の物らしき漂流物は見当たらなかった。

ダンボールは破片状に散らばった物を含めると、かなりの量にのぼった。そのすべてを回収してから、モーターボートは艇庫に帰還した。

待機した鑑識班が二番目の死体とダンボールを車に積んで走り去ると、竹村はにわかに疲労感に襲われた。

秋の陽は早くも山の端《は》に沈み、あたりにはひそやかな薄暮がひんやりと漂いはじめた。堰堤《えんてい》の上に立って暮れなずむ湖上を点々と還《かえ》ってくるボートの群れを眺める。湖を囲む山《やま》襞《ひだ》の峰近くでは紅葉が早いのか、稜線《りょうせん》が残照に映えて、金色に輝いていた。

竹村はポケットから手帳を取り出して、いま浮かんだばかりの一句を、認《したた》めた。

「ダム静寂　秋嶺《しゅうれい》哀し　残照す」

殺伐たる環境の中でひねり出したにしては、なかなかの名句だと、竹村は自讃した。


その夜遅く、第一回の捜査会議が開かれた。それに先立ち、県警本部長からの電話で、捜査本部長に、飯田署署長大森修司警視が、また、主任捜査官には、県警本部から来援した原誠一警部が、それぞれ任命されている。

県警本部長は電話の最後に、「本事件は重大事件であるから、捜査は万遺漏《ばんいろう》なきを期して進めるように」と付言した。

捜査がまだその緒についたばかりの現段階で「重大事件」という意味は、捜査の難航を予測したものではない。かずある殺人事件の中でも、バラバラ事件はもっとも猟奇性に富むものだ。当然マスコミが注目し、全国的に話題を提供するだろう。捜査陣の一挙手一投足は彼らの環視の中に置かれ、いささかの齟齬《そご》も赦《ゆる》されない。心してかかれ——と言外に教えている。

だが大森は、捜査会議冒頭の挨拶《あいさつ》で、このことをおくびにも出さなかった。なまじ警戒するあまり、部下に手枷《てかせ》足枷を強いる結果になることを懼《おそ》れたのだ。

会議はまず、園田警部補による状況報告を中心に進行した。もっとも目下のところ、バラバラ死体のうちの二つの部分が発見されたということ以外、事件の概要すらつかめていない。

「遺体の発見現場、二ヵ所の距離からみて、残りの部分もかなり広範囲に散乱している可能性があります。ことに頭部など比重の大きいものは浮上してこないものと思われ、捜索はかなり困難になる見込みです。したがって、今後の捜索はさらに人数を増やし、場合によってはレスキュー隊による潜水作業を要するものと考えます」

ついで、鑑識の出崎警部補が立った。

「死体がかなり損壊し、また腐敗も進行しておりますし、かんじんの頭部が発見されておりませんので正確なところは不明ですが、被害者の推定年齢は五十歳ないし六十歳程度。死後中肉中背の男で、筋肉の発達は顕著でなく、肉体労働の経験はあまりないようです。死後推定時間は三日ないし七日といったところだそうです」

「そりゃまた、ずいぶん幅があるね」

署長が口を挿《はさ》んだ。

「なにぶん、死体の運搬経路が不明ですし、たとえばその間の気温・湿度とか、ビニール袋の密閉度、ダムに投棄された時間などによって腐敗の進行が極端に影響されますから、そういったファクターが解明されませんと、いちがいに断定するわけにはいきません」

「死因はどうかね」

「現在までのところ、内臓疾患による死亡ではなさそうです。また血液中から毒物も検出されません。外傷はすべて生活反応がなく、あきらかに死後切断されたものであります」

出崎の報告が終るのをまって、県警捜査一課の原警部が身を乗り出した。年齢は三十をいくらか出たか、いずれにせよ竹村とさほどの差はない。エリートらしく、貴公子然とした白皙《はくせき》の甘いフェースの持ち主である。

「すると、結論からいって現状では死因も分からないし、したがって他殺か自殺か、事故死か病死かいっさい不明ということですね」

「はい、そういうことです」

鑑識はうなずいたが、園田はじれったそうに首を振った。

「しかし、死体遺棄の状況──つまりバラバラという異常なやり口からみて、どう考えたって他殺には違いねえでしょう」

「そうだろうね、他殺だろうねえ、まず」

中本刑事課長が、しきりに念を押すような言い方をした。じつをいうと、中本としてはなるべく他殺であってほしいと願う理由がある。夕刻の記者会見で、ついうっかり「松川ダムバラバラ殺人事件」と発表し、あとになって気付いて慌てて訂正したのだが、ほとんどの社がそのまま報道する構えだし、テレビニュースにも訂正が間に合わなかった。これでもし、事件がたんなる死体遺棄にすぎないということにでもなると、中本の発言は重大な勇み足である。一般通念からいえばどうでもいいようなものだが、こういう事大主義も警察組織にとって必要な規範のひとつといえなくもない。

「たぶんそういうことになるだろう。まあ、あまり気に病みなさんな」

大森署長は寛大に微笑してみせた。

「ところで、さしあたり被害者の身元割り出しを急がなければならないが、そうは言っても胴体だけじゃどうにもならんし、明日も早朝からダムの捜査にかかるとして、園田君のところは、とりあえず管内でそれらしい事件の発生がなかったか、行方不明者などについて聞き込みをはじめてくれたまえ」

そのとき、竹村ははじめて口を開いた。

「あの、これは自分の感じなのですが、犯人——つまり死体を遺棄した人物は、飯田市や鼎町《かなえまち》、上郷町《かみさとまち》の住人ではないのではないかと思うのです」

「ほう、そりゃまた、なぜかね」

「松川ダムの水は上水道の水源であることを、地元の人間なら知らぬはずはありません。自分が飲む水の中に、殺した死体を捨てるわけがないと思いまして」

「なるほど、それはたしかに一理ありますね」

最初に反応したのは原警部である。年齢差はともかく階級ははるかに上だが、言葉づかいは丁寧で、デリケートな感性の持ち主であることを思わせる。竹村の隣に居る園田とはさすが、人種が違った。そう思ったとき、当の園田が野太い嘆声を発した。

「だとすると、犯行現場も飯田近辺じゃねえかもしれませんなあ。いや、こいつは存外、めんどうな事件かもしれませんぜ」


翌十月七日、松本市から機動捜索隊三十名が増援され、飯田署もほぼ全機能を挙げてダムの捜索に従事した。県警本部からは最近導入したばかりの、常時二百人分の炊き出しができるという、自慢のキッチンカーまで出動してきて、捜索の長期化を思わせた。さらに昼前には、県警の宮崎捜査一課長率いる二十三名の捜査員、鑑識班が到着、飯田署はじまって以来の大騒動になった。

ダム湖上には総勢八十名の捜索隊が展開したが、にもかかわらず死体発見作業は難航した。

別働隊は道路を徒歩で進み、死体投棄場所の探索に努めたが、この方も決め手となるような痕跡《こんせき》は発見できない。

午後三時過ぎ、中の島よりさらに上流付近から左腕が、ついで夕刻前に右脚が発見されたのを最後に、第二日目の捜索は打ち切られた。

この日も昨日同様、ダンボールが回収され、その量から推定すると、六、七個のダンボール箱に相当することが分かった。これはおそらく七個に切断されたと考えられる死体の数と一致する。犯人はまず死体をビニール袋に詰め、ダンボール箱に分納して運んだものであろう。これらは重要な物証としてとりあげられ、ただちに紙器メーカーなどへ入手経路解明のために捜査員が派遣された。

三日目早朝、湖上を浮遊中のビニール袋が二ヵ所で発見され、回収の結果、それぞれ右腕と左脚であった。袋に破損がなく、死体から発生した腐敗ガスによって浮力が増し、浮上したものと考えられた。

だが、身元割り出しの決め手となるべき頭部は現われない。飯田市およびその周辺での聞きこみ捜査もすべて空振りに終り、第三日目も暮れようとしていた。

2

十月八日の夕刻、東京・練馬《ねりま》警察署にひとりの男が出頭した。険《けわ》しい目付きと突き出た頬骨から、どことなくヤクザがかった印象を受けるが、職業はタクシー運転手。年齢は三十五歳。名は戸沢信男というのだが、名乗るより前に、男は「あの、バラバラ事件のことで、ちょっと話したいことがあるのですが」と、オズオズ言い出した。

最初に応対したのが、たまたま入口付近にいた交通課の巡査だったために、一瞬、ピンとこなかった。

「バラバラ事件？」

「ええ、松川ダムの……」

「ああ、長野県のね。だけどあの事件のことはここではよく分からないスよ。新聞社かどこかで聞いてもらった方がいいな」

「いえ、そうじゃないんで。わたしの方から話したいことが……、つまり、情報っていうんですか」

「情報？　すると、あんた何か知ってるというのですか？」

　半信半疑の視線の先で、男はうなずいた。

「ほう、どういったことですか？」

「ここではちょっと……」

　男は口ごもってあたりを見回した。そこは玄関を入ったとっつきであるだけに、一般市民の出入りも少なくない。

「分かりました、いちおう、係の者と代わりますから、ちょっと待っててください」

　巡査は、捜査係の野崎という巡査部長を連れてきてバトンタッチした。柔剣道合わせて八段という野崎の精悍《せいかん》な面構えを仰いで、男は怯《おび》えた表情になった。

「どういう話でしょうか」

　とりあえず、刑事課の空いた椅子に男を座らせると、野崎はさっそく切り出した。野崎にとってあすの日曜は、ひさびさの非番である。仲間と釣りにでかける約束になっていた。定刻が過ぎたら釣り道具屋へ走って、あすの支度を整えなければならない。長野県かどこかで起きた遠い事件に、どんな情報《ネタ》があるというのか——いささかうんざりした気分ではあった。

「じつは、昨日《きのう》新聞を見まして、バラバラ事件のことを知ったのですが」

「ふむ、それで、何か心あたりでも？」

「はあ、そのバラバラ死体を運んだのが、どうやらその、わたしではないかと……」

「………」

野崎は絶句して、まじまじと相手の顔をみつめた。世に情報提供マニアというヤツがいるけれど、この男はそれではないと感じた。怯えて竦《すく》んではいるが、ウソをついている眸《め》ではなかった。

部下に調書を取る用意をさせて、野崎は男を取調室へ案内した。

「あんた、はじめから詳しく話してみてくれませんか」

窓に鉄格子のはまった取調室に入ると、男はかえって腹を据えたのか態度に落ち着きが出た。しゃべりはじめると、なかなかの能弁で、途中、お茶を所望するなど、野崎をして（ただのタマじゃないな――）と苦笑させるようなところがあった。だが、話が進むにつれ、事の重大さに野崎は身慄《みぶる》いするような緊張感に襲われることになる。

戸沢信男は、千代田区内神田《うちかんだ》にあるタクシー会社に勤めている。会社近くに深夜営業のスナックがあって、戸沢にかぎらず、たいていの同僚がそこの常連であった。むろん、勤務時間にアルコールは厳禁だが、夜食をとったり、明け番のときに軽く一杯やるには手頃な店だし、ツケもきいた。

　戸沢がその男から声をかけられたのは、十月一日の深夜のことだという。

「その店じゃちょくちょく見かける顔だったんですけどね、四十歳ぐらいの男で、名前も知らないし口をきいたこともありませんでした。それが、とつぜん馴《な》れなれしく話しかけてきて『あんた、タクシーの運転手さんでしょ』っていうんです。そうだと答えると『もうけ仕事があるんだが、やってみないか』って。なんでも一日車を運転《ころが》すだけで三十万くれるっていうんで、まあこれはヤバイ仕事だなとピンときたんですが、あたしも昔は一時グレてたこともありましたし、命まで取られることはあるまいと思いましてね」

　翌《あく》る日——十月二日の正午近く、戸沢はレンタカーを借りて、その男に指示された場所に乗りつけた。日本橋三越にほど近いビル街である。もっとも、丸ノ内界隈《かいわい》とは異なり、この辺りは洒落《しゃれ》たオフィスビルのひとつ裏通りに入ると雑多な店がひしめいている。日曜日ということで、どの店もシャッターを下ろし人通りもなかった。その閑散とした風景の中に、男は積み上げたダンボール箱と並んで、ポツンと佇《たたず》んでいた。

「そのダンボール箱を積んだのだね」

「へえ」

「何個あった」

「七個、いえまちがいありません。トランクに三個、後部座席《リア・シート》に四個積んだのをおぼえていますから」

「中身は何か、訊《き》かなかったのかね」

「へえ、その時は、ことによると札束かなとも思ったんですが……、ほら、例のロッキード事件で、そんなふうにして札束を運んだって聞いてたもんで。しかし持った感じがどうもそうじゃないらしいことは分かりました。と言っても、まさか死体だなんてことは思いもよらなかったわけでして」

荷物を積みおえると、男は助手席に乗り込んで『中央高速を行ってくれ』と言った。その時はじめて、戸沢は男の名を訊いている。

「山下って名乗ったんですがね、あたしはたぶん偽名だとにらみましたよ」

「ほう、そりゃまた、なぜですか」

「そう名乗ったあとで『ははは、これは五つ子と同じ名だな』って笑いやがったんで」

「ふうん、妙だな……」

野崎は首をひねった。偽名を名乗ったことを男は隠そうとしていない、と思ったからである。

「え？　何が妙なんで？」

戸沢はまずい事でも言ったかと、心配そうに刑事の目を覗《のぞ》き見た。

「いや、なんでもない。先を続けなさい」

江戸橋インターから首都高速道路に入り、高速4号線から中央高速道へ直進する。料金所で金を払うときも終始無言だった〝山下〟が、国立《くにたち》付近を通過するとき、ひとことだけ

『スピードを出すな』と言った。戸沢は言われるままに制限速度で走りとおした。

甲府から先は一般道路——国道20号線である。ここまできてはじめて、男は目的地を言った。

『諏訪《すわ》を左へ曲がって峠を越えると国道153号線にぶつかる。それを南へどんどん行ってくれ。目的地は飯田の近くだから、とにかく飯田まで行ってから、その先を教える』

『ああ、飯田へ行くんですか、お客さん』

いつもの癖だが〝お客さん〟はおかしいかな、と思いながら戸沢は言った。『飯田へ行くんでしたら、たしか伊那《いな》のあたりから中央高速が開通しているはずですよ。それで行ったらどうでしょう』

『なんでもいい、とにかく飯田までやってくれりゃいいんだ』

〝山下〟の声音《こわね》が急にとげとげしくなったので、戸沢は思わずちらっと相手の横顔に視線を走らせた。男の額に青筋の浮いているのが見えた。感情の起伏が激しい性格なのか、それとも何か苛立《いらだ》つ理由でもあるのか、とにかく言うなりになっている方が得策だ、と戸沢は腹を決めた。

飯田市内には午後五時頃に入っている。これは予想外の早さだったらしい。〝山下〟は時計を見て、しばらく思案してから『少し時間がある、メシでも食おう』と言って、車をとあるレストランの駐車場に停めさせた。どうやら日の暮れるのを待つ構えだな——と戸沢は察した。

「店の名は〝でら〟っていうんです。平仮名で〝でら〟――おかしな名なんで、おぼえています」

ゆっくり時間をかけて食事をし、そのあとコーヒーをとった。陽が完全に落ちるのを待って外へ出た。日中は快晴でかなり気温も高かったが、山の方から吹き下りてくる風は冷えびえとして秋の深まりを感じさせる。戸沢はさすがに本能的な心細さに襲われたが、ここまで来て尻《しり》ごみするわけにもいかず、〝山下〟の命じるまま車を走らせた。道順がうろ覚えなのか〝山下〟は前方に注意しながら、ゆっくり車を進めさせた。

道はやがて山道にかかった。あたりには闇が立ちこめ、はじめての細い山道をヘッドライトを頼りに走るのは、運転歴の長い戸沢としてもあまり気分のいいものではない。スピードを抑えがちに、いくつものカーブを過ぎてゆくと急に視界がひらけて、星明かりの底にほのかに白く、巨大な建物のようなものの姿が見えた。直後、車は右にカーブを切り、それは視野の外に消えた。

『あれは何だろう……』

そう呟《つぶや》いたのは〝山下〟の方である。

『なんだか、ダムのようでしたよ』

『おかしいな、ダムなんかなかったのだが』

〝山下〟はしきりに考えこんでいる様子で、何か計画に齟齬《そご》をきたしたような印象を、戸沢は受けている。

道路の右側をポッンポッンと民家の灯《あか》りが過ぎてしばらくゆくと道はやや下り坂にかかり、川音がきこえてきた。

谷川を渡る橋にかかると〝山下〟はふいに『ここだ、止めろ』と言った。長さ三十メートルほどの橋の中央で車から降り、ふたりは黙々とダンボール箱を下ろした。欄干《らんかん》ぎわに箱を積みあげると『車が来るといけないから橋の袂《たもと》まで退《さ》がって待っていてくれ』と言った。戸沢はてっきりこの場所で相手と落ち合い、荷物の受け渡しをするものと思って、道路脇の茂みに車を半分つっこむようにバックさせ、そうしろと命じられたわけでもないのにライトを全部消し、エンジンも止めた。

山中の闇は漆黒といってよい。その中で橋の上だけが天にひらけていて、眼が慣れるにつれ、物の姿がぼんやりと浮かんできた。川音が谷底からわきあがり頭上から降りそそいだ。ずいぶん長い時間に思えたが、実際はほんの二、三分だったかもしれない。とつぜん〝山下〟は箱のひとつを抱きあげると、欄干越しに谷へ向かって抛《ほう》り捨てた。何秒か置いて、谷の水音の中に鈍い衝撃音が混じった。橋から谷底まで、かなりの距離があるらしかった。〝山下〟はつぎからつぎへとダンボール箱を投げた。まるでその姿は狂気の乱舞のように見えた。それと箱が落下したとき四辺に谺《こだま》する、なんともたとえようのない不気味な音響が、戸沢を震えあがらせた。

七個の箱を投げ了《お》えると、〝山下〟は何も見えないであろう谷底にじっと見入っている様子だった。ごうごうという水音が、心なしか、にわかに高まったように思えた。

やがて〝山下〟は車に戻り、内ポケットから札束を出して戸沢に渡した。

『とりあえず十五万渡しておく。残りは東京へ帰ってからだ』

戸沢は黙って金を受け取り頭を下げた。口をきく気力もなかった。それでも車を街の明かりの中に乗り入れる頃には、いくらか元気を取りもどし『だんな、さっきのあれはホトケさまですか？』と聞いてみた。

『ああ、そうだ』

〝山下〟はこともなげに言いはなった。戸沢は二の句がつげなかった。

東京へ帰り着いたのは夜中の一時。乗せたのと同じ場所で〝山下〟は降りた。降りぎわに残金の十五万円を渡している。

右側がオフィスビル、左側は飲食店や雑居ビルが並ぶこの街のどこへ〝山下〟が消えるのか、戸沢は興味をいだいたのだが、戸沢の車が街角を出外れるのを見とどけるまで〝山下〟はその位置を動こうとしなかった。

「それっきり山下とは会っていません。例のスナックにもなんとなく行きそびれているくらいで。このことは警察にとどけた方がいいとは思ったんですが、なにしろこの目で死体を見たってわけでもないし、それに三十万という法外な料金を貰《もら》ってるもんで、ひょっとすると共犯なんてことになるんじゃないかと思ったりしまして」

戸沢はペコペコ頭を下げた。「そのうちにバラバラ事件のニュースが出たでしょ。びっくりしました。これはもう黙っていられないと思いましてね。それでだんな、あたしはやっぱり共犯になるんでしょうかねえ」

「そうだなあ」

野崎は苦笑した。「共犯になるかどうかは調べないと分からんが、もしあんたの話がほんとうだとすれば、あんたには犯意がないのだから罪にはならないだろうね」

「だったらだいじょうぶだ、あたしは嘘はついていませんよ」

「それは捜査が進めば分かる。さしあたり、あんたには参考人として協力してもらうことになるから、当分のあいだ旅行などせずに、居所をはっきりしておくこと。それと、山下から受け取った金の残りは提出してください。札に指紋がついている可能性があるからね。むろん問題さえなければ、調べが済み次第お返ししますよ」

戸沢はようやく安心したが、それで解放されたわけではない。ダンボール箱を積みこんだ場所の現場検証に案内役として同行しなければならなかった。

地図で戸沢が示したところによれば現場は室町《むろまち》署管内であった。野崎は上司と相談の上、以後の処理を室町署の手に委《ゆだ》ねることにした。室町署には、野崎と警察学校が同期の岡部《おかべ》がいる。なつかしい顔であった。そのころから俊秀の噂が高く、ガサツぞろいの警察官の中では、ひと味もふた味もちがうクールな肌ざわりの男だったが、案の定、出世が早く、おととし二十八歳で警部補に昇進した。

戸沢を連れて野崎が現場へ到着したときには、岡部はすでに部下を数名率いて待機していた。ビル裏の一方通行の細い路地だが、八時をまわったばかりで、店々に灯がともり、酔客もちらほら通りがかった。

「やあ、しばらく、ごくろうさん」

岡部は気軽に手を挙げたが、野崎は形式上いくぶん律義に頭を下げ「よろしく」と挨拶《あいさつ》してから戸沢をひき合わせた。詳細については調書のコピーを渡したが、立ち話で概略を説明する。岡部は終始「ふむ、ふむ」と単調にうなずいてみせるだけで、感情の起伏らしいものをまったく示さない。バラバラ殺人という大事件に直面しているとは思えぬ泰然自若ぶりに、野崎はいささか拍子抜けがした。しかし、引き継ぎをすませて引き揚げようとすると、岡部は野崎の耳元に口を寄せ、「野崎さん、面白い事件《ヤマ》をありがとう」と言った。

それでようやく、彼がこの事件に対し、なみなみならぬ興味を抱いていることが分かった。

それにしても、事件捜査を「面白い」と表現する、岡部の感覚は、野崎の理解できるものではない。この男は、殺人事件をゲームの対象ぐらいに考えているのではあるまいか。

なるほど、ゲームなら大型で、複雑なほど面白いにはちがいない――。明日の魚釣りに、いささか後ろめたさを覚えながら、野崎は現場を去った。


「積み込んだのはたしかにここなんですが」

戸沢は、ビル裏の路上を示した。細い一方通行路で、人通りはほとんどない。

「山下って男がどこからそこへ運んできたのかは分かりません」

戸沢の言葉にうなずいて、岡部は部下たちに命じて周辺の店の聞き込みにあたらせた。

土曜の夜とはいえ、近頃は週休二日制の会社が多いせいで、サラリーマン相手が中心の店々はかつてのような繁昌《はんじょう》がみられない。管内の麻雀《マージャン》業組合から、従来土曜日にのみ認めていた営業時間延長を金曜日にも実施するよう陳情があったというのも、そうした風潮を物語っている。

各店共通してよほどヒマだったとみえ、聞き込みに行った連中はじきに戻ってきた。収穫はゼロ。どの店も日曜は休みだし、住居付き店舗はごくまれなのだそうだ。

「そうでしょうねえ。あの日も人っ子ひとり通りませんでしたよ」と戸沢は言う。

「そうですか、すると目撃者は期待できませんね」

岡部はふり返ってビルを仰いだ。路地に面して三つのビルが並んでいる。窓という窓はすべて灯を消し、わずかに通用口を示す灯りだけをそれぞれ点灯《てんとう》していた。目の前の入口には「五代通商株式会社」とある。岡部はつかつかと歩み寄ってインターホンのボタンを押した。中からすぐに応答があった。

「何かご用でしょうか」

「こちら警察の者ですが、ちょっとお尋ねしたいことがあるのですがね」

慌てたようにカギを外す音がして、ドアが開いた。顔を出したのはガードマンの制服を着た若い男である。刑事たちの集団を見て目を丸くした。

「何かあったのですか？」

岡部は警察手帳を示し親しげな笑顔を作った。

「じつは、この前の日曜日にここからダンボール箱を運んだ者がいるのですが、心あたりはありませんか」

「このビルからですか？」

「いやそうではないのですが、そこの路上に積んであったものですから、目撃されたのではないかと思いましてね」

「さあ、自分は今日はじめてここで勤務するものですから」

「それでは、同僚の方で当日勤務された方はおられませんか」

「いえ、つまり、ウチの会社からこちらにガードマンが派遣されたのが、今日からなのです。ふだんは管理人さんが住み込んでいるのだそうです」

「なるほど、ということはいま、管理人さんは留守なのですね」

「そうです」

「休暇かなにかでしょうか、話がきけるとありがたいのですが、いつ頃戻るかもわかりませんか」

「さあ、その辺のことはわれわれではちょっと……」

「五代通商の社員の方はいませんか」

「はあ、今日は休日でして、一時頃までは日直みたいな方が各階に二人ずつ居たのですが、みなさん帰られました」

「あ、日直制度があるのですか。すると、社員の中に目撃者がいるかもしれない」

「いや、日曜日は日直はいないようですよ。あすは誰も出社しないと申し渡されておりますから」

岡部は落胆して沈黙した。そこへ、ほかのビルに聞き込みに行った部下が戻ってきた。あいつぐ企業爆破以来、ビルに警備員を常駐させるようになった。すこし規模の大きいビルだと、何人ものガードマンを警備保障会社から派遣してもらう。この界隈《かいわい》のオフィスビルはどれも小型だが、それでも一人か二人の警備員か管理人は必ず雇っているようだ。

しかし、日曜日の昼下がり、人通りの途絶えた裏通りの小さな出来事に、目撃者を求めようとするのが無理な話かもしれない。両隣のビルの警備員も、当日はほとんど館内にいて外の様子にはまったく気付かなかったという。

残る頼みの綱は、五代通商ビルの管理人ただひとりということになった。

岡部はもう一度、ガードマンに訊《き》いた。

「緊急時に連絡をとる場合、会社の誰に、ということは決まっているのでしょうね」

「ええ、庶務課長の大久保さんのお宅に電話することになっています」

「すみませんが、その人のところへ電話を入れてくれませんか」

ガードマンは逡巡《しゅんじゅん》した。

「弱ったな、緊急非常の場合のみ連絡せよと命令されているもので……」

「緊急にして非常ですよ」

岡部警部補の口調が、はじめて鋭さを見せた。ガードマンは一瞬、気圧《けお》されたように視線をそむけた。

3

ガードマンに、警察からの〝緊急〟の要請で――と吹き込まれたせいか、大久保庶務課長は、電話口のむこうで最初からうろたえぎみの様子であった。

「おたくの管理人さんに、至急連絡をとりたいのですが」

「あの、当社の管理人が何か？」

「いや、おたくの会社の真裏である事件がありまして、そのことについてお訊きしたいだけです」

「その事件に、管理人が関係しているのでしょうか」

「そうではありませんが、いちばん近い場所ですから、ひょっとして……」

言いかけて、岡部はふっと口を閉ざした。大久保の返答に、どことなく管理人のかかわりあいを危惧《きぐ》するにおいが嗅《か》ぎとれたからである。

「もしもし、もしもし」

岡部の沈黙に不安を助長されたような大久保の声が、受話器の中から聞こえた。

「課長さん、管理人さんは留守だということですが、休暇をとっているのでしょうか」

「いえ、そうではないのですが、じつは……」

言いにくそうに間をあけて、大久保は言った。「じつは、管理人は無断で留守にしているようなわけで、私どもの方もたいへん困っているところなのです」

「ほう、管理人が無断欠勤ですか」

岡部の眼が光った。「たしか、住み込みでしたね」

「ええ、野本という男ですが、夫婦で住み込んでいるのですが、今朝《けさ》からふたりとも姿を見せませんで、それでまあ、やむをえず警備会社に依頼してガードマンを派遣してもらったような次第です」

「連絡もないのですか」

「はあ、ありません」

「ちょっとおかしいですねえ」

「はあ、けしからんことで」

大久保は心細い声を出した。

「その野本という人の人相、風体《ふうてい》をきかせてくれませんか」

「人相はまあ、なかなかの男前で、齢《とし》はたしか四十二でしたか。髪を長く伸ばしておりまして、オールバックというのですか、それで後ろの首筋のあたりで揃えて切って。背丈は一六五センチぐらいでしょうか」

「ちょっと待ってください」

岡部は送話口を掌《て》でふさいで、背後にいる戸沢をふりかえった。

「戸沢さん、その〝山下〟という男、ヘアスタイルはどんなでしたか」

「そうですねえ、なんだかキザッぽい女みたいなヘアスタイルでしたよ」

「オールバックですか」

「ええ、オールバックには違いないスけど、ずうっと長くて、首のあたりでオカッパみたいに揃えてカットしてましたね」

岡部はうなずいて、受話器を持ち直した。

「課長さん、急な話で申しわけないが、管理人室の内部を調べさせていただきたいのですがね」

「家宅捜索ですか？」

とがった声が返ってきた。

「まあ一応そういう形になりますが、令状はありませんので、これはあくまでお願いということです」

「野本管理人がその、事件というのに関係しているとでも？」

「その可能性が強いですね」

「いったい、どういう事件なのですか？」

「それはですね……」

岡部は一瞬ためらった。「いずれ分かることだから申しあげますが、事件というのは、いわゆるバラバラ事件のことです」

「は？」

「ニュースでご存知でしょう。例のバラバラ事件です」

大久保庶務課長は、絶句した。

「もしもし、聴こえますか？」

「は、はい、聴こえております」

「そういうわけですから、ご諒解《りょうかい》ください」

「分かりました、この際やむをえません。わたくしの方も上司と連絡をとりまして、至急そちらへ向かいます。ただ、なにぶん、わたくしの住所《ところ》は三鷹《みたか》ですので一時間の余、かかると思います」

「結構です、それまでのあいだにわれわれの調べは完了しているでしょう」


ガードマンの案内で捜査員の一行は管理人室へ入った。ドアを開けたとっつきは三坪ほどの執務室で、スチールデスクが二つ向かい合いに置いてある。壁に黒板と鍵《かぎ》の収納ケース、デスクの上に訪問者記録簿、巡回用の大型電灯《でんとう》などがある以外は、飾り気のない殺風景な部屋だ。右奥にドアがある。

「このむこうが住まいになっています」

ガードマンはノブを回した。鍵はかかっていなかった。

開いたドアの中へ一歩足を踏み入れた瞬間、岡部は天井から滴り落ちるような寒気《さむけ》をおぼえた。しかしそれは、異変を予期するあまりの錯覚かもしれぬ、と思い直した。見たところ部屋の中は整然としている。

部屋は六畳ひとつで、その奥にこぢんまりした台所《キッチン》と浴室が付いている。家具と名のつくものは、たんすと茶だんすと姫鏡台、折り畳みの卓袱台《ちゃぶだい》、小さなテレビといったところだ。安物ばかりだが、どれも手入れが行き届いていて埃《ほこり》ひとつ浮いていない。鏡台のカバーや、手作りらしいクッションには可愛らしいアップリケがほどこされていた。

「ここの細君は、なかなかきれい好きなようだね」

だれにともなく言い、言ってしまってから岡部は、ふっと苦い想いが胸をよぎるのを感じていた。その雑念をふり払うような勢いでわざと乱暴に靴を脱ぎ捨てる。その後を追って、捜査員たちはつぎつぎに部屋に上がりこんだ。

家宅捜索といっても、見るべきスペースはほんのわずか。じきに調査は完了し、事件の発生現場であることを証明するような痕跡《こんせき》は発見されなかった。死体の解体作業が行なわれたとすればもっとも疑わしい浴室兼トイレについては、特に念入りに調べたが、少なくとも肉眼では異常が認められない。ルミノール検査などの手段は残っているが、それ以前の問題として、バラバラ殺人という凶行が行なわれたにしては、室内があまりにも整然としすぎている。ガスコンロや什器《じゅうき》類もシミひとつないほど磨きこまれ、岡部の印象どおりの几帳面《きちょうめん》な主婦がいたことを物語っている。

「係長、これはひょっとすると、犯行の現場は別のところかもしれませんね」

高木という年輩の部長刑事が、サジを投げたように言った。

（いや、そうではないな――）

岡部は思った。もしそうだとするなら、この部屋に立ちこめている鬼気のようなものはいったいなんだろう。

「おい、だれか、畳をあげてみてくれ」

ひとりが、畳のへりにボールペンを突っ込んで、器用に畳を剝《は》がした。

「あっ」

全員がいっせいに息を吞《の》んだ。畳の下は一般の木造家屋と異なって、打ちっぱなしのコンクリート床である。そのザラついた表面のいたる所に、黒いシミのような痕跡が広がっていた。鑑識の分析結果を俟《ま》つまでもなく、この床の上で夥《おびただ》しい量の血液が流されたことはあきらかだ。つぎつぎに畳を剝がしてゆくと、部屋のほぼ全域に亘《わた》って血痕が地図を描いていた。一ヵ所、床に穴があいている。その穴からおそらく、血溜《ちだま》りは洗い流されたのだろう。しかし、洗っても洗っても、コンクリートに染み着いた血痕は抜ききれなかった。きれい好きの主婦にとって、それは文字どおり、痛恨の汚点であったにちがいない――。

部下たちが本署への連絡などで右往左往する中で、岡部はふっと、そんな感懐にとらわれていた。

ともあれ、犯人はあたり一面にひろがる血漿《けっしょう》の海の中で、屍体《したい》の解体に没頭したのであろう。その地獄図絵を想像すると、修羅場には慣れているはずの刑事たちも、さすがに背筋がうそ寒くなった。

「死体運搬人出頭」の第一報が、東京・練馬署から長野県飯田署に入ったのは午後六時を少し過ぎた頃である。捜査本部はがぜん、色めきたった。

犯人が死体入りのダンボール箱を〝橋〟の上から投げ捨てた、という点は、最後まで残っている頭部の捜索に重要な手がかりをあたえる。

松川ダムによって湖水化した部分から、さらに上流へ向かって五百メートルほど遡《さかのぼ》った地点で、飯田から登ってきた県道が谷を跨《また》いでいる。この鉄筋コンクリート製のアーチ橋を「市の瀬橋」という。これ以外、ダム周辺に橋らしい橋はない。

「市の瀬橋から投下したとなると、おそらくその時点で、ダンボール箱はひとたまりもなく破損したでしょう」

緊急に招集された捜査会議の冒頭、付近の地理に詳しい竹村は言った。「橋から谷底までは三十メートル近くあるし、岩がごろごろ頭を出しているような急流ですから、ダンボール箱どころか、中身のビニール袋だって破裂した可能性がありますよ」

「なるほど」

原警部は相槌《あいづち》をうった。「落下のショックで中身が飛び出したとすれば、比較的に比重の小さい胴体部分は遠くまで流され、腕や脚などが上流寄りに沈んだというのは理屈に合っている」

「問題の頭部ですが、私はことによると、まだ湖まで流されていないような気がするのです。あのあたりの谷にはいくつか大淵《おおぶち》がありまして、かなりの水量の時でも、底の方には岩魚《いわな》が潜めるような場所があるはずです。球形で抵抗の少ない頭部が沈んでいたとしてもふしぎはありません」

翌朝の捜索では、竹村の意見を容《い》れて、谷川の大淵を重点的に探った。そして午前十時過ぎ、橋から四つ目の淵の底に沈む頭部が発見された。バラバラ死体発見から四日目、十月九日のことである。

これで屍体の全部分が収容されたことになるのだが、頭部の損壊程度がひどく、人相の識別はまったく望めなかった。谷川を土砂といっしょに流され、淵の底で奔流にもてあそ《そ》ばれた時間が長いため、耳、鼻といった突起部が完全に削げ落ち、皮膚は磨耗し、ところどころ白い骨が露出していた。

死因は「後頭部陥没骨折によるショック死」と断定された。おそらく即死であったろうというのが、屍体検案書の結論である。凶器は太い棒状の鈍器、材質は不明だが〝野球バット状の〟という推論も併記された。

捜索隊とは別に、竹村は部下の桂木刑事を伴って、犯人と運転手が立ち寄ったというレストラン「でら」を訪れている。むろん、戸沢運転手の供述のウラを取るためだが、店の者にはバラバラ事件との関連は伏せておいた。

「そのお客さんのことなら憶《おぼ》えてますすよ」

ウエイトレスのひとりが確信ありげに答えた。「特大のビーフステーキをレアでって注文しましたから。めずらしいんです、レアのお客さん」

「ビフテキを、レアでかね？」

竹村は首をかしげた。

「はい、まちがいありません。血のしたたるぐらいのヤツがいいって、コックさんに念を押させられましたからね、ほんとですよ」

女の子は唇をとがらせた。

「分かった分かった、あんたを疑っているわけではないよ。しかし、それは二人とも食べたのかな」

「いいえ、片方だけです」

「そうだろうね」

「でも、もうひとりのお客さんが何を食べたかは憶えていません。だいいち、どんな人だったかさえ憶えていないわ」

「憶えていない？　すると、金を払ったのはレアの客かい？」

「はい、お釣りはチップだって。気前のいいお客さんでした」

竹村は吐き気がした。目の前に、ダムに浮かんだ男の下腹部の幻影が表われた。

この日、捜査本部は東京・室町署へ出張する捜査員の人選を行なっている。飯田署側から園田忠雄警部補、竹村岩男巡査部長。県警側からは原誠一警部、樋口彰巡査部長が、それぞれ派遣されることになった。

刑事たち

1

飯田を五時五十分に出発する急行〝こまがね1号〟に乗ると、終着新宿には十一時四十三分に着く。

竹村岩男の自宅から飯田駅までは、徒歩で二十分の距離であった。

竹村が命じておいたとおり、妻の陽子は、五時きっかりに竹村を起こしている。にもかかわらず、竹村は機嫌が悪かった。前夜の捜査会議が長びいて、寝不足なのである。

「あと五分は、寝ていられた」

と駄々をこねた。「この五分間は、宝石の眠りになるはずだったのだ」

「あらそう、ごめんなさい」

陽子はまるでとりあわない。名前のとおり陽気で、大抵のことは笑って受け流せる女なのだ。

竹村が身仕度を整える間に、テーブルの上にパンと目玉焼が並んだ。

「食いたくないな」

「じゃあ、牛乳だけでも飲みなさいよ」

陽子は、沸かした牛乳を運んできた。ネルのパジャマにカーディガンを羽織っている。かがみこむと、上衣《うわぎ》の裾《すそ》から、あまり肉付きのよくない尻《しり》がつき出した。（すこし、太ったかな――）と、それでも竹村は思った。

大森修司署長の仲人《なこうど》で一緒になって、三年半になる。いっこうに子供ができない原因は自分の痩《や》せすぎにある、と陽子は思いこんでいた。屈託がなく、いつもけらけらしているわりには、太らない体質なのだろう。それが唯一、悩みといえばいえなくもないらしい。

「コート、着て行ったほうがいいかな」

牛乳を飲みながら、竹村は窓の外をうかがった。

「コートって、バーバリの？」

「ああ」

「やめなさいよ、あれ、ちょっとみすぼらしいわ。刑事コロンボみたい」

「ばか、刑事じゃないか」

あはは、と陽子は笑って、レインコートを出してきた。交番勤務から刑事に抜擢《ばってき》されたときに買った、記念すべきコートだ。

高校の仲間の多くが進学する中で、父のいない竹村は、警察官への道を選んだ。学業成績がよかっただけに、教師や友人たちが惜しみ、彼自身も挫折《ざせつ》感にさいなまれた。警察学校から交番勤務へ、単調な日々が続いた。その頃の夢といえば、捜査係に配属されて、私服を着ることであった。ネクタイもお仕着せでないヤツを締め、バーバリのレインコートを着る——。

その夢が実現して、七年経った。当時の感激は稀薄《きはく》になり、バーバリは色褪《いろあ》せた。

竹村は、コートを小脇にかかえたまま、家を出た。

「あら、着ないの？ 寒いわよ」

「いいんだ、おまえに、みすぼらしい格好を見られたくないからな」

「変なひと」

陽子は、玄関のドアから首をつき出して笑った。

「こんなとき、車があると、便利なんだけどなあ」

これは竹村へのあてつけである。自動車を買いましょう、というのは結婚前からの、陽子の主張だ。そのために婚約中に免許を取った。パンフレットもずいぶん、集めた。だが結婚すると、竹村は車の件は断固、拒否した。そのことを陽子は、まだ恨んでいるのだ。

駅前に園田が立っていた。薄明の中にぼんやり浮かぶ顔の輪郭に、そそけ立つような疲労感が滲《にじ》んでいた。竹村が、何か犒《ねぎら》いの言葉をかけようとすると、その先を越して、

「おいタケさん、疲れた顔してるぜ、無理するんじゃねえぞ」

と園田は言った。竹村はおかしくてつい笑いながら頭を下げ、少しばかり感動した。

列車は空席が目立っていた。急行の停車駅でいうと三つ手前の天龍峡が始発駅だから、

上諏訪《かみすわ》で中央本線の列車に連結するまでは、いつもこんな程度の赤字線なのである。ふたりは向かい合いに座席を占め、空《す》いているのをいいことに、園田は靴を脱いだ両足を竹村の隣席に投げ出し、腕組みをして目を閉じた。

まだ暖房《ヒーター》を使う季節ではないが、窓の隙間から吹き込む細い風の流れには、膚《はだ》を刺す冷たさがある。進行方向を背にした竹村の視線の先を、明けそめる伊那盆地の風景が、朝焼けの茜雲《あかねぐも》を追いかけるように走り去ってゆく。沿線に群れる芒《すすき》の穂が列車の風圧になびいて、川の瀬のようにきらきらと輝いた。

竹村はポケットから手帳を取り出すと、いま浮かんだばかりの一句を書きこんだ。

『伊那路ゆく　われは芒の　風となり』

「おい、何を書いているんだい」

眠ったとばかり思っていた園田が声をかけた。竹村はばつの悪い笑い方をした。

「くだらん俳句です」

「くだらんことはねえだろ。おまえさん、いい顔して書いてたぜ」

「いい顔?」

「ああ、刑事《デカ》らしくねえ顔だ。ことによるとタケさん、道をまちがえたな」

竹村は苦笑して、仕方なく句を聴かせた。

「いいじゃないか、傑作だよ。いや、おれは俳句のことはよく知らんが、最後の『風となり』というところがいい。さしずめ伊那の勘太郎ってとこかな」

竹村はたちまち自信を喪失した。

ほんの少しトロトロしたつもりが意外に深く眠りこけてしまったらしく、気が付くと窓外を何年ぶりかの東京の街並みが走っていた。

新宿から国電で東京駅まで出て、そこから室町署までは、歩いた。

別行動で上京した県警の二人は、すでに到着していて、全員が揃ったところで、昼食を摂《と》りながら打ち合わせ会、という段取りになっていた。

会には室町署長も顔を出し、捜査協力の専従員として、岡部和雄警部補を紹介した。

岡部はダークブルーにストライプの入った三つ揃いを、きちっと着こなしていた。

「ひとつ、よろしくお願いしますよ」

原警部は、岡部を自分と同質のタイプの人間と見極めたらしく、愛想のいい口調で言った。

「こちらこそ、よろしく」

岡部は物静かな微笑を湛《たた》えながら、ひとりひとりに軽く会釈した。その柔らかな物腰と自信に満ちた眸《め》の輝きを見て、竹村はなんとなく（この人物は、できる――）と思った。

同じ秀才タイプでも、原のようにエリートコースを歩んでいる人間には、どちらかといえば、捜査技術よりも管理能力に長《た》けた〝能吏《のうり》〟としての秀才が多いのだが、岡部という人物にはどことなく、いわゆる〝探偵〟としての洞察力、推理力、解析力が秘められているように思えた。そう思ったとき、竹村は刑事になってはじめてといってよい、はげしい功名心の芽生えを意識した。

食事が済むと、岡部は用意した捜査メモのコピーを全員に配った。

「一応、事件発生から今日まで、判明している点だけを時系列的に書き出してみました。なお、クエスチョンマークが付いているのは状況証拠に基づく推定ということです」

「時系列的かァ、いい文句を使うもんだなあタケさん」

園田がささやくのを、竹村は笑ってとりあわなかった。

《捜査メモ》
○十月一日（時刻不明、前日の可能性あり）
中央区日本橋室町×丁目××番地、五代通商ビル一階管理人室内（?）にて殺人事件発生。
○犯人・野本敏夫（?）四十歳、同ビル管理人、住所・同右。
○被害者・身元不明、推定年齢、五十ないし六十歳。
○死因・後頭部打撲による頭蓋《ずがい》骨陥没骨折および右原因によるショック死。
凶器・不明、太い棒状の鈍器。
○同日午後十一時頃、千代田区内神田×丁目××番地、スナック「紫」にて、野本敏夫はタクシー運転手戸沢信男に接触、三十万円でアルバイトを依頼した。
○同夜から翌十月二日にかけて、前記管理人室の座敷において、野本敏夫（?）および妻美津子（?）は被害者の死体を鋭利な刃物とノコギリを使って七個に切断、各部分を別別にビニール袋に詰め、さらにダンボール箱に収納する。（ダンボール箱およびビニール袋は同区内、梱包《こんぽう》材料販売業北林商店にて購入したことが判明している）
○十月二日正午頃、戸沢信男はレンタカーを運転して五代通商ビル裏手に到着。すでに待機中の野本敏夫とともに、路上に置いてあったダンボール箱七個を車に積む。（箱の中身については知らなかったとの、戸沢の供述あり）
○戸沢、野本の両名は首都高速および中央高速を経由して飯田市へ向かう。この際、野本は「山下」と名乗ったが、それが偽名であることをにおわせるような発言をしている。
○同日午後五時頃、両名は飯田市に到着。レストラン「でら」にて食事、日の暮れるのを待つ。
○午後六時十五分頃、同所を出発。
○午後七時過ぎ頃、松川ダム上流「市の瀬橋」に到着。野本がひとりでダンボール箱を谷へ投棄する。
○午後七時十五分頃、同所を出発。その際、野本は戸沢に半金として十五万円を渡している。
○深夜――十月三日午前一時頃、五代通商ビル通用口前にて野本下車、残金十五万円を戸沢に渡し、戸沢は同所を立ち去る。
○十月六日正午近く、松川ダムにて最初の死体発見。
○十月八日午後五時頃、練馬署に戸沢出頭、ダンボール箱運搬の供述をする。

○同午後八時頃、五代通商ビル管理人室を家宅捜索。同所座敷の畳の下に大量の血痕《けっこん》を発見。
○十月九日午前十時頃、松川ダム上流の谷で被害者の頭部を発見。
○これより先、七日から八日未明にかけ、野本夫婦は逃走した模様。

「以上が昨日までの各署からの情報を総合した、事件の大筋でありますが、なお若干補足いたしますと、凶器はいまのところ、発見されておりません。また、松川ダム周辺に関する、犯人の土地カンについてですが、戸沢運転手の供述によれば、犯人・野本はダムの存在を知らなかった様子です。したがって、野本はダムが完成する以前に、その土地を訪れているものと考えられます」

「すると、昭和四十八年以前てことになりますなあ」

園田が指折り数えた。

その園田に向かって、岡部は訊《き》いた。

「ところで、野本らが飯田市のレストランで時間調整をしたという点ですが、この話のウラは取れましたか」

「ああ、それはタケさん……竹村君にやってもらったから、本人に説明してもらいましょうや」

「たしかに、野本らしい男ともうひとりの男が〝でら〟で食事をしております」

竹村はやや緊張ぎみに発言した。「人相風体がウエイトレスの記憶と一致します。とくに野本についての記憶だけがはっきりしている理由は、その客が、特大のビーフステーキをレアで、それも、血のしたたるようなヤツを、と注文したからだそうです」

「ステーキを、レアで？」

岡部は、ふっと目をあげ、不快な表情になった。

「異常ですね」

「そうでしょう、異常でしょう」

原が、わが意をえたりとばかり言った。

「野本という男には、もともと、残虐性があったのではありませんかね」

「そうかもしれません」

「前科《マエ》はどうなんでしょうな」

園田が言う。「いちおう、本庁の方に照会しとったほうがいいな」

「そうですね、しかしおそらく、前科はまっ白だと思いますよ。五代通商ほどの会社が、管理人に前科のある人間を雇うとは、考えられませんからねえ」

「なるほど、それもそうだなあ。しかし、とても初犯とは思えんヤリ口だが」

「いや、近頃は素人《トウシロ》がかなり思いきったシゴトをやりますからね。社会性にとぼしい孤独な人間が、とつぜん、凶暴な行動に走ることは、そう珍しくありません」

「ごもっとも、ごもっとも」

園田は、岡部に負けじと、「いうなれば、大都会に潜む悪の病根がとつじょ、芽を吹き出すようなもんですなあ」

顔に似合わず、文学的表現をした。

「ところで、被害者《ガイシャ》の身元は、いぜん不明なのでしょうか」

と竹村は聞いた。

「もっかのところ、手掛かりはゼロです。なにぶん、日曜と体育の日が重なって、五代通商は三連休なのです。会社の幹部が旅行中という理由で、庶務課長を相手に事情聴取をしていましたが、どうにも要領をえません。ようやく、きょうになって、先方も部長クラスが事情聴取に応じられるそうなので、このあと早速ご案内しましょう。みなさんも一度、犯行現場をご覧になりたいでしょうし」

事情聴取は午後三時から、ということであったが、捜査員の一行はそれよりすこし前に五代通商に入った。

岡部の案内で凶行現場の管理人室を見る。問題の居間の畳は剝《は》がしたままで、血痕もなまなましいコンクリート床が、むき出しになっていた。

館内はガランとして、静寂そのものだ。ひんやりとした空気の中に、竹村は、死臭を嗅《か》いだような気がした。

エレベーターで六階まで上がる。

会議室にはすでに、五代側の出席者が待機していた。取締役総務部長秋山賢治、人事課長石坂幸雄、庶務課長大久保貞夫。三名がそれぞれ、自己紹介をした。

ひととおりの挨拶《あいさつ》が終わると、原警部が捜査本部を代表して、事件の概要を説明し、捜査に対する協力を求めた。三人は神妙に頭を下げ、愛想笑いを浮かべたが、どれもひと筋縄ではいかない、事なかれ主義の面々に思えた。

すでに庶務課長と面識のある岡部が、質問の口火を切った。

「さっそくですが、野本敏夫の経歴を聞かせてください」

石坂人事課長が、用意した履歴書のコピーを、捜査員たちに配った。

《履歴書》

野本敏夫　昭和十二年三月二十五日生

本　籍　東京都北区上中里×丁目×番地

現住所　東京都目黒区自由が丘×丁目×番地　ヴィラ朝丘三〇五号

学　歴　（前段省略——）

昭和三十三年十月　立明大学商学部二年中退

職　歴　昭和三十三年十月　東京都港区田村町㈱花木商事営業部ニ入社同三十九年十月　同社ヲ退職。昭和三十九年十月　東京都渋谷区代々木㈱みゆき不動産ニ入社同四十三年九月　同社ヲ退職。昭和四十三年十月　長野県木曾郡南木曾

町㈱大山木工所ニ入社同四十四年六月　同社ヲ退職。昭和四十四年七月　東京都中央区京橋マックス商事㈱ニ入社同四十八年十月　同社ヲ退職。現在ニ至ル。

賞　罰　ナシ。

「南木曾《なぎそ》か」「南木曾ですか」

園田と竹村が、異口同音に呟《つぶや》いた。岡部はおどろいて、ふたりの顔を等分に見た。

「どうかしたのですか」

「土地カンですよ。野本は南木曾におったんですなあ。しかも四十三年から四十四年にかけてというんじゃ、松川ダムの基礎工事が始まったかどうかって頃ですわ。あんたの言ったとおり、ダムができるなんてことは、少しも知らなかったにちがいない」

「南木曾というのは、現場に近いのですか」

「飯田から県道で一直線。木曾峠を越えた向こう側が南木曾で、ダムはその途中ですよ」

「なるほど、やはりそうでしたか」

岡部は、軽くうなずいて、人事課長の方に向き直った。

「ところで、野本がこちらの会社に入社したのは、いつのことですか」

「四十九年の九月一日付です」

「その際、身上調査のようなことは、おやりになったのでしょうか」

「むろん、いたしております」

「それは、興信所をお使いになってですか」

「さようです」

「で、別に問題はなかったわけですね」

「はい」

「前科なども」

「とんでもない、前科があれば、採用などするものですか」

石坂人事課長は、分かりきったことを聞くな、という顔をして岡部を睨《にら》んだ。

「入社後、事件を起こすまでの勤務状態はいかがでした」

岡部は、質問の鉾先《ほこさき》を、大久保庶務課長に向けた。

「まじめな勤務ぶりでした。おとなしい男で、まあ、あんなだいそれたことをやらかす人間とは、思えませんでしたね。とくに細君をもらってからは、身ぎれいになったし、言うことはありませんでした」

「ほう、すると、結婚は入社後にしたのですか」

「そうです。ええと、たしかおととしの春でしたか」

「細君は、どんな女でした、つまり性格は」

「これもまた、おとなしい女性で、亭主にはよく尽していたようです」

「細君のほかに、身内はいないのですか」

「はい、両親はすでに物故しておりまして、身内といえば、保証人になっている叔父《おじ》がひとりいるだけ、とか言ってましたな」

「その人の名は？」

「ええと、野本孝平、氏です」

「住所はどこですか」

「目黒区自由が丘……」

「自由が丘、というと、野本が入社前に住んでいた所と同じ場所ですか」

「そのようですね。ヴィラ朝丘三〇五ですから、おそらく同居していたのでしょう」

「その人に連絡はおとりになったのですか」

「ええ、昨日から電話をかけているのですが、まだ連絡がとれませんで」

「しかし、妙ですねえ。事件があれだけ報道されているのに、なんの連絡も寄越《よこ》さないというのは」

「まったく、困ったことで……」

　庶務課長と人事課長は、期せずして、秋山総務部長に視線を走らせた。それまでほとんど沈黙していた秋山は、沈痛な面持ちで、口を開いた。

「じつはですな、これは、はっきりしたことは申しあげにくいが、私共はいろいろ思い合わせた結果、あの事件の被害者はその、野本の叔父さんではあるまいか、と、まあ、あくまで仮定のことですが」

「叔父さんてのは、いくつぐらいの人かね」

園田が、勢いこんで訊《き》いた。

「たしか、五十七、八だと思います」

「そいつですな、まちがいない。ねえ、みなさん、どうです」

全員、異論がないと見るや、園田はすっくと、起ちあがった。「とにかく行ってみましょうや、そのほうが手っ取りばやい」

午後五時すこし前――一行は自由が丘のマンションに来ている。途中、所轄署に寄って、管内の捜索を行なう旨、了解をとり、ついでに、道案内のパトカーを一台、出してもらった。

「ヴィラ朝丘」はなかなか豪勢なマンションであった。高級邸宅街として知られた自由が丘の高台である。いずれ、裕福な居住者が多いにちがいない。玄関脇の管理事務所には、常時二名の管理人が詰めていて、出入者のチェックを怠らない。

パトカーが敷地内に進入してゆくと、管理人は、何事か、という顔で飛び出した。

園田が大股《おおまた》に歩いて行って、手帳を示す。

「こちらに、野本孝平さんという人が住んでいますね」

「はい、おられますが」

「ちょっと案内してもらいたいのだが」

「しかし、野本さんはお留守ですよ」

「ほう、どうして分かるんですかい」

「いや、いましがた電話したばかりですからね。何回電話してもいないんですよ。もう月初めからお留守のようですな」

「月初めから？」

「はい、毎月一日に管理費を納めていただくことになってましてね。野本さんは、きちんと遅らせたことのない人なんですが、今月はまだなんです。どこか遠くへ旅行でもしておられるのですかねえ。それならそれで、ひと言断わってくれないと困るんですが」

「旅行は、よくされるのですか」

脇から、岡部が尋ねた。

「ええ、たまにありますが、でもせいぜい一泊か二泊ぐらいですからねえ」

「野本さんは、お独りですか」

「お独りですよ。俺は独身貴族だ、なんて、お齢《とし》に似合わず、若々しいところがありましてね。もっとも、このあいだ冗談かもしれませんが、近いうちに若い嫁さんをもらうつもりだなんて、言ってました。でも、どうなんでしょうねえ、近頃の若い女は油断のならんところがありますからなあ」

園田が管理人の肩を叩《たた》いて、とめどなくなりそうな饒舌《じょうぜつ》に、ストップをかけた。

「とにかく、部屋を見せてくれませんか」

「しかし、野本さんの了解をとりませんと」

「いや、そのことなら心配いらんです。あの人の了解は、永久にとれっこねえですから」

「は？」

「野本孝平さんは、死んだんですよ」

園田は、断言した。原と岡部は、思わず顔を見合わせた。

三〇五号室は、やはり留守で、管理人がマスターキーを使ってドアを開けた。

部屋はいわゆる、三ＬＤＫというタイプで、ひとり住まいには広すぎるほどのスペースだ。じゅうたんを敷きつめ、各部屋の調度はウォールナット風の渋い色調でまとめてある。書斎のどっしりした本棚には、紳士録をはじめ、法律・経済関係の重厚な書籍が並ぶ。大型の両袖机《りょうそでづくえ》の抽斗《ひきだし》には、さまざまな企業の会社便覧や営業報告書の類《たぐ》いが、ぎっしり詰まっていた。

寝室は六畳程度。セミダブルのベッドが緑色のカバーで覆われている。ベッドの上にはキルティングのナイトガウンが、二つ折りにして載せてあった。

ダイニング・キッチンは広く、畳数にすれば二十畳ぐらいもあろうか。大きめのテーブルに椅子が四つ。幅の広い食器棚には、豊富な食器類と並んで、世界各国の酒が飾られている。アイボリーホワイトのキッチンセット、アメリカ製の冷蔵庫、電子レンジと、いたれりつくせりの設備、什器《じゅうき》類だ。

「けっこうなお住まいですなあ」

最後に辿《たど》りついた居間のソファーに、どっかと腰を下ろしながら、園田が溜息《ためいき》をついた。

「わが県営住宅とは、えらい違いだ。二DKに親子四人ですからなあ」

「うちだって、同じですよ」

竹村は慰めを言った。

「だけど、タケさんのところは、ガキが居ねえからいいさ。しかし、主任さんのお宅はこのくらいはあるのでしょうな」

「冗談でしょう」

原は苦笑して、園田と向かい合わせに座った。それをきっかけに、全員が座り込み、いつのまにか一服する気配になった。

「じつは今度、無理してマンションを買ったんですがね、やっとこの二LDK。それも一部屋は娘に取られまして、亭主たるもの、身の置きどころもありませんよ」

「嬢ちゃんは、大きいんですか」

「いや、まだ幼稚園」

「じゃあ、かわいい盛りだ。うちのは高一と中二。両方とも男で、これがまた親に似ねえで、キリンか丹頂ヅルみたいにヒョロヒョロしてましてな、これで女房が象で、あたしが猪ときちゃ、まるで動物園――」

一座はどっと沸いた。本人自ら、イノシシと言ったのがおかしかった。岡部も、なるべく園田を見ないようにしながら、肩をゆすって笑っている。

「岡部さん、あんたのところはどうです。見たところ警部と年格好は同じくらいだし。いま、三十二か三ですか？」

「丁度ですよ」

「ほう、じゃあ僕と同じだ」

原は嬉《うれ》しそうに言った。

「へえ、警部も三十ですかい。タケさんもたしか三十だったよなあ。みんなお若くて、けっこうなことだ」

園田は悦に入っているが、竹村はショックだった。少なくとも二つか三つは年長だと思っていた、警部と警部補が自分と同年だったとは――。

「で、お子さんは何人？」

園田は岡部に、まだ訊《き》いている。

「いや」

岡部は微笑を浮かべ、首を横に振った。

「まさか、独身じゃねえでしょう？」

岡部はまた、首を振った。プライベートな話に乗りたくない様子を察した原が、

「園田さん、そんな話をしている場合ではありませんぞ」

笑いながら、窘《たしな》めた。

「ははは、こいつは面目ない」

園田は照れ隠しに、ポケットからハイライトをつまみ出した。

竹村は目の前にあるガラス製の灰皿を、園田の方へ押しやり、灰皿の脇にあった、しゃれたデザインのマッチを拾って、煙草に火を点《つ》けてやった。

「よ、サンキュー」

園田は旨《うま》そうに、煙を吐いた。

その時、竹村の背後で電話が鳴った。竹村はドキッとして、振り向きざまに受話器を摑《つか》んだ。

「もしもし」

「あら、ノモさん……」

若やいだ女の歓声が、とびこんできた。

「ようやく居てくれたのね。お店にもちっともきてくれないし。どこへいらしてたのよ、ずいぶん電話したのよ。心配しちゃった……」

女は泪声《なみだごえ》になっている。

「もしもし、失礼ですが、どなたですか？」

「あらっ？」

うろたえて、

「ごめんなさい、まちがえました」

ガチャッと、電話は切れた。

（しまった——）

竹村は唇を嚙《か》んだ。

「おい、どうした、誰からだ」

園田が受話器をひったくって耳に当てた。

「チェッ、切れてやがる、誰からだった？」

「女です、若い声でした」

竹村は、短い話の内容を伝えた。

「なんだ、それだけか、しょうがねえなあ、もっと話を引き延ばせばいいのによ」

「すみません」

「いや、謝ることはねえけどさ、しかし、どういう関係の女かなあ」

「そりゃ園田さん、飲み屋の女ですよ」

原がおかしそうに言った。

「飲み屋の女？」

「いや、飲み屋といっても、いずれ高級クラブかなんかでしょうがね」

「はあ……」

「あれ、知らないの。灯ともし頃ともなればそういう電話をかけて、お客を誘うんですがねえ」

「知りませんよ、あたしにゃ縁がありませんからなあ。岡部さんはどうです？」

「いや、私も縁はありませんが、それは警部のおっしゃるとおりだと思いますよ」

「そうかねえ、やっぱり俺は田舎者なんだなあ」

園田は憮然《ぶぜん》として、煙草をふかした。

電話の一件はそれっきり、忘れ去られてしまったが、ひとり竹村の胸の裡《うち》は納まらなかった。原が言うように、電話の内容はたしかに、取るに足らぬことかもしれない。しかし竹村は、嫋々《じょうじょう》たる女の声を聞いている。客引き用の甘い言葉――とのみ言い切れぬ真摯《しんし》な響きが、その中にはたしかにあった。相手にあっさり電話を切らせてしまった自分の応対の仕方は、まったく芸が無さすぎた。なにか大きな魚を釣り落としたような無念さが、いつまでも尾を引いた。

「さて、それでは結論を出すか」

原警部は、真顔に戻った。

「被害者は野本孝平と断定していいですな」

誰にも異存はなかった。

「それでは岡部さん、ご苦労だが鑑識に連絡して、そのセンの確認を急いでもらってください。指紋と義歯の資料はたぶん、科学捜査研究所のほうに届いていると思うから、明日の朝ぐらいには結論が出るでしょう。それまでは、われわれの出番はないですな」

「いや、それ以後もわれわれの出番はありませんぜ」

園田がつまらなそうに言った。

「被害者が割れちまえば、あとは警察庁の仕事だ。犯人夫婦を全国指名手配して、チョン。

捜査本部ったって、名ばかりですな」

「まあいいじゃないですか、仕事なんてものは、無いに越したことはない」

「そりゃそうですが、しかし、思ったよりあっさり、カタがつきましたなあ」

（おや？）とその時、竹村は思った。この事件は本当に解決したのだろうか——。何か割り切れぬ想いで、みんなの顔を見渡した。だが、原も岡部も、その結末を少しも疑っていない顔であった。

2

その夜の宿は、岡部が神田《かんだ》駅近くの和風旅館を手配してくれた。冠木《かぶき》門から玄関まで、ささやかながら手入れのよい植込みの谷間を、飛石づたいにゆく、昔風の味わいを残したたたずまいであった。岡部の話によれば、この界隈《かいわい》でこうした宿は、もはやここ一軒きりだそうだ。

「自分がこういう雰囲気を好むもので、勝手に決めてしまいましたが、ビジネスホテルのほうが、お気に召しましたかな」

「いや、そんなことはない。あたしはあの、ホテルってやつは苦手でしてな。あんた、なかなか趣味がよろしいですわ」

園田は、十歳ほど年若の警部補が、しだいに好もしく思えてきた様子だ。

旅館での遅い夕食には岡部も参加して、にぎやかな小宴になった。原警部心尽しのビールも供され、園田はますます、ご満悦の体《てい》である。岡部を相手に、捜査術談義を展開していた。岡部は穏やかな微笑を浮かべて、時折、小さくうなずいてみせる。職務上みせたような能弁は、影をひそめていた。コップを口元に運ぶ手付きや、箸《はし》を使う仕草など、諸事、ゆったりと物静かな雰囲気がただよう。

竹村は岡部の風貌《ふうぼう》から、テレビの刑事物ドラマに出てくる〝N〟という脇役《バイプレイヤー》を連想した。病的とも思える白皙《はくせき》の細面に、たえず不可解な微笑を浮かべ、無口で動作も小さく、捜査が難航すると、きまって鋭い推理をはたらかせては、主役の警部に事件解決のヒントを与える、といった役どころだ。

妻の陽子がNのファンで、放送日の夜はテレビの前に釘《くぎ》づけになる。亭主が帰宅していようが、お構いなしだ。

「こんなふうにカッコいい刑事なんて、ホントは居ないのよねえ」

まじめくさって言う。

「ばか、俺を前にして、なんてことを言う」

憤ってみせたが、刑事稼業に、ドラマの主人公のような、人間的深みやデリカシーなど、求めようもない。竹村自身、そう思っていた。

いま目の前にいる岡部警部補には、竹村がかつて見たことのない、磨かれた男の美しさといったようなものがある。この人物だったら、あるいは外交官をやらせても、適任かもしれない。洗練された都会性、回転の早い頭脳、優雅な挙措《きょそ》動作、それらはまさしく、ドラマの主人公にさえ相応《ふさわ》しい魅力であり、その魅力の持ち主が、現実の世界で刑事でいることが、竹村には大きな驚異であった。

(陽子にこの男を見せたら、どんな顔をしてなんと言うだろう——)

ふとそんなことを思い、竹村は慌てて、その気紛れな好奇心をうち消した。岡部と自分を見較べる、陽子の気持を想像することは、あまり愉快ではなかった。

「岡部さんは、東京のご出身ですか」

竹村は聞いた。

「ええ、生まれも育ちも、東京です」

岡部は人懐こい笑顔を、竹村に向けた。

「竹村さんは、やはり長野？」

「はあ、伊那の産です。東京の方《かた》から見ると、飯田だとか伊那地方なんかは、まるで地の果てのように感じるでしょうねえ」

「ははは、地の果てはオーバーだけど、正直言って、ぼくのように旅が億劫《おっくう》な人間にとっては、遥《はる》かな地であることはたしかですね。木曾のようにポピュラーだと、実際には行ってなくても、見てきたようなイメージが湧《わ》きますが、伊那のことは存外、紹介されていないのではありませんか。現実に、ぼくなど、交通機関はもちろん、どの辺に位置するのかさえ、よく分かりません」

「たしかに、不便なところなのです」

竹村は、今朝の列車から眺めた、伊那盆地の風景を思い浮かべた。

「それでですね、自分が今度の事件でもっとも疑問に思えてならないのは、犯人・野本敏夫は、なぜこのような遠隔地に死体を運ぶ必要があったのか、という点なのです」

原警部をはじめ、全員の目が、興味深そうに竹村に集中したが、それにまったく気付かないほど、竹村の気持は昂《たか》ぶっていた。

「なにも三十万円も払わなくたって、東京付近にだって、いくらでも適当な場所がありそうなものではありませんか。場合によっては、重しをつけて隅田川や東京湾に沈めるような術《て》も考えられたはずです。だいいち、運転手の話では、犯人は死体運搬のことを、あまり隠す意志がなかったようでさえあります。だから、なおのこと、いったいなんの目的で、どういう理由で、わざわざ飯田くんだりまで行く必要があったのか、理解に苦しむのです」

「なるほど、それは面白い着眼だね」

原がそう言ったので、竹村ははじめて周囲の目に気付き、顔を赧《あか》らめた。

「ねえ岡部さん、いま竹村君が言ったこと、一考の価値はありませんか」

「はあ」

岡部は思慮深い目で、空間を模索した。

「たしかに、常識的な見方からすれば、犯人の行動は論理的でないかもしれません。しかし、常軌を逸したということなら、殺人それ自体、すでに常軌を逸した行動なのですから、常識では割り切れない、突飛な行動をしたとしても、そこに特別な意味を与えなければならない、ということはないと思います。現実の問題として、死体遺棄作業を、邪魔されたり訝《あや》しまれたりすることなく、確実に行なえる場所をいざ探すとなると、なかなか思いつかないものではないでしょうか。その点、松川ダムの現場は、夜ともなればほとんど交通も途絶えてしまうそうですね。妙な言い方ですが、心おきなく死体を捨てる場所として、犯人の頭にまずあの場所が思い浮かんだとしても、むしろ当然のような気がします」

「しかし、それならばなぜ、運転手の戸沢にダンボールの中身はホトケか、と聞かれたのに対して、素直にそうだ、と答えたのでしょうか。それに死体の捨て方にしても、あまりにも杜撰《ずさん》で、真剣に隠蔽《いんぺい》工作をやる気があったのかどうか、疑わしいほどです」

竹村は食い下がった。

「そのとおりですね、野本の行為は、隠蔽工作だとすれば、まったく莫迦《ばか》げている。ということは逆にいえば、つまり彼は、真剣に死体を隠すつもりがなかった、とは考えられませんか」

「隠すつもりがなかった、ですか?」

「そうです。いくら死体を隠してみたところで、殺人という犯行そのものは、いずれ露顕するにきまっている。ただ、それまでにいくばくかの時間が欲しかった、ということだったのではないでしょうか。要するに野本は、死体を隠しに行ったのではなく、ただ単に、捨てに行っただけなのです」

「すると野本は、時間かせぎ――つまり、準備する余裕さえあれば、逃げおおせる自信があったのでしょうか」

「さあ、それは難しい問題です」

岡部の表情に、微妙な翳《かげ》りが浮かんだ。

「竹村さんも先刻《さっき》、指摘したように、例の三十万円という料金は、ずいぶん法外な額だとぼくも思います。裕福でもない野本にしては、かなり気前よく奮発したものです。殺された孝平から奪ったものと仮定しても、これから先、逃走資金がいくらあっても足りない、という時にしては、あまりにも惜しげが無さすぎます」

竹村は、あっ――と気がついた。

「ということはつまり、野本には、逃げる気がない……」

「そうです、野本は死ぬつもりだと、ぼくは思います」

そう言ったときの岡部の顔は、まさにテレビドラマの刑事そっくりであった。

岡部の推論は、翌日午後、室町署で行なわれた合同捜査会議でも支持された。

会議には、警視庁から捜査一課長みずから数人の部下と共に出席したほか、前日、野本孝平宅の家宅捜索に当たった鑑識課の面面を含め、三十人を超す捜査員が参加した。

捜査一課長は制服で会議に臨んでいる。警視正の襟章を中心に、警部クラスが居並ぶ情景に、竹村は圧倒された。竹村ばかりでなく、長野県警組はむしろ、借りてきた猫のように、末席に顔を連ねるような有様であった。

会議の冒頭、鑑識および科学捜査研究所の分析により、野本孝平が本事件の被害者であると確定した旨、報告された。

野本孝平は、いわゆる総会屋であった。聞き込みに行った先によっては〝企業ゴロ〟ときめつける者もあったが、総会屋仲間では、かなり大物に属していたらしい。特定の組織には入っていない、いわば一匹狼的な存在でありながら、株主総会の議事進行係——いわゆる、〝エキストラ〟の動員力も相当なものだという。

総会屋——ということで、竹村はひっかかるものを感じた。だが、そのひっかかりが確かな象《かたち》を成さぬ内《うち》に、会議の空気は流れていった。

議題は犯行の動機という点に移った。

警視庁の、宮島という警部が立った。

「昨夜の家宅捜索によって、野本孝平氏に宛《あ》てた犯人・敏夫名義の借用証が発見されました。額面一千万円を、二十年の月賦返済を条件に借りております。つまり、月づき四万円平均の返済ということになり、これは犯人にとってかなり負担であったと想像できる。このことが犯行と直接、結びつくか否かはともかく、有力な潜在動機として注目すべき証拠物件でしょう」

それに関連して、室町署の捜査員から、五代通商周辺の聞き込み捜査の結果、近所の薬局の女主人に対して、野本敏夫の妻、野本美津子が愚痴をこぼしていた、という報告があった。

「孝平は敏夫に対して、かなり厳しく取り立てをしていたようです。時折、物入りなどがあって支払いを延ばしてほしいことがあっても、孝平は頑として容《ゆる》さなかったそうで、その都度、相当険悪な口論になった様子です。この借金のために、美津子は薬局の女主人の紹介で、洋裁の下職を続けていたといいます」

一千万円という高額な借金が、どのような性格のものであるかは、目下のところ不明だが、それが野本敏夫・美津子夫婦に与えた、物質的、精神的重圧は計り知れないものであっただろう。会議では、その重圧に対する反動として、衝動的犯行におよぶことは、充分考えられるという意見が支配的であったが、さらに、それを補強する意味で、岡部警部補が参考意見を述べている。

「結論から申しますと、野本敏夫は、衝動殺人を惹起《じやつき》する素地のある性格異常者ではなかったかと思います。聞き込み調査によれば、野本は妻・美津子に対して、かなりサディスティックな暴力をふるっていたと思えるフシがある一方、日常の勤務態度は、いたって勤勉、従順だったそうで、かなり落差の激しい躁鬱《そううつ》性が感じられます。残虐性については、屍体《したい》解体によっても明らかですが、さらにその直後、ビーフステーキをレアで食えるという精神状態は、冷酷といいますか、冷血といいますか、とても人間とは思えません。ただ、そいまうかがったところによれば、借金の返済はすでに三年におよんでいるそうですが、その間に鬱積した欲求不満と孝平に対する敵意は、ちょっとしたきっかけで殺意として爆発しうるだけのエネルギーを蓄積していたと考えて、さしつかえないと思います」

岡部の発言を聴きながら、竹村は、五代通商ビルの穴蔵のような管理人室を思い浮かべた。そこに棲《す》む、希望のない夫婦の暮らしを思った。借金を返済するという目的にのみ費やされる二十年——。その先には仮借ない定年と、老いが待っている。野本が自暴自棄の行動に奔《はし》った気持も、分かるような気がした。だが、そう思う一方、竹村の心の片隅に、割り切れぬ蟠《わだかま》りのあることもまた、事実であった。

会議は犯行状況を想定する段階に入った。

被害者・野本孝平は、十月一日午前十時頃にヴィラ朝丘を出ている。その足でまっすぐ行ったかどうかは不明だが、推定、正午過ぎ頃には敏夫のところを訪れたものと考えられる。この日は土曜日で、五代通商は休日だが、一階から五階までの営業関係のフロアと八階のテレックス室には、緊急業務に備えて、午前中だけ、各フロア二名ずつの日直社員がつめていた。彼らのうち誰ひとりとして孝平らしい人物を目撃していないことから、正午過ぎ以降という訪問時間が推定されたものであった。

訪問の目的が借金の取り立てであることは、はっきりしている。敏夫宅のたんすの小抽《ひき》斗《だし》から、当日の分を含めて四葉の領収証が発見されており、その日付がいずれも、各月の第一土曜日にあたっていた。孝平は例月どおり敏夫を訪問した。その後の経緯は想像の域を出ないが、孝平の隙を衝《つ》いて、敏夫が野球バット状の鈍器を揮《ふる》い、叔父《おじ》の後頭部を強打し死に至らしめた。

妻・美津子の共犯関係は、かりにあったとしても付随的なもので、凶行はあくまで野本敏夫の単独犯行である、と断定された。

事件当時、被害者は少なくとも三十万円を超える現金を所持していたと推定される。野本敏夫名義の預金は、付近の銀行に八千円ばかりあったが、それも逃走直前に解約されている。死体運搬の戸沢運転手に支払った三十万円が、孝平の所持金であったことは、ほぼ間違いのないところだ。したがって、敏夫の容疑は、殺人、死体損壊および遺棄の上に、強盗という項目が加えられた。

以上が「野本孝平殺害事件」の犯行時の情況想定である。この結果に基づき、同日夕、警察庁は、野本敏夫を強盗、殺人および死体遺棄容疑で、また、妻・美津子を同事件の重要参考人として、全国指名手配を発令することになる。

会議はそのあと、犯人夫婦の足取り捜査の進め方を打ち合わせて、午後四時前に終了したが、その際に例の岡部の推論が披露されている。

「なるほどね、死を覚悟の上での犯行か」

会議のリード役を務めた、警視庁の宮島警部がまず、反応を示した。

「さすが、室町署の名探偵だ。考えることがクールだよ」

好意的な笑いがおこった。どうやら岡部警部補の存在は、警視庁でも評判らしい。竹村はあらためて、岡部の横顔を眺めた。岡部は少年のようなはにかみを、紅潮させた頬に浮かべていた。

「だとすると、われわれの仕事はホトケさん探しということになる。そうならんうちに、なんとかホシを逮捕できるよう、お互い、頑張りましょうや」

宮島は結論めいて、言った。

最後に、捜査一課長が各員に一層の精励を求める訓辞をした。それから声を柔らげて、長野県警の四人の労を犒《ねぎら》った。

「本事件はみなさんの努力により、予想以上の早期解決を見ることができそうです。合同捜査会議も、これが最初にして最後ということになるでしょう。せっかくの折でもあり、この際、何か意見なり質問があれば、忌憚《きたん》なく発言してもらいたい」

さすがに一課長ともなると、政治的配慮を忘れない。本家本元ともいうべき、長野県警の捜査本部員が、棚上げされた格好で、ひと言の発言もないまま引き揚げるのを、黙って見過ごすわけにはいかなかったのだろう。

「は、ありがとうございます」

原警部は一課長の配慮に謝意を表わしたが、さりとて、こと新しくお歴々に披露するような意見を持ち合わせているわけではない。仲間の顔を一わたり見渡した。

その視線を、竹村の双眸《そうぼう》が捉《とら》えた。

「あの、自分から、質問してもよろしいでしょうか」

「ん？……」

原は、とっさの判断に窮した。もし、突拍子もない愚問を発して、いい笑い物にでもなっては困る、と思った。

「いいじゃないか、構わんよ」

一課長が声をかけて寄越した。

「何か言いたいことがあるなら、自由に発言したまえ」

「はい」

竹村は起《た》ち上がった。声が少しうわずっていた。

「あの、この事件は、野本敏夫の単独犯行であり、動機は借金返済にまつわる悪感情が鬱《うっ》積《せき》した、いわゆる怨恨《えんこん》によるものだということであります」

「うむ、そうだね」

「また、殺意は衝動的なものだということであります。発作的な犯行だと……」

「まあ、いずれも想定ではあるがね。ほぼまちがいあるまい。会議の結論として、私も妥当なものと思う」

「先ほどうかがったところによりますと、野本の部屋から、今月分の領収証が発見されたそうですが、すると野本は、借金を払ったあと、叔父を殺したということになります」

一課長は、隣席の宮島警部を見返った。宮島は、わずらわしそうな苦笑を浮かべて言った。

「たしかにそうだが、それが何か？」

「はあ、衝動的ということでしたら、借金返済を迫られ、追いつめられたあげく、発作的凶行におよぶのがふつうだと思います。金を用意して、きちんと支払いを済ませ、領収証をもらってから、衝動的な殺意が起こるものでしょうか」

「そりゃ、きみ、細かな情況がどうであったかは分からんよ。金を払ったあとで、孝平に何か嫌味でも言われ、かっとなったのかも知れんじゃないか」

「では、凶器のことはどうでしょう。凶器は野球のバットと推定されていますが、野本は日頃から、手近なところにバットを置いておく習慣があったのでしょうか。あまり野球などには縁のない暮らしのように思えるのですが」

「それだって分かりゃせんよ。あったかもしれんし、なかったかもしれん。要するにきみは、計画的犯行ではなかったか、と言いたいのだろう?」

「はい、そうです」

「そんなことは、われわれだって考えているさ。たしかにきみの言うとおり、凶器はあらかじめ用意しておいたのかもしれん。殺意もすでにあったかもしれん。しかしだね、かりにそうだとしても、一日か一秒かの差はあるにせよ、三年もの間、野本の心理の中に鬱積しつづけたエネルギーが、ついに爆発したという意味からいえば、衝動的という表現を用いたとしても、それほど重大な誤りではあるまい」

竹村は、見るも無残に打ち砕かれた。おまえの考える程度のことは、われわれだって考えている、という言われ方が辛《つら》かった。

「どうだね、納得したかね」

一課長は、温かい声で言った。

「はい、了解しました」

竹村は一礼して、着席した。もっと重大な問題提起をするつもりだったのだが、その意志はいっぺんに、消しとんだ。

会議が終わって引き揚げる、警視庁の一行を、大勢の報道陣がとり囲んだ。口ぐちに一課長めがけて質問を浴びせる、一課長がそれに応じないと見るや、すぐ後に続く宮島警部に群がった。宮島は「だめだ、だめだ」と手を振りながら、しかし満更でもない顔で、人波の中を泳いで行った。

そのざわめきを見送ってから、長野の一行は帰途についた。岡部警部補は玄関まで送ってきた。

「いろいろお世話になりました」

原警部は、丁寧に頭を下げた。

「いちど、飯田へも来てくださいや。そう悪いところでもありませんぞ」

園田は別れがたい風情であった。

竹村は黙って、一礼した。階段をいくつか降りかけた時、岡部が呼んだ。

「あ、竹村さん、ちょっと」

竹村はひとり、岡部の傍《そば》へ戻った。

「じつは竹村さん、さっきあなたが言った、計画犯行のことですがね、あれ、ほんとうのところ、僕は気が付きませんでしたよ」

「何か？」

竹村はまじまじと、岡部を見た。岡部は真顔で、見返している。

（まさか――）と、竹村は思った。しかし、たとえ嘘であっても、そう言ってくれる岡部の優しさがうれしかった。

「ありがとうございます」

「いや、とんでもない。それより、もし僕でお役に立つことがあれば、そう言ってください。あちらでは、東京のことはなかなか思うに任せないでしょうから」

「はあ……」

いったん逡巡《しゅんじゅん》してから、竹村は思いきって言った。

「ではお言葉に甘えて、お願いしたいのですが、調べていただけるでしょうか」

「どんなことでしょう」

「野本孝平は総会屋だったそうですが、五代通商の株主総会に関係していなかったかどうか、ということです」

「ほう……」

岡部は、竹村の意図を計りかねる顔をしたが、すぐ笑顔になった。

「分かりました、調べてみましょう。結果はご連絡します」

別れしなに、ふたりはあらためて握手を交わした。岡部のほとんど女性的とも思える、掌《て》のしなやかな感触が、竹村の胸底深く、じんと沁《し》みた。

原警部と樋口巡査部長の県警組は、上野から直接、長野市へ帰投するというので、東京駅で別れた。

園田と竹村は、新宿発十七時丁度の〝こまがね5号〟に、ぎりぎりで間に合った。列車はほぼ満席で、座席がとびとびになった。

竹村は椅子の背に頭を凭《もた》せかけて、ぼんやりと、窓外の風景を眺めた。

曇り空のせいか、相模湖《さがみこ》付近で早くも、列車は暮色に包まれた。並行する国道を走る自動車のテールランプが、赤く淡い光芒《こうぼう》を長く引いていた。

東京から飯田まで、約二百六十キロ――

バラバラ死体を乗せた乗用車が、この同じ道をひた走ったのだ。その情景を想像すると、鬼気迫るものがある。なんの変哲もないように走り過ぎてゆく車たちの中には、それぞれ、他人が垣間《かいま》見ることのできない、さまざまな宿命や悲喜劇が積みこまれているのかと思うと、現世を生きる人間の営みが、たまらなくいとおしく、愍《あわ》れでならなかった。

わが家に辿《たど》りついたのは、十一時を回った時刻であった。風呂《ふろ》を浴び、軽い夜食を摂《と》ると、疲労感がどっと襲ってきた。だが、それにもかかわらず、竹村は久しぶりに妻を抱いた。

「あらあら、どうしたのよ」

陽子は、竹村の唐突さにとまどいながら、それでも嬉々《きき》として、愛撫《あいぶ》に応《こた》えた。

秋霖前線

1

竹村たちが飯田に帰投した翌日、十月十二日の未明から三日間、秋霖《しゅうりん》前線の停滞によるしとしとと雨が、本州をほぼ縦断して、降り続いた。

十二日の捜査本部は、原警部の到着を俟《ま》って、午後二時から捜査会議を召集した。

会議は、原警部の情況報告から始まった。

「すでにご承知のとおり、警察庁は昨日付で野本敏夫・美津子両名に対する全国指名手配を発令しております。事件発生以来、わずか一週間で、ほぼその全容を解明できたことは、捜査員諸氏のご努力の賜物《たまもの》であり、捜査主任として、まことに感謝に堪《た》えません。今後は全国警察組織があげて、犯人の早期逮捕をめざすわけで、ここにおいて、わが捜査本部の使命は完了したものと考えます」

ついで、捜査本部長でもある、大森署長が立った。

「本日、県警本部長より、当捜査本部を縮小する旨、通達があったので発表する。『松川ダムバラバラ死体事件捜査本部』は、後に述べる二名の専従捜査員を除き、すべての捜査員の任を解く。残留する二名は、竹村巡査部長、および、桂木巡査。以上のとおりである」

いわばこれは、捜査本部の事実上の解散を意味する。県警本部から派遣されていた八名を含め、二十名近い捜査員が任を離れてしまえば、本部とは名ばかりで、実際の機能は停止したも同然だ。残る二名の専従員は、言ってみれば残務処理要員として、犯人逮捕の日まで任務を継続するにすぎない。

難航を予想された〝松川ダムバラバラ死体事件〟は、いままさに、終焉《しゅうえん》の時を迎えようとしているのだ。

（これでいいのだろうか――）

竹村岩男は、苛立《いらだ》った。

何か、重大な場面《シーン》を欠落したまま、芝居の幕が下ろされるような気がした。大勢の観客の中で、自分ひとりがそのことに気付いている。しかし、それがどんな場面であるかは思い浮かばない。とにかくこのまま幕を下ろさせてはいけない――という焦燥感だけが、胸の奥に渦巻いた。

「捜査主任にうかがいたいのですが」

「なんでしょうか」

原警部は静かな眸《ひとみ》を、竹村に向けた。

「事件捜査は、事実上、これをもって打ち切りということになるのでしょうか」

「まあ、大体のところ、そういうことになりますね」

「自分はまだ、もう少し突っ込んだ捜査が必要ではないかと思うのですが」

「それはつまり、例の計画犯行説のことを言っているのかな。その一件については一応、説明がついているはずですが」

「いえ、それもありますが、まだ……」

「竹村君、まあ待ちたまえ」

大森署長が、手を挙げて制した。

「組織的な捜査活動は終局したといっても、きみは専従捜査員として残るわけだからね、なにも完全に、捜査の継続が不可能になったというわけではないよ」

「はあ、しかし……」

竹村は絶句した。専従捜査員はわずか二名にすぎない。しかももうひとりの桂木巡査は、ことし刑事になったばかりの新米である。これでいったい、どれだけの捜査ができるというのか。

「まあ、この事件の通報を最初に受けたのが竹村君だから、きみが人一倍、執念を燃やす気持も分からないではない。その意味できみを残したのだからね、よろしく頼むよ」

それ以上、言うべきことはなかった。

会議が終わり、県警側のスタッフが去って署内が閑散となった頃を見計らい、大森署長は、竹村を自室に招《よ》んだ。

「まあ、かけたまえ」

隙間だらけの木造モルタル、それも戦前からの老朽庁舎である。署長室といえども完全防音というわけにはいかない。大森は、自分の机まぢかに用意した折畳椅子を、竹村にすすめ、顔を寄せるようにして切りだした。

「きみは、捜査終了の通達に対して、かなり不満らしいが、何か特別な根拠をもっているのかね。いや、これはもちろん、非公式な話として訊《き》くのだから、きみもそのつもりで。なにぶん、ああいう席では、おのずから限界というものがあってね」

大森はニヤッと笑った。

大森修司は、すでに五十を過ぎた警視である。出世街道も、この地が終点ということになろう。四年前、竹村とあい前後して、飯田署に赴任した。その誼《よし》みというものか、齢《とし》の差の割に、ふたりは気の合うところがある。陽子との縁談も、大森が持ち込んだ。「私が最も期待する、わが署のホープです」というようなことを、相手方に言ったらしい。その直後、竹村は巡査部長に昇進したから、まんざら出鱈目《でたらめ》ということにはならなかったが、大森には、謹厳そのもののような日常に似合わぬ、さばけた、調子のいい一面のあることを、竹村は知っている。

大森署長の質問を受けて、竹村の頭脳は、目まぐるしく回転した。この機を失しては、芝居の幕は永久に下ろされたままになってしまう。霧のように茫漠《ぼうばく》としているものを、いますぐ、形あるものにして示さなければならない。

大森はハイライトに火を点《つ》け、竹村の思索がまとまるのを、根気よく待った。

「なぜ、野本を採用したのだろう」

唐突に、竹村は呟《つぶや》いた。

「ん?」

大森と竹村の視線が交錯した。

「そうです。五代通商はいったい、なぜ、野本のような人物を、すんなり採用したのでしょうか。野本の叔父《おじ》・孝平は、名うての総会屋です。五代側がそれを知らないわけはありません。しかも、過去に転々と職を変えているような男を、選《よ》りに選ってビルの番人ともいうべきポストに採用したのには、何か理由があったのではないでしょうか」

「たしかに、そういうことも考えられるが、しかし、それが、なにか?」

「この事件での、野本の行動には、常識では理解しにくい奇妙な点が、いくつもあります。たとえば、無造作な死体遺棄の方法、三十万円という法外な運搬料、犯行後の落ち着きはらった勤務ぶり。東京の合同捜査会議では、それを、自殺を覚悟したため、と判断しています。しかしそれは、あくまでも仮定のことです。であるならば、それと対応すべき、逆な仮説についても検討すべきだ、と自分は考えるのです」

「逆の仮説?」

「はあ、つまり、死を覚悟して、と考える代わりに、安全確実な逃走経路を確保していたため、という見方があってもいいはずです。三十万円に関しても、これは被害者の所持金であった、としているわけですが、もしそうでなかったら――被害者はそんな大金など、持っていなかったとしたら、いったいこれはどういうことになるでしょう」

「第三者が、介在していた、か……」

大森は、唸《うな》るように言った。「しかしそれは、かなり大胆な仮説だぞ」

「たしかに、おっしゃるとおりです。それで自分は、この仮説を樹《た》てうる根拠がないか考えました。そしてふっと、頭に浮かんだのが、先程申しあげた、野本の五代通商入社にからむ疑問なのです」

「つまり、野本採用の背後には、総会屋孝平の圧力があった、ということか」

「そうです。だとすれば、野本敏夫以外にも、犯行の動機を持つ者があったかもしれません」

「どうかなあ、ちょっと飛躍しすぎた推論のように思うが」

「そうでしょうか」

「どうも、仮説ずくめというのが気に入らないよ。だいいち、採用時には叔父が総会屋であることを知らなかったかもしれんし、かりに知っていたとしても、実害はない、と判断したのかもしれんじゃないか。総会屋だからといって、なにも悪的存在であるとはかぎらない。その会社にとって、好都合な存在であることもあるのだからね」

その時、机の上の電話が鳴って、大森が受話器を取った。

「おい、きみにだ、東京からだ」

電話は室町署の岡部警部補からであった。

「竹村さんに頼まれた、野本孝平と五代通商との関係ですがね、孝平は五代通商の株主総会には一切、関係しておりません。そればかりか、他の総会屋仲間にも、五代には迷惑をかけるなと牽制《けんせい》していたらしい」

「それは、甥《おい》の敏夫が世話になっているためではないでしょうか」

「いや、僕もそう考えたのですがね、孝平の五代に対する紳士的な態度は、ずっと以前から一貫していたようですよ」

竹村は正直なところ、落胆した。自分の樹てた仮説は、しょせん、仮説にすぎなかったのか――。

「あ、それからもうひとつ、野本敏夫には前科がありましたよ。暴行傷害で六ヵ月、食らいこんでいるのです」

「えっ、ほんとうですか？」

「ええ、やはりヤツには素質があったわけですなあ」

電話の向こうで岡部は、あたかも過去の出来事のような口ぶりで話している。だが、竹村は、闇の中にみつけた遠い曙光《しょこう》を睨《にら》んで立ちすくんだ。

2

東京の街は、昨日《きのう》からの雨で、濡《ぬ》れそぼっていた。

新宿から地下鉄を利用して、三越前《みつこしまえ》駅で降り、階段を上がったところで、竹村は小脇にかかえたレインコートを羽織った。

「まるでコロンボみたいですね」

桂木巡査は、陽子と同じことを言う。通りすがりのOLが二人、ふり返って、くすりと顔を見合わせ、デパートの中へ駆け込んで行った。

桂木は颯爽《さつそう》たる三つ揃いである。磨きあげたコードバンを気にして、舗道のあちこちにある水溜《みずたま》りを、ひょいひょいと避けながら、足早に歩いてゆく。右手に折畳傘、左手にアタッシェケースを持ち、ふと立ち止まって竹村の遅れを待つ様子は、ついこの辺りの商社員か、と見まごうばかりだ。まだ二十四歳、花の独身刑事である。

（あいつめ、東京へガールハントでもしに来たつもりじゃねえのか——）

竹村は多少、やっかみ半分に、そんなことを思った。

室町署に着いたのは一時前、岡部は留守だった。竹村は署員に伝言を依頼して、近くのレストランに入った。

かんたんな食事を済ませ、コーヒーを飲みたいという桂木に付き合わされたところへ、岡部が入ってきた。傘もささずに駆けてきたらしく、髪や肩のあたりに、露のような雨滴が光っていた。

「やあ、すみません、飯を食いに出ていたものですから」

岡部は、ウエイトレスが運んできたコップの水を一息で飲み、ご注文は、と聞くのには手を振って、要らないという意思表示をしてから、桂木に視線を送った。

「こちらは？」

「桂木巡査です。桂木君、こちら、室町署の岡部警部補さん」

桂木は起立して、敬礼した。

「そうですか、岡部です、よろしく。ところで竹村さん、今回の出張は、やはり野本の件で？」

「はあ、じつは、昨日岡部さんから、野本に前科があるとお聞きしたので、もう一度、五代通商を当たってみたいと思いまして」

「そうですか、だったら、僕もご一緒しましょう。どうせ目下、ヒマですから」

「そうしていただければ、心強いです。それで、野本はいったい、何をやらかしたのですか」

「くだらん傷害事件ですよ。相手は売れっ子の風俗嬢でしてね。それも店の中で、殴る蹴《け》る――サービスが悪いとかで、右手首を捻挫《ねんざ》させた上、顔面を含め、かなりの打撲傷と、小さな切り傷を与えたらしい。全治一ヵ月という診断だったようです。弁護側は心神耗《しんしんこう》弱《じゃく》による発作的な行為だからと、なんとか示談で治めようとしたのだが、相手方がどうしても告訴を取り下げなかった。結局、禁固六ヵ月の実刑を課せられています」

「六ヵ月は長いですね、控訴はしなかったのでしょうか」

「ええ、僕もそう思いましてね、午前中、弁護士会で聞いて、その事件を担当した官選弁護人に会ってきたのです」

岡部は話を途切らせ、煙草を銜《くわ》えた。桂木が如才なく、ライターの火を差し出す。

「野本敏夫の父親というのは、以前はかなり裕福だったのを、ひとり息子の敏夫の放蕩《ほうとう》で食いつぶされ、その頃には借金で首が回らない状態だったそうです。それで、裁判費用を出したのが、殺された孝平——これは兄想いで、なにかと面倒見がよかったらしい。しかしその孝平が、控訴はしない、と決定したのだそうです。『敏夫のようなヤツは、一度臭い飯を経験させた方がいい』と強硬に言われ、父親も諦《あきら》めるほかはなかった……」

「じゃあ、敏夫は、叔父《おじ》の孝平を恨んだでしょうね」

「その時点では、あるいはそうかもしれません。ところが、その事件はそれだけでは済まなかったのです。というのは、問題の風俗店の経営者というのが、暴力団関係でして、キズモノにされた風俗嬢の休業補償やら、店の損害賠償やらの名目で、かなりの金額を要求してきましてね、父親に賠償責任のないことを承知の上ですから、まあ一種の恐喝ですな。この時も、孝平が金を出して、兄を救っています。だが、それやこれやの心労が祟《たた》ったのか、それから間もなく、父親はポックリ死にました。しかも、残された兄の借金というのは、連帯保証人である孝平の元へ回ってきたというわけです。敏夫の例の一千万の借金は、これらの全部か、あるいは一部と考えてよさそうです。孝平が、たったひとりの身内である敏夫から、鬼のような貸金取り立てをしていた事情が、これでやっと呑《の》みこめましたよ。

叔父、甥の仲でありながら、まるで仇敵《かたき》同士のような感情を、双方が持ち合っていたのでしょうな」

竹村は、暗然とした。

（やはり、敏夫の単独犯行だったのか――）

風俗嬢に対する傷害事件から見ても、敏夫は激情しやすい性癖の持ち主だったに違いない。その敏夫が、管理人という、自己抑制を必要とする職業に就いた。そして、連綿と返済し続けなければならぬ借金――。その重圧の中で鬱屈《うっくつ》し、風船玉のように膨れあがった欲求不満が、傲岸《ごうがん》な叔父に向かって、一気に爆発したとしても、むしろ当然なのかもしれない。

（だが――）

と竹村は、なおも執念を捨て切れない。

「岡部さん、その事件というのは、いつ頃のことでしょうか」

「えーと、ちょっと待ってくださいよ」

岡部は手帳を展《ひろ》げた。

「昭和四十八年十一月ですね。刑が確定したのが、翌年の二月。出所は八月九日です」

「八月？……」

竹村はおどろいて、岡部を見た。

「おかしいですね、それは」

「何が、ですか？」

「野本が五代通商に入社したのは、四十九年の九月一日でしたね。人事の身上調査で、一ヵ月前の前科が分からなかったというようなことが、ありうるでしょうか」

「あっ……」

岡部の面上に、はじめて衝撃の色が奔《はし》った。

「しかも、たしか人事課長の話では、きちんと興信所を使って調査したということでしたから、ますます腑《ふ》に落ちません」

「ちょっと待ってください」

岡部は急に立って、ピンク電話に歩み寄った。十円玉をいくつか入れて、ダイヤルを回す。室町署のデスクを相手に話しているらしく、捜査上の要点を、つぎつぎに、テキパキと指示を与える。先刻、「どうせヒマですから」と言ったのは、遠来の客に気兼ねさせないための配慮であって、じつは、同時進行の事件を何件か、かかえているのであろう。

そんな最中《さなか》、とっくに峠を越したような事件を持ち込んだことに、竹村は心底、恐縮した。そのことを言おうとするより早く、受話器を置きざま、岡部は言った。

「行きましょう、竹村さん」

いつの間に持ち去ったのか、その手には伝票がある。制止する間もなく、岡部はさっさとサインを済ませ、レジに渡すと、威勢よく外へとび出した。

石坂人事課長は、迷惑げな態度を露骨に見せて、応対した。

「今日はまた、どのようなご用件でしょうか。もはや、お話しすべきことは、すべて申しあげたはずですが」

この老獪《ろうかい》そうな男から、必要な言質《げんち》を引き出す自信は、竹村にはなかった。ここは、尋問の一切を、岡部に委《ゆだ》ねることにした。

岡部は至極、のんびりした声で言った。

「どうもどうも、何回もお邪魔して申し訳ありませんねえ。じつは今日は、野本敏夫の身上調査の件で、ちょっと確認させていただきたいと思いまして。えーと、あれは、興信所に調査を依頼しているということでしたが、間違いなくおやりになっていますね」

「そのことでしたら、先日申しあげたとおり、間違いなく実施しておりますよ」

「その調査の控えのようなものは、あるのでしょうか」

「いえ、三年以上前のものですからな。破棄してしまいました」

「なるほど、しかし、いずれにしても、問題になるような難点はなかったわけですね」

「そうです」

「前科も」

「それも先日、申しあげたでしょう。前科があれば採用などしませんよ。なにしろ、会社の鍵《かぎ》を預かる管理人ですからな」

「興信所の調査に不備があるようなことは、考えられませんか」

「そうですなあ」

人事課長は、はじめて用心深い目をした。

「それは、ないとは言えないでしょうねえ。絶対にないとは」

「そうですか……」

岡部は、気抜けしたようなポーズで、煙草を銜《くわ》えた。人事課長のライターがすばやく差し出されて、火を点《つ》ける。

「ところで、課長さん」

その瞬間、ひっこめかけた石坂の手が、ぶるっと震えた。

「野本が入社して管理人になったのは、四十九年の九月一日でしたね」

「はいそうです。それまでは社員が交代制で宿直を務めるしきたりになっていまして、その宿直手当が、八月いっぱいで打ち切られました」

「入社が決まったのは、いつですか」

「八月十五日です」

「ほう、それはまた、ずいぶんはっきり記憶しておられますね」

「その日は終戦記念日でして、例年、正午になりますと、全社員が一分間の黙禱《もくとう》をするのが決まりです。総務部長から、野本の入社手続きを取るように命じられたのが、その直前だったもので、よく憶《おぼ》えています」

「なるほど、それでは確かですね」

岡部は、ろくに喫《す》ってもいない煙草を、灰皿の底に押しつぶして、竹村と桂木に「行きますか」と言った。竹村はおどろいて、いいのですか？　という視線を送ったが、岡部は平然としている。

「どうも、お忙しいところを、お邪魔いたしました」

「いや、お役に立ちませんで」

石坂人事課長は、堵《ほ》っとして、満面に喜色を表わした。その時、立ちあがりかけた岡部の動作が、ふと止まった。

「あ、これはちょっと参考までにお尋ねするのですが、興信所の調査というやつは、何日ぐらいかかるものでしょうか」

「そうですな、料金によって、普通から至急まで、いろいろですが……」

人事課長はふたたび、こすい目になった。

「まあ、普通で一週間、特急で三日以内というところですかな」

「野本の場合、つまり、採用人事は特急でしたか」

「いや、そんなことは、たしか、ないはずですが……」

(この刑事はいったい、何を言いたいのだろう？)という不安が、表情にありありと浮かんだ。

「おや、人事調査の依頼はあなたがお出しになるのでしょう？」

「え、そりゃもちろん私の管轄です」

「でしたらお分かりでしょう」

「ええ、たしかに普通で依頼してますよ。採用人事は、よほどの例外でもなければ、常にそうしています」

石坂はようやく、胸を張った。

「そうでしょうねえ、それならば結構です」

岡部は、あらためて座り直し、煙草を取り出した。石坂はこんどは、ライターを出さなかった。

「ところで、課長さんがはじめて野本とお会いになったのは、いつのことですか。八月十五日以前ですか、以後ですか？」

「そりゃ、あなた、前に決まってましょう」（なんて莫迦《ばか》げた質問だ——）「面接もせずに採用できるはずがないでしょう。あれはたしか、三……」
三、四日前、と言いかけて、石坂は口を塞《ふさ》いだ。八月十五日以前の一週間は調査期間でなければならぬ。
「そう、三日か四日頃でした。八月に入って間もなくでしたから」

「三日ですか、四日ですか。四日は日曜日なのですがね」

「あ、それでは三日ですよ。間違いない、八月の第一土曜でした」

「お宅は、土曜日も休日ではなかったですかね」

「いやいや、週休二日制になったのは、二年前からです」

すべて辻褄《つじつま》が合う、どんなもんだ、という表情になった。

「そうですか、よく分かりました」

岡部は、ニヤニヤ笑った。

「それで、面接はどちらで？」

「当社、応接室です」

「ほう、そりゃあ妙ですなあ、ねえ、竹村さん」

竹村は、岡部の巧妙な誘導尋問に、終始感嘆するばかりであった。

岡部は、それまでの笑顔を消すと、にわかに鋭い眼を光らせて、人事課長を見据えた。

「課長さん、あなた、なぜそんな嘘をつくのですか」

「嘘？　けしからん、嘘とはなんです。名誉毀損《きそん》もはなはだしい」

石坂がいきり立つのを、岡部は身を後ろに引いて、冷淡な眸《ひとみ》で眺めた。

「野本敏夫はですね、八月九日まで、府中刑務所に服役しておりましたよ。それでもあなた、面接したとおっしゃるのですか」

とたんに、人事課長の顔は蒼《あお》ざめ、唇がこわばった。

「これは正規の尋問ではなく、単なる事情聴取ですから、調書も取りませんし、法的な拘束力は何もありません。しかし、だからといって、虚偽の申し立てをしていいというわけでもない。もしあなたが、そのような態度をお続けになるなら、われわれとしても正規の手続きによってご同行いただかねばなりませんよ」

石坂は、首うなだれて、沈黙した。

「では、あらためてお聴きしますが、野本敏夫の身上調査は、実際には、なさらなかったのではありませんか」

「はあ、じつは、そうなのです」

蚊の鳴くような声が、返ってきた。

「やはりそうでしたか。しかし、なぜそのことをお隠しになったのかな」

石坂は苦しそうに押し黙っていたが、ようやく顔を上げた。

「あの、この件については、私の一存ではお答えしにくい点もありますので、ちょっと上司と相談したいのですが、暫時《ざんじ》、お待ちいただけませんか」

「結構です、そうしてください」
十五、六分間も待たせてから、石坂は秋山総務部長を連れて戻った。秋山は愛想笑いを浮かべているが、石坂は石のように硬い表情である。よほどこっぴどく絞られたらしい。
「いやあ、石坂がどうも、しようもない嘘をついておったようですなあ。私もまったく知りませんでしたわ」

秋山は、関西訛《なま》りのある喋《しゃべ》り方をして、あははと笑った。

「まあしかし、べつに悪気があって嘘をついたわけではなく、いうたら、物のはずみのようなことだそうですから、堪忍してやってください。規則では、採用人事に身上調査は不可欠という建前になっておりましてな、それをせなんだいうことは、人事課長の手落ちいうことになりますし、それに、あまり事件とは関係ない、と判断したためだそうです」

「分かりました、当方もその事にこだわるつもりはありません。それではひとつ、当時のいきさつを、正確なところでお話しください」

「それはまあ、お話しせんことはありませんが、しかしべつに重要なこととも思えませんのですがなあ」

「重要であるかないかは、当方で判断します。ただ、ありのままをお話しいただければ結構です」

「じつは、わが社に限ったことではないと思うが、採用人事に身上調査を省略するケースがありましてな。たとえば信用のおける人の紹介で、調査をすることが、その相手方に失礼にあたるような場合ですが」

「野本の場合が、そのケースだったわけですね。それで、紹介者は何方《どなた》だったのです?」

「うーん、それを申しあげんと、いけませんかねえ」

「ぜひ、お聴かせ願いたい」

「外部には、絶対、洩《も》らしていただきたくないのだが、よろしいですね」

「お約束しますよ」

「では申しあげるが、紹介者は当社の社長です」

「なるほど」

さして意外そうでもない岡部の真意を、竹村は計りかねた。これも、彼一流の演技の内なのであろうか。

「それで、社長さんと野本との繫《つな》がりは、孝平氏の関係というわけですね」

「お察しのとおりです」

「社長さんと孝平氏は、どういうご関係だったのですか」

「友人、というように聞いております」

「どういった種類のご友人でしょう」

「さあ、そこまでは知りませんなあ」

「社長さんにお会いする段取りは、総務部長さんにお願いすればいいのでしょうか」

「ええ、私でよろしいが、しかし、社長はいま、留守ですよ。東南アジアへ出張中でして、たしか、八時半頃の到着だったと思うが、今夜、帰国する予定です」

3

五代通商株式会社社長、福島太一郎には、「温厚な人柄」という定評がある。経済誌や業界紙に、この男の人物評が載る時には、判で捺《お》したように「温厚」という定冠詞がついた。ほどよく陽焼けした柔和な面差しと、みごとな銀髪から、誰しもがそういう印象を受けたし、落ち着いた物腰といい、穏やかな語り口といい、五代通商という老舗《しにせ》を背負って立つに相応《ふさわ》しい紳士であることは、疑いもないように思えた。それでいて、実務ということになると、なかなかの辣腕《らつわん》家でもあり、先代社長である五代平三郎会長が、三代続いた世襲制を廃して、福島に経営を委《ゆだ》ねたのも、そこを買ってのことと取り沙汰《ざた》された。

通関手続きを終え、到着ロビーに姿を現わした福島は、出迎えの面々に向け、例によって「温厚」な微笑を投げかけた。しかしその顔には、蔽《おお》うべくもない疲労感が浮いている。東南アジアの七日間が、決して安穏な日々ばかりではなかったことが、ありありと読みとれた。

随行した、山田第三営業部長と黒岡秘書課長の二人が、出発前よりむしろ生き生きしているだけに、最高責任者としての福島の心労が、思いやられるのであった。

「社長、ご苦労さまでした」

最初に手を差しのべたのは、専務の沢藤栄造であった。

福島も、平均的日本人よりいくぶん、身長において優っているが、沢藤はそれをなお、ひと回り上をゆく恰幅《かっぷく》である。顔の造作も大きく、全体として〝魁偉《かいい》〟と呼べるような、精悍《せいかん》な面構えをしている。とりわけ眸《ひとみ》は大きく、そしてよく動いた。

表情が豊かなのである。

古来、日本人は表情に乏しい民族といわれる。喜怒哀楽を無闇に面《おもて》に表わすことを忌み、感情の動きを他人に悟らせないことが、紳士の美徳であるかのように振舞う。とくに、政治家や企業経営者にとってはそういう才能も必須《ひっす》の条件であるとされた。

沢藤はその逆をいっている。つまり、表情を創ることによって、相手にわざと自分の内面を読み取らせるのだ。その〃内面〃が真意であるか作意であるかは、必要に応じて使い分ける。おかげで、沢藤の周辺にいる者や、接近を図る業者などは、等しく、彼の表情の変化に翻弄《ほんろう》され、読心《とくしん》に汲々《きゅうきゅう》として、ついには疲れ果てた。

沢藤の掌《てのひら》には、胆汁質独特の厚みと重量感があった。福島は、握った手をすぐに離した。

「きみまで迎えに出てくれるとは思わなかったよ。わざわざどうも、ありがとう」

「いえ、それより、お留守中に妙な事件がありまして、申し訳なく思っております」

「うん、バンコクで知ったがね。しかしあれは、きみには関係のないことだ。責任ということなら、ぼくの方にある、野本の紹介者はぼくなのだから。そのことで警察は何か言ってこなかったかい」

「じつは、秋山君と石坂課長の判断で、紹介者の件は伏せておいたらしいのですが、どう嗅《か》ぎつけたものか、今日になって、刑事がその点を衝《つ》いてきたそうです」

「ふうん」

福島は不快な表情になった。

「なんだって、隠しだてのような真似をしたのだろう。かえって、いらぬ穿鑿《せんさく》を招くばかりじゃないのかね」

「まったく、私もそう思いまして、充分、叱《しか》っておきましたが、警察の方《ほう》は、明日にでも事情聴取をさせてほしいと言っております」

「やむをえんだろうねえ、やるなら早い方がいい。僕も忙しくなるから」

「では、明日午前中ということで、手配しますが、よろしいでしょうか」

「いいでしょう」

福島の視線は、沢藤の肩越しに、出迎えの中の紅一点である、浜野理恵を捉《とら》えていた。この美しい社長秘書は、常と変わらぬ慎しさで、集団の後方に佇《たたず》んでいた。

「なんだ、浜野君まできていたのか」

福島は、うって変わって、満面に笑みを浮かべながら歩み寄った。

「お帰りなさいませ、ご無事でなによりです」

「おいおい、大仰《おおぎょう》なことを言いなさんな。それより、こんな時間まで出歩いているのはよくないぞ。ここはもういいから、誰かの車で送ってもらいなさい。もっとも、そういうと希望者が多くて困るだろうがね」

福島の周りに、ようやく賑《にぎ》やかな笑い声が沸いた。

翌朝九時、福島の出社を待ちかねていたように、沢藤専務は社長室を訪れた。

「昨日、申しあげた事情聴取の件ですが、十一時から十分間だけ、ということで警察にOKを出しておきました」

「そう」

福島は、卓上のシガレットケースから、ダンヒルを抜き、沢藤にも奨《すす》めた。沢藤はゆったりした仕草で、内ポケットからライターを取り出し、そつのないタイミングで、福島の前に火を点じた。

「東南アジアの情勢は、いかがでした」

「うん、まあまあというところだね」

「本来ならば、営業本部長兼務の私が出張すべきところでしたが、社長にご無理をお願いして、恐縮です。山田君の我儘《わがまま》にも困ったものです」

沢藤は、第三営業部長の名を言った。

「今回は、先方が政府直営のプラントというので、社長という顔が必要だったらしいよ。まあ、顔見世興行ぐらいなら、僕でも務まるけれど、実務本位となると、きみに出てもらわにゃならん。あっちこっちと、きみも忙しいだろうが、各部に平等に目をかけてやってくださいよ」

今度の例のように、各営業部の現場で、大型の商談が煮詰まってくると、営業本部長の沢藤を通り越して、福島社長の出馬を要請してくるケースが、このところ増えていた。ことに、省庁レベルの大型プロジェクトに参入する場合、根回しや裏工作は現場サイドでいくらでもするが、最後のキメ手として、役所への福島社長の挨拶《あいさつ》がぜひとも欲しいという。至極安直なようだが、〝温厚篤実〟という福島のイメージを、そのまま会社の顔として用いることは、まんざら効果がなくもないらしい。

ロッキード事件以来、多発する商社関連の不祥事件は、各省庁の窓口を、必要以上に神経質にさせていた。その最中《さなか》だけに、社長の好ましいイメージを護符代わりに持ち出そうとする現場の意向に、福島はできるだけ応《こた》えるつもりではあった。

しかし、それとても、沢藤専務を棚上げした形で行なうのはまずい。むしろ本来からいえば、もともと営業畑出身で、現在、営業本部長でもある沢藤が、その任にあたるべきなのだ。しかも、実務能力という点では、社内はもちろん、業界でも沢藤に比肩《ひけん》できる者は少ないといわれる。景気の見通しや、公共事業の動向などに関する先見性には定評があり、その背後には、沢藤独自の情報ネットワークの存在さえ噂されていた。

それにもかかわらず、社内の者の多く、それも営業の連中でさえ沢藤専務を敬遠しがちなのは、沢藤の、いわゆるクセのある性格に由来している。ひと口で言えば「底の知れぬ不気味さ」ということである。人間関係においても、万事、利害得失の尺度で量ろうとするところがある。社外にスタッフやブレーンを形成する場合には、こういう合理性がかえって物をいうが、社内に人脈を求めるとなると、それはいかにも冷たすぎる。よほどの出世志向型でもないかぎり、進んで沢藤と接触しようとする者は現われなかった。その点、気安い甘えのきく鷹揚《おうよう》さを持つ福島に、社内の人気が集中するのは、やむをえないことだ。

それが困る——と正直、福島は思う。沢藤の能力を高く評価する福島としては、こういったことで、社長と専務のあいだがギクシャクするのを惧《おそ》れるのだ。ひと回り近くも年下の沢藤が、陰に陽に、福島に対して要らざる対抗意識を抱いている原因のひとつには、社内的な孤立感からくる焦りもある、と感じていた。

「ところで、ブラジルの方はどんなぐあいかね」

福島は話題を変えた。

「はあ、なんとか、順調に進捗《しんちょく》しています」

ブラジルに大規模な直営農場を開拓するプランが、すでに実行段階に入っている。沢藤はこのプロジェクトの最高責任者として、しばしば、現地にも飛んでいる。いずれ畜産品の輸入自由化が実現するという、沢藤自身の青写真が、五ヵ年計画の第一年目を消化したところであった。

「目下、現地に送りこむ人材の調達にとりかかっております。大規模農場の管理、機械化の促進ということになりますと、やはり日本人の勤勉さが要求されます」

「その点は、東南アジアのプラント建設でも同じことが言えるね。ことに、コンピューター技術者は、おいそれと育たないから、当面、日本からかなりのスタッフを送りこむ必要があるということだ」

仕事の話をしているぶんには、沢藤には、向こう鎚《づち》のような確かさがある。だが話題が途切れると、これほど気詰まりな相手もないものだ、と福島は思った。

「ときに社長、折り入ってお願い、といいますか、お話ししたいことがあるのですが、よろしいでしょうか」

「なにかな？」

その時、秘書室へ通じるドアがノックされた。福島が応じると、浜野理恵がコーヒーを運んできた。煙草のにおいの中に、快い芳香が拡がった。

理恵は、サイドテーブルに盆を置き、社長、専務の順に、コーヒーを供した。肌理《きめ》のこまかい、白い腕と手指が、ローズウッドのテーブルの上で、しなやかに動くさまは妖《あや》しく美しい。一礼して去る挙措《きょそ》動作《どうさ》にも、育ちのよさを物語る優雅さと、天賦の知性が顕《あら》われて、いかにもすがすがしかった。

「いつ見ても、いい娘《こ》ですなあ」

「ああ、いい娘だ」

沢藤は、理恵を見送った眸《め》を、福島に戻した。

「じつは、話というのは、あの浜野君のことなのですが」

「ん？……」

福島は、いやな予感に襲われた。

沢藤はいったん言葉を切り、ゆっくりとコーヒーを啜《すす》っている。

「社長のお留守中に縁談がありまして」

「縁談？……」

福島は、青天の霹靂《へきれき》にあったような顔になった。コーヒーカップに口をつけたまま、穴のあくほど、相手の眸をみつめた。

「どういうことかね、それは」

「はあ、こういうことは本来、社長のご諒承《りようしよう》を得るところから話を進めるべきかと思ったのですが、なにぶん、先方のご希望が急なものでして……。相手は、ほら、社長もご存知《ぞんじ》の、外務省の鳴宮《なるみや》秀彦氏」

「ああ……」

福島はようやく躰《からだ》をほぐし、ソファーに背を凭《もた》せかけた。

鳴宮秀彦が、沢藤のシンパのひとりであることは、うすうす知っている。中東情勢などに精通していて、例のオイルショック以来、情報源として、沢藤がとくに、パイプを太くしようと力を入れている存在であった。東大卒、しかも旧華族の出という、いわば血統書付きのエリート官僚——これが福島の、鳴宮に関して抱いている印象《イメージ》だ。

「その鳴宮氏から、とつぜん、浜野理恵さんとの間を取り持って欲しい、と言ってきまして、いつのまに目を付けたものか、どうも若い者は油断がならない。しかしまあ、とにかくそういうことなら、然《しか》るべく人を立ててと言いますと、そうのんびりしているわけにはいかない、と言うのです。どうやら、ヤッコさん、国連本部付きということになったらしいのです」

「すると、ニューヨークか」

「ええ、そういうことになれば、国際情報がナマで取れるチャンスも増えるわけで、当方としても、無下な挨拶《あいさつ》をするわけにもいきません。それでじつは、浜野君の内意を打診してあります」

「そうか、で、なんと答えたかね、彼女」

「一応はOK、ということでした」

「つまり、社長のご諒承が得られれば、というニュアンスでしょうね」

「僕の諒承?」

福島は、拗《す》ねた言い回しにならぬよう、気を遣った。

「そんな必要はないよ」

「いえいえ、社長、そういったものではありません。乙女心というのは、けだしデリケートなものです」

沢藤は、まじめくさった顔で言った。

「社長のお傍には、もう何年になりますかなあ。浜野君にしてみれば、ときには親兄弟以上に、親身に感じることがあるのだと思いますよ。やはり社長のお口添えがなければ、彼女としても、心に決めかねるものがあるのでしょう」

「そういうものかね。では僕から浜野君に、諒解の旨を伝えればいいのだね」

「よろしくお願いします」

「それで、式はいつ頃の予定?」

「十一月三日、文化の日です」

「なんだ、そんなに近いのか」

福島はおどろいた。

「あと、半月余りじゃないか」

「一応、というと?」

「なにぶん、鳴宮氏のニューヨーク行きという、タイムリミットに合わせたスケジュールなものですから。その日の内に日本を発《た》って、新婚旅行を兼ねて、現地に赴任するという慌ただしさです」

「なんだ、それじゃ諒解もなにも、すでにおおよその段取りはできあがっているということなのか」

福島は、鼻白む想いがした。

「いえ、それはそうですが、最終的にはやはり、社長のご承諾をいただきませんと」

「分かった、万事よろしく頼みますよ。きみも忙しいだろうけどね」

「はい」

沢藤は、嬉《うれ》しそうに大きくうなずいた。

「ときに社長、コンペの方は、ご参加いただけるのでしょうね」

「ん？」

ふいに話題が変わって、一瞬、福島はとまどった。

「ああ、五代会かね」

例年、春秋二回開催される、五代通商主催のゴルフコンペが、十月十六日の日曜日に軽井沢で行なわれ、沢藤が代表幹事を務めることになっていた。まだ専務だった一昨年までは、福島がその任にあたっていたのだが、どういうわけか、社長に就任してからは、三度あったコンペに三度とも不参加という、めぐりあわせになっている。

「今年は参加するつもりでいるよ」

「ぜひそうしてください。会長もひさびさにクラブを握るそうで、しかも、例によって、前夜祭の方もたっぷりおやりになりたいご意向です」

沢藤は、麻雀牌《マージャンパイ》を並べる手つきをした。

「夕食前までに、別荘に集合するようにというお達しです」

「やれやれ、お元気なことだ」

福島は苦笑した。

「別荘といえば、きみも軽井沢に別荘を建てたそうじゃないか」

「いえ、建てることは建てましたが、別荘といえるほどのものではありませんよ。まあ、山小屋といったところです」

沢藤はガラにもなく、照れた顔になった。


一時間後――、同じ部屋を、三人の刑事が訪れている。

他の二人はともかく、竹村はこの事情聴取に過大な期待感を抱いている。

この事件に第三の人物が介在する、という竹村の仮説を立証する手がかりは、いまのところ、非常識な採用人事を命じた、福島社長の、野本孝平との関係――、あえていえば、敏夫の入社を強要されるような、なんらかの弱点を握られていたのではないか、といった疑惑を解明する以外、何もなかった。

だが、この仮説そのものに、岡部はかならずしも、賛同しているわけではない。

「そこまで穿《うが》った見方をするのは、どんなものでしょうか。捜査はあくまで、証拠中心であるべきで、先入観にとらわれるのは、危険ですよ」

まるで若い者に語りかけるような、老成した口調で、竹村を諭した。桂木刑事の手前もあって、竹村は少しく面目を潰《つぶ》された気がしたのだが、その時の拘泥した気持は、竹村の心の隅に、しこりのように残っている。

しかし、福島太一郎に会ってみて、正直なところ竹村は、ほとんど失望に近い第一印象を受けた。

(これは、犯罪者の顔ではない――)

温厚なのである。海外出張の疲労が翳《かげ》をつくっているけれど、柔和な微笑を湛《たた》えた目許《めもと》のあたりに、この人物が天性持っている、温かさや優しさが仄《ほの》見えるように思えた。

「まことに恐縮だが、出張中に溜《た》まった仕事がありますので、お話は十分間程度ということで、お願いしますよ」

刑事たちにソファーを勧めながら、みずから椅子にゆったり腰を下ろす、福島の動作には、すこしも構えたところがなかった。

「は、そのことは承っております」

岡部は言い、すぐに質問に入った。

「事件の概要については、すでにご存知かと思いますが、われわれとしては、野本敏夫夫婦の犯行と断定して、現在、足取りを追っている状況です。そこで、本日は事件の筋立てを纏《まと》める上での、傍証といった意味あいで、二、三お聴きしたいだけですので、どうぞお気軽にお答えください」

福島は黙って、うなずいた。

「まず、社長さんと、被害者・野本孝平氏のご関係からお聴かせください」

「野本孝平氏は、私の戦友です」

質問を予期していたらしく、福島は明快に答えた。

「昭和十九年の七月頃でしたか、南方戦線で知り合いましてね、私は幹候の少尉、彼は下士官という間柄だったが、妙にウマが合うところがあって、おまけに、終戦間際には、危ないところを彼に助けられて、まあ、命の恩人でもあるわけですよ。戦後、復員してからも音信を交わしていたし、世の中が落ち着いてからは、ときどき逢《あ》って飲みに行ったりもしました。それが、なんていうか、運命のいたずらのようなもので、野本君の方は総会屋と称《よ》ばれるような道に入り、私は、どちらかといえば平凡なサラリーマン稼業を歩んできたわけで、なんとなく表面立った付き合いがしにくくなりましてね。いや、私の方は構わないと言ったのだが、彼の方で、それとなく遠慮したのですな。そういう昔風の、けじめのしっかりしたところのある男でしたよ」

福島はしんみりと、故人を偲《しの》ぶ眸《め》をした。

「そうしますと、社長さんが、孝平氏の依頼で、野本敏夫を入社させたというのは、事実なのですね」

「事実ですよ。当時、私はまだ専務の頃だったが、急に野本君から電話がありましてな、ひとりきりの甥《おい》が失業して困っている、なんとか夜警にでも使ってくれないか——というのです。当社は昔から、社員による宿直制をとっていたが、社内からも〝時代遅れ〟という批判があって、改善する方向で検討を始めていた矢先だったので、まあ、渡りに舟という感じで、すぐにOKを出したようなわけでした」

「すると、その時点では、敏夫の過去——ことに前科などについては、ご存知なかったわけですね」

「もちろんです」

「その際、社長さんのご紹介ということで、通常は行なうはずの人事調査を省いたそうですが、もし調査をして、その結果、敏夫の前科が浮かんだ場合、それでもなお、敏夫の入社を認めましたか」

「うーん、それは仮定のことでもあるし、たいへん難しい問題だが」

福島は、言葉を模索する表情になった。

「私についてのみいえば、かりに前科のあることが分かったとしても、十中八九、採用を決めたでしょうな。しかし、人事の担当者までが、はたして私と同じ結論を出すかといえば、正直、疑問でしょう」

「ちょっと不自然じゃありませんか」

唐突に、竹村が口を挟んだ。

「前科のあることを承知の上で、なお、採用するというのは」

「いや、知っていたわけではない」

「しかし、ニュアンスとしては似たようなものでしょう。それほどまで、義理立てしなければならなかったのには、それなりの事情があったのではありませんか？」

「事情、とは？」

「率直に申しあげて、野本孝平氏に対して、それだけのことをしなければならぬ、のっぴきならぬ事情があったのではないですか？　たとえば、恐喝に近いような」

福島の双眸《そうぼう》が、ギロリと竹村を睨《にら》んだ。ほんの一瞬のことではあったが、その眸の底に、この男の強靭《きょうじん》さが覗《のぞ》いたように思えた。

「ははは、恐喝とは穏やかでありませんな。しかし、そういう事実はまったくない。刑事さんはそれがご商売だから、いろいろ推理なさるのは自由だが、彼と私との関係に、そのような憶測は無用です。まあ、お若い方にはご納得いかないかもしれんが、戦友というものは、そういう不条理をも忘れさせるような絆《きずな》で結ばれている、というふうに、ご理解ねがいたい」

そうつっぱねられては、竹村もそれ以上、つっこんだ質問はできない。それを引き取るように、ふたたび岡部が尋ねた。

「時間がありませんので、あとふたつだけお訊《き》きしますが、社長さんが最後に孝平氏にお会いになったのは、いつのことですか」

「それは三年前ですよ。つまり、野本敏夫を連れて、当社を訪れた時」

「三年前ですか」

竹村はもちろんだが、岡部もその事は意外だった。

「先刻も申しあげたが、野本君は総会屋という仕事の性質上、企業のトップである私と接触することに、きわめて慎重でしてな。ことに、甥の身柄を託してからというものは、細心の配慮を払っていたようでした。ついせんだって、めずらしく彼の方から電話をくれて、どういう風の吹きまわしか、近い内に飯でも食おうと言っておったが、その矢先にこんなことになって、なんとも、痛恨の極みですな」

福島の言葉の、沈鬱《ちんうつ》な余韻が消えるのを待って、岡部が言いにくそうに訊いた。

「これはあくまでも、参考までにお訊きするのですが、十月一日には、社長さんは、どちらにおいででしたか？」

「アリバイですかな」

福島はかすかに、皮肉な微笑を浮かべた。

「いや、それほど大袈裟《おおげさ》にお考えにならないでください」

「なに、構いませんよ。当然の質問だ。しかし、ちょっと待ってください」

福島は立って行って、テーブルの上のインターホンを押した。

「浜野君、私のスケジュールについて聞きたいのだが、ちょっと来てくれんか」

女性の声で応答があって、すぐに、浜野理恵が入ってきた。流行のワインカラーだが、デザインの方はむしろ古風なほど、フォーマルなシルエットのスーツを着ている。ほどよくカールされたしなやかな髪が、歩くたび、肩のあたりで揺れる。

(美しい女性だ——)

竹村はそう思いながらふと気付くと、桂木がきらきらした眸《め》で、秘書の白い顔に見惚《みほ》れている。竹村は肘《ひじ》で、桂木の脇腹を軽くこづいた。桂木は振り向いて、照れ臭そうに、にやっと笑った。

浜野理恵は、刑事たちに小さく目礼しただけで、社長の脇に佇《た》った。わずかそれだけのなんでもない動作の中に、竹村は、あまり歓迎されていない雰囲気を感じとった。

「このあとすぐに、部長会が……」

手にしたノートを展《ひろ》げて、言いかける理恵を、福島は慌てて制した。

「あ、ちがうのだよ。スケジュールといっても、十月一日の分だ」

「失礼しました」

頬を染め、いくぶんうろたえぎみに、ノートのページを繰りかけた理恵の手が停まった。

「あの、十月一日は土曜日で、社長は確か、軽井沢の方へいらっしゃるとか……」

「あ、そうかそうか、土曜日だったね」

福島はおかしそうに、岡部を見た。

「どうも年ですな、すっかり失念している。その日は、取引先の社長と、軽井沢のコースを回りましたよ。じつは、明後日《あさって》の日曜日に、当社主催のコンペがありますのでな、このところずっと、練習不足だったもので、一日と二日、合わせて三ラウンドも回りました」

刑事たちが引き揚げたあと、卓子《テーブル》の上を片付ける理恵の横顔に、ぼんやりと視点を置きながら、福島は煙草をくゆらせていた。

空虚な疲労感が全身にたゆとうてゆく感覚に、無意識の内に緊張していた自分を発見して、そのことを苦々しく思い、そう思うことが、さらに不快な澱《おり》になって、心の奥深いところへ沈んでゆく。

「明後日のコンペには、きみも行ってくれるのだろうね」

気分をかきたてるように、福島は理恵に声をかけた。

「はい、お手伝いに参ります。これが最後になりますから」

「そうか、最後か……」

福島の感傷が伝心したのか、理恵は後片付けの手を熄《やす》めた。

「もう、何年になるかな」

「入社して、七年になります」

「そうか、七年か」

短大を卒《で》てすぐの入社としても、二十七歳になるはずである。入社以来、一貫して理恵は、福島付きの秘書を務めていた。

「いつまでも引き留めておくわけにもいかないが、正直、私は寂しい」

福島のしみじみした口調に、堪《こら》えきれず、理恵は右掌《みぎて》で顔を掩《おお》った。腰の脇にある左拳《こぶし》は、嗚咽《おえつ》に小さく震えていた。

4

「美人でしたね」

ビルの玄関を一歩出るなり、桂木刑事は、八階の社長室とおぼしき窓を見上げて、剽軽《ひょうきん》な声をあげた。霧雨が降ってくる空に向けた顔には、屈託がない。竹村は呆《あき》れて、すぐには窘《たしな》める気にもなれなかった。

「いくつかなあ、二十三か四ぐらいですかねえ」

「もっと上さ、六か七だろう」

「まさか、そうかなあ、しかし年上の女房というのも悪くないですね」

「ばか、いい加減にしろ、岡部さんの前で」

桂木は首を竦《すく》めた。岡部警部補は微笑《わら》いながら見ているだけで、冗談には加わらなかった。

「竹村さんの心証はどうでした」

と岡部は言う。「僕はどうも、あの社長が出鱈目《でたらめ》を言っているとは、思えないのですがね」

「はあ、自分もそう思います」

「犯行当時のアリバイについては、いずれ軽井沢署にウラを取っていただくことになるでしょうが、まあ、あれほどの人物が出任せをいうとは考えにくいですしねえ」

「たしかに実行には、参加してないでしょうが……」

竹村の声は、弱々しかった。「しかし、教唆という可能性はあります」

「ほうっ……」

岡部は、感嘆と微苦笑の入り交じった顔になった。

「たいへんな執念ですねえ」

竹村は沈黙した。岡部の言い方に揶揄《やゆ》を感じてしまうほど、彼は神経質《ナーバス》な状態にあったのだ。

しかし、もともと福島に共犯の容疑をかけるような、確たる根拠があるわけでもない。竹村を駆りたてているものは、強いていえば彼の直感ということになろう。それはもしかすると、大森署長が指摘したように、この事件を最初に扱ったことからくる、感傷のようなものかもしれなかった。

東京の捜査陣が、いちはやく野本の単独犯行と見極めたことに、竹村は物足りなさを感じているが、じつは、岡部を含め、東京側が最初から、共犯者の居る可能性をまったく無視していたわけではは、むろんないのだ。竹村が少なくとも、岡部の思考過程について、いささかの推量をするか、あるいは、腹蔵《ふくぞう》のない意見を求めるかしていれば、おそらく、後《のち》に無謀ともいえる独走をするようなことはなかったであろう。

岡部が〝複数犯説〟を捨てた理由は、大きく分けて二つある。

第一に、この殺人が、きわめて偶発性のニオイが強いこと——。つまり、緻密《ちみつ》にもなにも、計画性にまったく欠けるという点だ。かりに、それなりの動機を持つ者——仕事上の敵にせよ、個人的な恨みを持つ者にせよ、そうした人物がいて、野本孝平を消す必要に迫られたとして、あれほど支離滅裂な犯行を企てるものだろうか。殴殺《おうさつ》し、バラバラにし、わざわざ遠距離を、しかもチャーターした車で運び、堂々とダムに投棄する——。およそインテリジェンスのかけらもない、横着なほど図太く、ヤケッぱちと言っていいようなこの犯行に、〝教唆〟を与えるような第三の人物がいるとは、到底、考えられない。

第二の理由は、すでに幾度も述べているように、野本敏夫の単独犯行と断定するに足る、充分な根拠が整っていることだ。動機といい前歴といい、異常性向の持ち主であることといい、どれひとつ取っても、それぞれが犯行の可能性を秘めたものであり、しかもそれが三拍子揃っている。それだけでも疑問の余地がない上に、あらゆる状況証拠、物的証拠が、野本敏夫の単独犯および妻・美津子の従犯を示していた。

論理的に分析すれば、当然、そういう結論になるだろうに、と岡部は竹村の拘泥する気持が理解できなかった。

ありていにいえば、岡部としては、この事件そのものに、すでに興味を喪《うしな》っていないこともない。登場人物も筋書もはっきりした。あとは逃亡者を追いつめるという、きわめて物理的、機械的な作業が残っているだけだ。しかも、岡部には現在手がけている事件が幾つかある。一度、手を離れた事件に、いつまでもかかずらわっていることは、立場上、宥《ゆる》されるはずもなかった。

三人の刑事は、霧雨の中を歩いて、室町署まで帰った。

「では、自分たちはここで」

竹村は署内には入らず、玄関前で別れを告げるつもりだった。

「いろいろ、お世話になりました」

「そうですか、帰りますか。せっかくの竹村さんの着眼が不発に終わって、残念です」

岡部もあえて、引き留めることはしなかった。〝犯罪捜査共助規則〟というものがあって、警察間協力は大前提になっているのだが、縄張り意識がまったくないわけではない。遠い長野県から若造がやってきて、半分カタがついたような事件をほじくり返すのを、快く思わない者も、室町署員の中には居た。竹村も岡部も、そのことを察し合った。

「まあ、全国指名手配ですから、早晩、現われますよ。それまで待ちましょうや」

慰めとも、教訓ともつかず岡部は言い、それでは、と挙手の礼を交わして別れた。

「これからどうします」

桂木は時計を見て言った。

「列車は夕方の五時のヤツでしょう。ずいぶん時間がありますよ」

「そうだな、どうするかな」

竹村は、気のない返事をした。

「とにかく、新宿まで行ってますか」

「うん」

新宿駅構内の〝更科〟でそばを食い、メトロプロムナードをぶらつき、気儘《きまま》に地上に出たところで喫茶店に入った。

「これで相手が、あの美人秘書なら、言うことはないんだがなあ」

桂木は、アイスクリームを舐《な》めながら、呑気《のんき》なことを言っている。

「ばか」

竹村は苦笑した。

煙草を銜《くわ》え、マッチで火を点《つ》ける。五、六本しか残っていない軸木をカラカラ鳴らし、マッチ箱を玩《もてあそ》ぶ。仄《ほの》暗い店内に、客は疎《まば》らで、澱《よど》んだ空気には雨の匂いがした。レジの脇にあるピンク電話が、間の抜けたような音を立てた。

とつぜん、竹村の脳裡《のうり》を、鋭い光が掠《かす》め奔《はし》った。

竹村は掌の中のマッチ箱をみつめた。過日、ヴィラ朝丘に野本孝平の部屋を訪ねた時、何気なくコートのポケットにつっこんだまま気にもせず、使っていた。そのマッチの感触と、電話のベルの音が、相乗効果のように、あの時の奇妙な電話の声を、想起させた。

《あら、ノモさん、ようやく居てくれたのね、お店にもちっともきてくれないし……》

マッチは、ありふれた正方形の宣伝マッチで、黒一色の地に『三番館』の金文字を浮き出させただけの、シンプルなデザインだ。

《……どこへいらしてたのよ、ずいぶん電話したのよ。心配しちゃった……》

女の泪声《なみだごえ》が一句一句、頭の中に蘇《よみがえ》ってくる。だが、それと『三番館』が結びつく根拠は何もなかった。竹村は頭《かぶり》を振って、気紛れな妄想を断ち切ろうとした。

「どうかしましたか？」

桂木の手が、竹村の肩をゆすった。

「ん？　何が？」

「やだなあ、さっきから話しかけているのに、聞いてなかったんですか」

「話って、なんの？」

「嫁さんをもらうなら、彼女みたいなのがいいって言ったんですよ」

「ああ、そうか、嫁さんね」

桂木は不満げに、頰をふくらませた。その顔に視点を置きながら、竹村は、まるで脈絡のない情景を思い浮かべた。

《……冗談かもしれませんが、近い内に若い嫁さんをもらうつもりだなんて、言ってました――》

ヴィラ朝丘の管理人が、岡部に向かって、そう話していた。その情景の中に、また、女の泪声が割り込んだ。

竹村はマッチの金文字に、眼を落とした。『三番館』の下に、ごく小さな文字で『新宿歌舞伎町』と読めた。

「おい、もう一晩、泊まっていこう」

竹村は、別人のようにトーンの低い声で、言った。

「東京の夜でも、見学して帰ろうや」

桂木は笑おうとして、竹村の怕《こわ》い眸《め》に出くわして、おし黙った。

『三番館』は、見るからに料金の高そうな店であった。入口周辺には、中世ヨーロッパ風の彫刻がほどこされ、木造のドアには重量感があって、ノブを回す手を躊躇《ちゅうちょ》させた。宿を新宿にとり、夕食を済ませ、ずいぶんゆっくり出掛けたつもりなのだが、飯田の街と違い、東京の夜は始まりが遅いのか、店内にはまだ客の姿が疎らで、何人もの女たちが愛想よく、ふたりを迎えた。条例ぎりぎりまで落とした照明のおかげで、顔の欠点《あら》が隠れているせいか、なかなかの美人揃い。竹村はいよいよ、懐中の金額が心配になった。

「あら、こちら、お初めてね、ようこそいらっしゃいませ」

ママらしい女がたちまち看破して、「君江さん、お席へご案内して」と、女のひとりに声をかけた。君江と呼ばれた女は、竹村好みの日本的な顔立ちで少し寂しい面差しだが、フリの客につけるには惜しいほどの美人であった。

右手奥コーナーの席に着くと、君江のほか、手空《す》きの女が二人、膝《ひざ》を押しつけるように座った。

ボーイがおしぼりを運んでくると、君江は手ぎわよく拡げて、竹村の掌《て》の上に載せた。

「お飲み物は、何になさいます？」

（あっ――）と竹村は、女の顔を見た。まぎれもない、あの電話の声であった。女は小首をかしげるようにして、竹村の返事を待っている。視線がまともにぶつかって、竹村はどぎまぎした。

「ああ、飲み物ね」

うろたえて、顔を拭《ふ》いた。

「その前に断わっておきたいのだが、じつは今夜の予算はこれしか無くてね、この範囲で打ち止めにしてほしいのだ」

目の前に突き出された二本の指を、君江はやんわりと握って、竹村の膝に押し戻した。

「はい、分かりましたわ。どうぞご心配なさらずに」

竹村は堵《ほ》っとしたが、桂木はきまり悪そうに、さかんに首筋のあたりをおしぼりで拭いている。君江は、ボーイに水割りのセットを注文《オーダー》して、器用な手付きで給仕をした。

「このお店では、ダルマの水割りがいちばんお得なの。これなら、ごゆっくりお付き合いできましてよ」

さすが東京の女だ、と竹村は感心したが、他の二人の女は、やはり、いつまでもシケた客に付いていてもしようがないと見限ったらしい。新しい客が入ってくるたびに腰を浮かせていたが、いつのまにか要領よく、別の席に居ついてしまった。

君江は、煩《うるさ》くない程度に話をしかけた。最初に、竹村が思ったとおり、電話の声の主が彼女であることは、間違いなかった。

「君江さんて、それ、本名？」

「ええ、あら、よくお分かりねえ」

君江はかわいらしいセカンドバッグから名刺を取り出して、ふたりに渡した。

「わたくしだけ、なぜか本名で出ていますのよ」

「いい名前だ、あなたにぴったりですよ」

「ありがとうございます」

「お店も、なかなか立派だ」

竹村は、店内を見渡した。

「ええ、銀座の一流どころにはかないませんけど、新宿ではトップクラスなんですって」

「お客さんはやはり、お馴染《なじ》みが多いの？」

「そうですわねえ、どちらかっていえば、そうかしら。なんといっても、社用のお客さまが中心ですものね」

「そうか、社用族なら派手に飲めるな」

「でも、自前のお客さまの方が、実《じつ》があります」

君江は、うれしいことを言った。

竹村も桂木も、それほどいける口ではないが、こういう場所に慣れていないせいか、いつもよりピッチが進んだ。あまり酔わない内に、肝心の話を切り出さねばならない。

「ぼくらのようなフリの客は、少ないのだろうねえ」

「ええ、日に二、三組かしら。新しいお客さまも、大抵はどなたかのご紹介が多いみたいですわ」

「そうだろうね、じつはわれわれもそのクチなんだけどね」

「あら、そうでしたの。で、どなたのおひき合わせ？」

「あんた、知ってるかなあ、野本さんていうんだがね。野本孝平さん……」

「まあ、ノモさんの……」

君江の眼の色が変わった。

「知ってるのかい？」

「え、ええ……」

「じゃあ、野本さんが亡くなったことも知ってるの？」

君江は小さくうなずいた。新たな悲しみがこみあげるのを、懸命に堪《こら》えている様子が、ありありと分かった。

「いい人だったんだが、気の毒なことになってしまった」

「あの……」

君江は、ようやく口を開いた。

「ノモさんとは、どういう？……」

「仕事上でいろいろお世話になってね、しかし、どっちかというと、飲み仲間かなあ。気の若い人でね、ぼくらとも対等につき合ってくれたものですよ。この店にも近い内、ぜひ連れて行きたいって言っていたのだが、いや、紹介したい女性がいるとかでね」

「……」

君江は顔をあげ、大きく瞠《みは》った眸《め》で竹村を見た。

「その女性を嫁さんにするんだって、ばかに張り切っていたっけなあ」

ふいに、君江は竹村の胸にしなだれかかった。いかにも酔いにまかせた媚態《びたい》のように見せているが、両肩が小さく震えていた。

「お願い、肩を抱いて……」

君江の絶え入るような声に狼狽《ろうばい》しながら、それでも竹村は、女の肩に腕を回した。背後に桂木の好奇の目を感じた。

君江は哭《な》いていた。竹村がカマをかけて言った言葉は、まさに正鵠《せいこく》を射ていたのだ。鳥羽への旅行から帰ってまもなく、店へ来た孝平は、そのことを言っている。

——三十も齢《とし》の違うおまえに、嫁になれとは烏滸《おこ》がましいかもしれんが、少なくとも、おまえをしあわせにする努力はするつもりだよ——

その言葉を君江は、自分でもおどろくほど、純な気持で聴いたのであった。

(やはりノモさんは、嘘を言ってなかった)

あらためてそのことを知り、うれしさと、それ以上の悲しみが、滂沱《ぼうだ》の涙となって迸《ほとばし》り出た。

「そうか、あんただったのだね」

竹村は一種の感慨をこめて、君江の肩を優しく撫《な》でてやった。ふしぎに「予想外」という感じではなかった。後になってみれば、野本孝平という人間は、あちこちと飲み歩く男でなく、女性関係も限られていたことが明らかになるのかもしれないが、この時点で竹村は、そんなことは知らない。にもかかわらず『三番館』へ行けば、あの電話の主にめぐり合えるし、その女が〝若い嫁〟であるという、ほとんど信念に近いようなものが、竹村には、あった。

しかしこうして目指す相手にめぐり合ってみると、やはり竹村も、その幸運を思わないわけにいかなかった。

（これはひょっとすると、孝平の霊魂の導きかもしれない——）

本気で、そんな風に思ったりもした。

やがて君江は、我に返ったように身を起こすと、伏せた顔の下から、

「すみません、取り乱しちゃって」

と言った。化粧も乱れたに違いない。目頭を軽くおさえたハンカチに、マスカラの黒い汚点《しみ》が見えた。

「ちょっと、お化粧を直してきます」

君江が去ると、桂木が感に堪えぬという顔をして、にじり寄った。

「すごいことになりましたねえ。どうして分かったんですか、彼女のこと」

訊《き》かれても、答えようがない。

「勘だよ、勘。第六感てやつだ」

「まさかァ、ほんとのところどうなんです」

「じつはな、昨夜《ゆうべ》、夢枕に孝平さんが立ったというのは、どうだ」

「またからかう」

桂木はむくれた。

君江は、何事もなかったような顔になって戻ってきた。背筋をシャンと伸ばし、爽《さわ》やかな微笑さえ浮かべている。健気《けなげ》といえば健気な変身ぶりだが、所詮《しょせん》、女は魔性だ――と竹村は思った。

「ごめんなさい、お待たせしちゃって。だってお客さんが、急にあんなことおっしゃるんですもの、びっくりしちゃって……」

「こっちだって驚いたよ、あんたが野本さんの言ってた女《ひと》だとはねえ」

「不思議ですわ、ついさっき、ああ今日はノモさんの二七日《ふたなのか》だなあって思っていたところなの」

「そうか、二七日か。それにしても、野本さん、ひどい目に遭ったねえ」

「ほんと、犯人は甥御《おいご》さんなんですってねえ」

「いや、まだそうと決まったわけでもないだろう」

「あら、そうなの？」

君江は愕《おどろ》いた目を向けた。

「新聞には、野本敏夫っていう人が、犯人みたいに書いてありましたけど」

「まあ、確かに最有力容疑者ということで指名手配はしているが、真犯人かどうか、共犯者がいるかどうかは、捕まってみないことには分からないさ」

「ふうん、そうでしたの……。でも、お客さん、よく知ってらっしゃるわねえ、まるで警察の人みたい」

そう言ってから、君江は、自分の言葉に怯《おび》えたような顔になった。

「ねえ、ひょっとして、ほんとうに警察の方じゃないの？」

「当たった、さすがだねえ」

「やだあ、おどかさないで……」

笑った顔が、急にこわばった。

「じゃあ、やっぱり……」

「うん、じつは、飯田警察署の者なんだ」

「飯田……っていうと、長野県の？」

「そう、例の松川ダムの近くですよ」

松川ダムの名を言ったとき、君江は恐ろしげに肩を竦《すく》めた。

「じゃあ、わざわざ、事件のことでこちらにいらしたのですか」

「そう、きのう上京してきた」

「でも、わたしは、事件のことは何も知りませんわ」

「それは分かっている」

竹村は笑ってみせた。

「この店へ来たのは、仕事じゃないよ。ちょっと息抜きに寄っただけさ。刑事《デカ》だって、たまには羽を伸ばしてもいいだろう」

「そうでしたの、びっくりしたわ」

「しかしねえ」

竹村は真顔に戻った。

「それはそれとして、あんた、何か心当たりがあれば教えてくださいよ。ことによると、生前の野本さんを一番よく知っているのは、あんたなのかもしれないのだからね」

「そう言われると責任感じちゃうけど、ほんとに、何も知りませんの」

「野本さんとは、いつ頃からの付き合い？」

「そうね、お店へ来はじめてから、かれこれ五、六年になるかしら」

「いや、そうでなく、あんたと、その、特別な間柄になってからさ」

「あらやだ、そういう意味ですの」

君江は赧《あか》くなった。

「それは、一年ぐらい前からかしら」

「最後に会ったのは？」

「殺される三日前。その時、結婚の話をしたんです」

「ほう、それはどっちから持ち出した話？」

「もちろんノモさんの方からですわ。だってわたし、結婚なんて考えてもみなかったんですもの。でも、ノモさんからプロポーズされた時、とってもうれしかった……」

君江はまた、涙《なみだ》ぐんだ。

「で、あんた、ＯＫしたのかい」

「ええ、でも、わたしにはこのお店に借金がありますから、当分は無理だったのです。そう言ったら、ノモさんは、心配するなって。なんでも近い内に、まとまった金が入るとか言って……」

竹村の目が、光った。

「ふうん、まとまった金ねえ、なんだろう、宝くじでも当たったのかな」

「まさかァ、でも、かなりの大金が入ることは確かだったみたいですよ。だって、それで借金を返し、結婚資金にして、その上、どこか海外旅行にでも行こうって言ってましたから」

「しかし、野本氏はかなりの資産家じゃないのかなあ、マンションなんか、ずいぶん立派なのに住んでたし」

「あら、そうですか」

「えっ？　あんた、マンションへ行ったことないの」

「ええ、ノモさんてそういうところ、ちょっと古くさいと思うんだけど、わたしが、ホテルなんか勿体《もったい》ないからって言っても、絶対、自分の家へは連れて行かないんです。ケジメだとかなんだとか言って。だからわたし、そんなこと言って、ほんとは奥さんが居るんじゃないかって思ったりして。でも、ほんとだったと知って、とてもうれしかった」

「しかし、この店にもちょくちょく来ていたんでしょう？　かなりの出費だと思うが」

「いいえ、お店へ来る時は、たいていお連れさんがいらして、その方がお勘定をしてましたわ。ノモさんがコンサルタントをしている会社の方だとかで、ノモさんのこと先生、先生って呼んでました。時には、封筒に入れたものも渡してたようです」

「ふうん、コンサルタントねえ」

竹村は、「企業ゴロ」といわれる、野本の一面を垣間《かいま》見たと思った。

「あら、違うんですの？」

「いや、そうではないが。ところで、その大金というのが、どういう性質の金か、まったく分かりませんか」

「ええ、分かりません」

「その話が出た前後、野本さんの様子に、何か変わったところはなかったですか」

「前後っていっても、会ったのはその日が最後ですから、前ってことになりますけど……

そうねえ、何かあったかしら……」

　君江はふと、鳥羽のホテルでのことを思い出した。あの夜、ベッドの上で、孝平は行為を中断した。そんなことははじめてだった。いつだって、とりかかったが最後、とことんサービスし尽す孝平が、こともあろうに、行為の最中に物想いに耽《ふけ》るなんていうのは、たしかに〝変わったこと〟なのかもしれない――そう思ったとき、君江の掌に、その時の孝平の弛緩《しかん》した部分の感触が蘇《よみがえ》って、慌ててハンカチで両掌をこすった。

「何か思い出したね」

　刑事の双眸《そうぼう》が、自分の眼を覗《のぞ》きこんでいるのに気付いて、君江はどぎまぎした。

「いえ、そんな、たいしたことじゃありませんけど。その三日前だったかしら、ノモさんと鳥羽へ行ったんです。鳥羽のワールドホテルっていうんですけど、そこで会った人のこと、ノモさん、すごく気にしてたみたいで、考えこんだりして、ちょっとふつうじゃなかったわ」

「ふうん、誰だったのかなあ」

「わたしもチラッとしか見ていないから、よく分かりませんけど」

「えっ、じゃあ、あんたも会っているの？」

「ええ」

　その時、少し離れたテーブルから、ママらしい女が君江の名を呼んだ。にこやかに笑っているが、その眸《め》に「そんなシケた客の相手を、いつまでしている気？」という意志のあることを、君江は読み取った。

「はい、いま行きます」

君江は答えておいて、「ごめんなさい、あちらのお客さまにも、ちょっと顔を出しませんと」

「ああ、いいんだよ。われわれもそろそろ、退散するからね。いろいろ教えてもらって、助かりましたよ。ただ、ちょっと聞くけど、鳥羽で会った人、あんた、もう一度写真でも見れば、思い出せるかな」

「ええ、たぶん」

「そうか、それじゃいずれまたお邪魔することになると思うけど、その時はよろしく頼みますよ」

「はい、こちらこそ。早くノモさんの仇《かたき》を取ってください」

君江は入口まで随《つ》いてきて、別れぎわに、桂木の手を握った。

「こちら、ちっともお話しできませんでしたわねえ、ごめんなさい」

「いいえ、どういたしまして」

桂木は、不動の姿勢になった。

「やはり、その鳥羽で会ったヤツが、事件に何か関わりがあるんでしょうか」

歩きだすとすぐ、桂木が言った。少し昂奮《こうふん》ぎみの目の色であった。

「さあねえ、そこまではなんとも言えないけれど、ただ、大金が入ると孝平が言っていた事には、なんらかの関係があるかもしれないな」

「つまり、恐喝ですか」

「うん、政治家か財界人か知らないが、愛人を連れてホテルの中にいたっていうことだとすれば、オドシのネタとしちゃあ、立派なものだ。君江との結婚を考えていた孝平にとっては、絶好の金脈を掘り当てたようなものだったかもしれないよ」

「確認してきます」

何を思ったのか、桂木は急に駆けだして、五十メートルばかり先の赤電話にとびついた。マッチを街灯《がいとう》にかざしながら、ダイヤルしているところをみると、どうやら、いま出てきたばかりの『三番館』に電話しているらしい。竹村が近寄るのと同時に、受話器を置いた。

「やっぱりそうでしたよ、テキはアベックだったそうです」

「ほう……」

竹村は、その事実よりも、この若者にも刑事らしいところがある、と、その事に対して興味を惹《ひ》かれた。

「そいつはやっぱり、竹村さんが睨《にら》んだとおり、社長の福島太一郎に違いありませんよ」

「ははは、簡単に決めるなよ。調べてみたら同じ日に、福島はとんでもない所にいたってことになるかもしれない」

「そりゃそうですけどね」

桂木は、ますます意気込んだ。

「ぼくは思うんですが、社長の海外旅行、あれ、臭いと思いませんか。たしか十月七日の出発ですよね、その晩から、野本敏夫夫婦はズラかったんでしょ。タイミングがよすぎますよ。いま頃はあの二人、東南アジアのどこかで、のんびりと暮らしているんじゃないでしょうか」

「ふうん、なかなか面白いねえ」

竹村は冗談でなく、感心した。

「それは思い付かなかったが、なるほど、ありえないことではないな」

「でしょう、もう一度、福島をハタいてみましょうよ」

「しかし、鳥羽で会ったのが福島だとしたら、友人同士、会話を交わすぐらいのことはあってもいいだろう。君江の話だと、チラッと見た程度だそうじゃないか」

「だって、そんな場所で声をかけるのは、まずいんじゃありませんか。ぼくだって竹村さんに会っても、声をかけたりしませんよ」

「ばか、おれがそんな所へ行くか」

「ははは、仮の話ですよ。それに、福島と孝平が友人だっていうのも、どうだか分かったもんじゃない。三年間も会ってないとか、その前も、それほど付き合っていないとか、どうも予防線を張っているような気がするんですけどねえ」

「驚いたなあ」

竹村は立ち止まって、まじまじと桂木を眺めた。「おまえさんが、それほど鋭い刑事《デカ》さんだとは知らなかったよ」

「いやだなあ、冷やかさないでくださいよ」

桂木は、照れくさそうに笑って、くるっと向こうを向くと、先に立って歩きだした。

宵の口はまだ雨もよいだった街に人波があふれ、通り過ぎる店店から流れ出る、雑多な音響や歌声が、耳に心地よく聞こえるほど、竹村は昂揚した気分であった。新宿の街はこれから佳境に入ろうとして、塒《ねぐら》に帰る二人の足を引き留めるように、ひときわ華やいでみせた。

霧の挽歌《ばんか》

1

シベリアの高気圧が張り出してくると、前線は南の洋上に押しやられて、青森県地方の天気は回復する。その代わり、寒気団が這《は》い込んだあとの何時間かは、大気と海水の温度差が大きいために、津軽海峡から陸奥《むつ》湾一帯にかけて、いっせいに霧が舞いあがり、県北の沿岸部を蔽《おお》うのである。それはこの地方独特の風物詩であると同時に、もの哀しい冬の先触れでもあった。

十月十五日、午後四時二十五分頃——

青森駅三番線ホームには、十六時二十七分発羽越線経由北陸線回り、上り大阪行寝台特急〝日本海2号〟の発車ベルが鳴り渡っていた。ホームの二ヵ所にあるスピーカーは、津軽訛《なま》りのあるアナウンスで、しきりに乗車を促し、その合い間を縫うように、駅弁売りの平板な売り声が、遠く近く聞こえる。ふだんなら、夕刻と呼ぶにはまだだいぶ間のある時間なのだが、霧に包まれた駅舎にはすでに灯《ひ》が点《とも》されていた。

〝日本海2号〟は青森始発で、乗客の多くはつい先刻、到着した青函《せいかん》連絡船からの乗り継ぎ客である。長い連絡橋をわれがちに走る、いつもながらの〝乗り換え競争〟が終わると、ホームには見送り人の数も少なく、ほうっと気抜けた気分が漂う。

乗車係の工藤典夫《くどうのりお》は、列車の最後尾付近の柱にある発車ベルのスイッチを切りに、歩み寄ろうとしていた。発車まで二分——そう急ぐこともないのだが、万事、早めにスタンバイするのは、国鉄職員の習性である。

腕時計の文字盤に見入っている工藤の視野に、ホームの先から小走りに近付いてくる男の姿が映った。

「あのォ、ちょっとお訊《き》きしますが……」

甲高い声をかけながら、男はさらに五、六歩を走り、工藤から三メートルほどの位置で停まって、小さく頭を下げた。年格好は四十代半ば、のっぺりした女のような顔立ちだ。薄い唇を歪《ゆが》めているのは、愛想笑いのつもりだろうが、キザで薄気味悪かった。それに、この霧だというのに、かなり濃いめのサングラスをかけている印象もよくない。

「この列車は、日本海2号でしょうか」

男は息を弾ませて言った。

「そうですよ、お乗りになるなら急いでください。まもなく発車ですから」

「じゃあ、やっぱり日本海2号なんですね」

「そうです」

くどいなあ——と工藤は苛立《いらだ》った。ホームの大時計は、すでに残り三十秒を指している。

「どうもどうも」

男は、すこし白い歯を見せる程度に笑ってから、後ろを向いた。前からでは分からなかったが、男は長髪で、櫛目《くしめ》の通った髪を、首筋のあたりまで垂らしている。着ているものは、ごくありきたりの紺色のスーツであるし、中肉中背の平凡な風体であるだけに、そのキザッたらしい髪型ばかりが、やけに印象に残った。

男は来た時と同様、小走りに去ってゆく。

(時間がないのだから、最寄りの車輛《しゃりょう》に乗ればいいのに――)

そう思いながら見送っていて、工藤はふと、男の行く手に、連れらしい女がいるのに気付いた。数えて三輛目の入口である。向こうむきに首うなだれて、ひどく疲れた様子に見えた。年格好までは分からないが、全体として青っぽい感じの花柄のワンピースと、黒い大ぶりのショルダーバッグが記憶に残った。男は二言三言、何か話しかけ、乗降口に女を押し込むようにして、チラッとこっちを振り向いてから、車内に消えた。

(妙だな――)とその時、工藤は思っている。同時に、はっと気付いて、発車ベルのスイッチを切った。大時計は定刻を三十秒過ぎている。専務車掌が、怪訝《けげん》な目をこちらに向けながら、ホイッスルを吹き鳴らした。工藤は苦笑と挙手の礼で、その視線に応《こた》えた。

〝日本海2号〟は、一千キロの旅路に向かって、ゆっくりと動きだした。青い車体にあおられて、霧が小さくいくつもの渦を巻いた。

同じ頃——

飯田署署長室では、竹村巡査部長と桂木巡査が、出張報告を行なっている。室内には園田警部補も同席していた。

一泊の予定が一日延びたことには、署長も園田も、何も言わなかった。その代わり竹村の方も、三番館での聞き込みに投資した二万円について、泣き言を言うわけにいかない。

報告の前段は、五代通商社長福島太一郎と野本孝平の関係が中心になった。当初、五代通商の人事担当者が、野本敏夫の紹介者が福島社長であることを伏せようとした事実。そして、福島が敏夫の前歴のいかんにかかわらず採用する方針であったという、不自然さ。

「その理由を、福島は、孝平との友人関係ということで説明しようとしているのですが、その友人関係なるものを証明する事実は、何もないように思えます。じつはこれは、桂木君が指摘した点なのですが、自分もまったく同意見です」

ついで竹村は、福島が東南アジアへ出発した日と、野本夫婦の失踪《しっそう》とが重なっている点に触れた。

「これが単なる偶然にすぎないのか、それとも何か、特別の意味があるのか、一応調べてみるべきかと思います」

報告の後段では、三番館のホステス、君江に対する事情聴取について述べた。

ヴィラ朝丘での電話の主を、好運とはいえつきとめたことに、園田は感心したが、さりとて、鳥羽のワールドホテルで孝平が目撃した人物が福島であるとする仮説には、大いに首をひねった。そればかりでなく、大森署長も園田警部補も、事件の背後に第三の人物がおり、その人物が福島社長である可能性を示唆する、竹村の主張全体について、疑問を表明した。

「話としちゃ面白いが、既定方針を変えさせるには、まるで弱いね」

園田は喝破した。

「タケさんの持ち帰った材料は、残念ながらオール仮説だものな。福島は野本とは友人でなかったかもしれない、海外旅行と敏夫の失踪につながりがあるかもしれない、鳥羽の謎の人物が福島かもしれない――どれもこれも仮定ばっかりだろ。それを全部集めて、福島が事件の主犯だなんて仮説をデッチあげるのは、どだい無理な話だぜ。まあ、署内《ここ》だからいいようなものの、県警へでも持ち込んでみろよ、無視されるどころか、そんなヒマがあるんなら、コソ泥のひとりでも捕まえろって、嫌味を言われるのが関の山ってとこだな」

園田ほどではないにせよ、署長の意見も似たりよったりであった。

「捜査陣全員が、野本敏夫の単独犯行に傾いている中で、そういう仮説を樹《た》てる、その着眼点はきわめてユニークだと思う。わたしもその竹村君のユニークさを大いに買ったのだがね、しかし現実にたちかえって、冷静に考えてみると、どういう仮説を樹ててみたところで、死体を遺棄し、逃亡した、野本夫婦の行動の前には霞《かす》んでしまうのだな。園田君の言うように、警察庁や県警の方針を変更させるのは無理なようだな。この先、何かよほど重要な物的証拠でも現われれば別だがね」

竹村は唇を噛《か》んだ。（そうだ、あんたたちの言うとおりだ——）と、理性は言う。しかし、その一方にある説明もつかない苛立ちは、いったい何に起因するのだろう。

（誰も、分かっちゃくれない——）

最後には、自棄的に、そう思った。

「まあ、いずれ野本夫婦が逮捕されれば、背後関係の有無もおのずから分かるわけだし、その結果、きみの推理が正しかったことが証明されたら、その時は大いに溜飲《りゅういん》を下げればいいじゃないか」

大森署長は、竹村の様子を気遣って、慰めを言った。

その夜自宅で、竹村は久しぶりに痛飲した。三分の二ほど残っていた角瓶が、完全に空になったのを睨《ね》め据え、そのままの眸《め》を妻に向けた。

「おい、寝るぞ」

起《た》ちあがった瞬間、意識が混濁した。

膝枕《ひざまくら》の状態に倒れこんだ夫の頭を、陽子はまるで、子供をあやすように優しく撫《な》でながら、

「しょうのない子ねえ」

とつぶやいた。

2

戸隠《とがくし》連峰は秋色に包まれていた。

群青の空に絹雲が一筋、西から東へ走り、それに向かって表山《おもて》の無機質な岩肌が聳《そび》え立ち、中腹から山裾《やますそ》の一帯にかけては絢爛《けんらん》たる紅葉が燃え旺《さか》っている。沢という沢からは朝霧が湧《わ》き、落葉松《からまつ》の原生林に溶けこむように消えてゆく。

長野市から戸隠高原を越えて信越本線の黒姫駅へ抜ける〝県道戸隠線〟の景観は、この時季、最も美しいとされる。夏のあいだは若者たちの喧騒《けんそう》に占領されて、俗化もその極に達した観さえあるけれど、秋が深まるにつれて、訪れる観光客は紅葉狩りの年配者が多くなり、落ち着いた散策を愉《たの》しめる、ひそやかな風情が蘇《よみがえ》ってくる。

長野市から三十分ちょっと、快適なドライヴであった。

石黒貞雄は、戸隠キャンプ場入口前のパーキングエリアに車を駐《と》め、トランクから取り出したバカ長《なが》を履き、魚籠《びく》を腰に結えた。

ここから黒姫方向に向かって三百メートルほどのところにコンクリートの橋がある。小さな橋だが、名前は〝大橋〟という。下を流れる沢を〝鳥居川〟と称《よ》ぶのは、上流に戸隠神社奥社の鳥居があるからだ。

橋のわずかばかり上手《かみて》に堰堤《えんてい》があって、そこで取り入れた水を、橋の下流左手にある貯水池に引いている。そのために、鳥居川の釣りは大橋より上流だけに限られ、釣り人は橋際から沢に下りて釣り遡《のぼ》ることになる。対象魚は岩魚《いわな》と山女魚《やまめ》。以前はかなり著名な釣り場であった。それが年ごとに衰退の一途を辿《たど》り、一昨年の秋、ここの釣りで初めて〝坊主〟を体験して、石黒は愕然《がくぜん》としたものだ。

石黒は、長野市権堂町で洋品店を経営している。戦前、父親に連れてこられて以来の常連であるだけに、鳥居川の魚影の激減ぶりには、心が痛んだ。ついにこの沢から、可憐《かれん》な水の精たちが消え失《う》せるか——そう憂いながらも、毎年、春と秋のシーズンになると、しぜん、足がここに向かう。

大橋の袂《たもと》から、踏みしだかれた草地を伝って十メートルほど遡行《そこう》した辺りで、沢に下りる。そこから先の岸辺には隈笹《くまざさ》が繁茂していて、とても歩けたものではない。

石黒は流水に立ちこんで、愛用のテンカラ仕掛けを天空にかざし、最後の点検をした。

その時——ふと石黒は、背後の橋の下に佇《たたず》む、人の気配を感じて、反射的にふりかえった。たしかに、人影はふたつあった。

見た瞬間は、何か悪い冗談か錯覚かのように思えた。人物は二人とも、足が地についていなかったのである。

石黒は奇声を発して飛び退《すさ》った。だが、実際に飛んだのは、そうしたいという意志と、彼の上体だけで、肝心の両足は水の中で一歩も動けずにいた。必然的に、石黒は背中から水に落ちた。しかし、水の冷たさを感じるより早く、背筋は強烈なショックで、凍りついてしまった。

キャンプ場前のドライヴインに、濡《ぬ》れ鼠の石黒が駆けこみ、そこから戸隠村駐在所に電話連絡を入れたのは、午前八時を少し回った時刻である。この日、十月十六日は日曜日であったため、ドライヴインがいつもより早目に、開店の準備をはじめていたのは幸運であった。

駐在所の徳武《とくたけ》巡査は、とりあえず長野市の本署に一報を入れ、直ちに単車に跨《また》がって現場へ急行した。

屍体《したい》は、大橋の下流側の欄干に結んだ細引《ロープ》に吊《つ》り下がっていた。徳武は過去に幾度も、変死者を扱ったことがあり、その中には縊《い》死の例もあったから、死後、かなりの時間を経過していることは、ひと目で判断できた。むろん、蘇生《そせい》する可能性などあるわけはないし、なまじ手をつけて証拠を消滅させてはいけないと思い、現状のまま放置することに決めた。

現場は道路際で、行楽の車がかなり頻繁に通るのだが、幸い、縊死者は視界に入る位置ではない。巡査の姿を見ても、交通取締りかなにかぐらいにしか思えないらしく、無関心に通過してしまう。発見者やドライヴインの連中に、厳重な口止めをしたおかげで、野次馬も現われない。物寂しい風景の中に、初老の巡査がぽつんとひとり佇んでいた。

だが、ものの一時間も経たない内に、現場一帯は戦場のような騒ぎになった。

道路には、パトカー、鑑識車、死体運搬用のワゴン車などの他に、報道関係の車輛《しゃりょう》がずらりと並び、制私服とりまぜた警官たちがひしめいた。

この日、長野県警からは捜査一課の原警部が出動してきている。場所が場所だけに、初動捜査で刑事たちのやることといえば、せいぜい周辺の遺留品捜索程度、それも、現場の中心部付近は鑑識の支配下にあって、傍観する以外にない。誰かが、自殺や心中の捜査を〝葬儀屋〟と称したが、実際、やっていることは大がかりな死体処理作業に違いなかった。

鑑識の指揮は関口警部がとっている。ことし四十五歳、学究肌で頑固で、原のような若い連中にとって、いささか煙《けむ》たい存在だ。

死者は中年の男女――厳密にいうと、男は四十三、四。女は三十五、六歳。いずれもあきらかに縊死で、死後推定六時間前後を経過したものと鑑定された。つまり、午前三時前後の一時間が死亡推定時刻ということになる。衣服等に争ったような痕跡《こんせき》はなく、両者とも覚悟の自殺と考えられた。

屍体の外観は、典型的な縊死の特徴を示していた。鼻孔、口からは粘液状の分泌物が流れ出し、衣服を汚していた。むろん失禁もあった。橋の鉄パイプ製の欄干に結んだ細引が、頸部《けいぶ》に深く食いこんでいる様子から、ふたりは橋上から沢めがけて飛び下りたものと思われた。

男は紺色のスーツ、黒い皮靴、という平凡な服装である。所持品は、現金三万円少々、煙草、サングラス、腕時計といったところで、背広の内側に「Ｔ・Ｎ」と刺繍《ししゅう》されているほか、身元を示す物はない。

女はブルーの地色に同系色の小さな花模様を散らしたワンピース姿であった。アメ色のパンプスの片方が、落下のショックで脱げたらしく、沢に落ちていた。取水堰《しゅすいせき》の下流であったために流量が少なく、ほんの三メートルほど流された先で、ゴロタ石のあいだに挟まって止まっている。

ほかに、黒い大ぶりのショルダーバッグが沢の中に落ちていた。中身は、かんたんな化粧道具、小銭入れ、それと内容量が半分程度残っている睡眠薬の小ビン。バッグの大きい割には中身が少ないので、綿密に調べてみると、底の方に麻の繊維が埃《ほこり》状に散っていた。これは細引の素材と同質のものである。首吊り用の細引は、ショルダーバッグに入れて持ち運んだもので、そのことからも、彼らが死を目的としてこの地を訪れたことは確実であった。

実況検分は終わろうとしていた。周辺に密生する隈笹の中にまで分け入って、遺留品の捜索にあたっていた連中も、ぼつぼつ引き揚げてきた。

原は関口警部に近づいて、遠慮がちに声をかけた。

「何か、ウサン臭いところはありましたか」

関口はジロリ、原を一瞥《いちべつ》した。

「ないな、りっぱな心中だよ。あとは解剖《ヒラ》いてみた結果だな」

「あの睡眠薬は服《の》んでいるのですかね」

「まさか、睡《ねむ》っていちゃ首は吊れねえだろ」

「ずいぶん薄着ですねえ」

「そうだな」

「いったい、どこからやって来たのかな。この格好じゃ、首を吊る前に凍死しかねない」

「なるほど」

原のジョークに笑いもせず、関口は真顔で振り向いた。

「さすが、刑事《デカ》さんだけあって鋭いな。そう言や、わざわざ寒い思いをしなくたって、いくらでも死に場所はありそうなもんだ」

最寄りの人家といえば、ドライヴインを別にすれば、いちばん近い越水原《こしみずはら》のロッジまででも二キロ、その先の中社《ちゅうしゃ》部落まではさらに一キロも歩かねばならぬ。中秋とはいえ、標高千百メートルの高原である。未明の気温は零度近くまで下がるはずだ。

その時、写真撮影をしていた鑑識のひとりが、ファインダーを覗《のぞ》きながら、素《す》っ頓狂《とんきょう》な声を発した。

「あれェ？　このホトケさん、どこかで見たような顔だなあ」

その声につられて、捜査員たちはあらためて、死者の顔に見入った。実況検分で屍体を扱うときは、どうも即物的に見てしまうせいか、人相のこまかい部分などに対する注意が散漫になる。ファインダーで四角に区切ってはじめて、顔の特徴が浮かびあがったということなのだろう。

「おい、この男、例のバラバラ事件のホシとちがうか？」

「あっ、そうだよ、手配写真そっくりだ」

何人かが口ぐちに言った。緊迫した空気がたちまち、現場を支配した。


この日、竹村は非番である。昨夜のアルコールが残っていて、ひどい頭痛に悩まされた。九時を回ってから起き出し、寝巻《パジャマ》のまま、縁側の日向《ひなた》にへたりこんだ。

庭先の菊が一輪、いまにも咲きそうに、黄色い花弁をのぞかせている。何年か前に植えたきり、たいした手入れをするでもなく、ほったらかしにしてあるのだが、秋になると、不揃いながらも花を咲かせる。（逞《たくま》しいものだ——）と思う。

「あら、起きたの」

陽子が、洗濯機を気にしながら、顔をのぞかせた。

「すぐ、ご飯にするわね」

「おい、ちょっと待て」

「なに？」

「何事の　憂いもなくて　菊咲きぬ——っていうのはどうだ」

「なあにそれ、俳句？」

「そうだ」

「やあね、この忙しいのに」

「ばか、おまえのために作った句だぞ」

「それが？　ばかにしてるわ、憂いもなくてだなんて」

「どうだ、ぴったりだろう」

「それじゃ、こういうのはどう？　何事ぞ　咲くあてもなく　菊を見る」

竹村に抗議する間を与えず、陽子は洗濯場へ消えた。

（あン畜生——）

竹村は苦笑した。陽子にはこんな風に、目から鼻へ抜けるようなところがあって、竹村は気に入っている。しかし「咲くあてもなく」では、現在の心境にぴったりしすぎて、洒落《しやれ》にもならない。

十時近く、電話が鳴った。

「あなた、署長さんよ」

陽子が取り次いだ。ことによると、署長の気が変わって、捜査続行ということになったのか——と竹村は期待し、電話に出た。

「竹村です、おはようございます」

「やあ、休みのところ、すまないね」

「いえ、構いません」

「じつは、野本夫婦がみつかってね」

「えっ、野本がですか。で、場所は？」

竹村は、愕然《がくぜん》とした。

「戸隠だ」

「戸隠？」

「今朝八時頃、釣り人が発見した」

「発見……というと、やはり死んでいたのですか」

「うん、橋からぶら下がっていたそうだ」

「自殺ですか」

「だろうね。現場の状況から見て、まず間違いなさそうだ。県警から、原警部が出ていて、直接、連絡をくれたよ」

瞬間、竹村は原の端整な横顔を思い浮かべた。

「それで、ウチの署からもメンバーを出すことになってね、園田君が出番だったので、これから出発してもらうが、きみも一緒に行った方がいいだろう」

「はい、ぜひお願いします」

竹村は心中、署長の配慮に感謝した。

園田は陽気な顔を助手席の窓から突き出して、やってきた。バックシートには桂木刑事が居た。園田が助手席を譲らないので、竹村は桂木と並んで座った。

「タケさんよ、やっぱり、岡部君が言ったとおりになっちまったな」

園田警部補は、猪首《いくび》を振り、感に堪えぬ言い方をした。たしかに、野本夫婦の死を、室町署の岡部警部補は予言している。それも、かなり早い段階で、だ。

「これは、どういうことなのでしょう」

　桂木が小声で言った。竹村に問いかけたつもりだが、竹村は答えず、代わりに園田が蛮《ばん》声《せい》をあげた。

「どういうことって、何がどういうことだ」

「いえ、つまり、なぜ自殺したのかと……」

「ばかだな、逃げられねえと観念したからじゃねえか。ヤツは、最初からその覚悟でいたのさ」

（そうでしょうか？）と、桂木は目線を竹村に送った。竹村は答える代わりに、園田に問うた。

「自殺というのは、確定しているのですか」

「確定だろう、原さんがそう言ってるくらいだからな」

「しかし、朝の八時の発見ですから、まだ司法解剖の結果は出てないはずですが」

「そりゃそうだけどさ、お歴々がそろって心中だっていうんだから、確定したと思っていいんじゃねえのかい」

　園田はすこし、強圧的な口調で言った。竹村は黙った。

　飯田から長野市まで、サイレンを鳴らしっぱなしで走って、四時間かかった。

　野本夫婦の遺体はすでに山を下り、県警本部の死体安置所に横たわっていた。強殺の容疑者とはいえ、死者に対する礼として、花と線香が手向けられてある。竹村たちは一礼して、台上の遺体に近寄った。

安置所への案内をしてくれた、鑑識課の新井という巡査部長の説明によれば、死体は、首のロープを外したほかは、発見当時そのままの状態ということであった。新井は、眼鏡をかけた、大学の助教授を気さくにしたようなタイプの男で、発見現場の状況を説明するのに、解説調と漫談調をとり混ぜて陽気に喋《しゃべ》った。しかし、その観察眼の鋭さと要点のとらえ方の確かさはみごとなもので、竹村の脳裡《のうり》には、まるで目のあたりにするように、現場の情景が蘇《よみがえ》った。

死体は見るからに浅ましい様相であった。とりわけ、寒ざむとしたワンピース姿の美津子には、そぞろ哀れをそそられた。髪は乱れ放題。片方の靴は脱げ、剝《む》き出しの脚は、ナイロンストッキングを透《とお》してさえ、青白く醜悪に見える。残った方の靴の土踏まずの部分に、黒い土が圧《お》し詰められたようにこびり付いていて、死場所を求めてさまよい歩いたであろう二人の姿を彷彿《ほうふつ》させた。

だが、死者の表情はいずれも、意外なほど平穏に思えた。苦悶《くもん》も恐怖の色もない。

「眠っているようだな」と竹村は呟《つぶや》いた。

「そうなんですよ」

新井鑑識課員は、わが意を得たとばかりに言った。

「首吊《くびつ》りは何度も見ましたが、こんなのは初めてですね。一般的にいうと、死にぎわの表情はそのまま残るものなんです。このホトケは、よほど度胸が据わっていたのでしょうねえ」

「それとも、眠っている間に死んだのかもしれませんね」

「まったく……」

何気なく相槌《あいづち》を打って、新井は妙な顔をして竹村を見た。

「眠っていた、というと、どういう?……」

「いや、そういう死に方はないものかと思いまして」

竹村は言葉をにごした。

屍体《したい》は司法解剖に回された。結果が出るまで、早ければ三時間ということで、その間、宮崎捜査一課長の主宰のもと、捜査会議が召集された。野本敏夫夫婦が死体で発見されたという報告は、すでに警察庁および警視庁に送付した。この会議では、総括的な情況分析が行なわれ、その結論いかんによっては本事件の終結が宣言されることになる。

まず、原警部が立って、死体発見から収容に至る作業内容を報告し、次いで鑑識の関口主任から実況検分について、かなり詳細な説明があった。

「どうやら、現場の状況によるかぎり、心中ということのようだな」

宮崎課長が言った。それはそのまま、実況検分に参加した全捜査員の心証であった。宮崎は、手元に配布されてあるメモに視線を落とした。
○死亡推定時刻、午前三時前後。
○死因、縊死《いし》。

○外傷ナシ。争イノ痕跡《こんせき》ナシ。
「第一の疑問は、野本夫婦がどこから現場へやってきたか、ということだが」

「それと、なぜあの場所を選んだのか、という点も疑問です」

原警部が言った。

「そういうことだな。当面、この二点について捜査をしてみよう。もっとも、肝心のホシが死んじまっては気勢も上がらんだろうが、少なくとも、逃走経路だけでも解明しないことには、終結宣言の体裁も整わない」

半分は冗談、半分は本音である。

「すでに、現場近くのドライヴイン、ロッジ、ユースホステル、旅館、および、中社、宝光社の宿坊一帯に聞き込み捜査を行なっておりますが、現在までのところ、これといった収穫はありません」

「それらしい人物の立ち寄った形跡はないのかね」

「はい、なお捜査中ですが」

「反対側の黒姫方向から来たとは考えられないか」

「一応、その方面にも捜査範囲を拡げる予定ですが、なにぶん、黒姫側からはかなりの急坂を五キロ近く登ってくることになり、徒歩の行動範囲としては常識的には考えられないと思います」

「すると、車ということになるな」

「はい、現在行なっている聞き込みのメドがつき次第、長野市および信濃町《しなのまち》全域のハイヤーを調査する予定です。午前三時というのはかなり特異な時間ですから、利用客もごく限られますので、結果はすぐに出る見込みです」

「もっと早い時間から、現場近くに待機していた可能性もあるだろう」

「いや、それは無理でしょう」

関口警部が不遠慮な声を出した。

「なにしろあの辺は、夏でも陽が落ちると寒いくらいですからなあ、あの薄着でウロウロしてたひにゃ、一時間とモチませんよ」

「だとすると、やはり車しかないな」

そうなると、聞き込みの結果を待つほかはない。宮崎はふと思いついたように言った。

「ところで、コロシの線は、まったく浮かばないのかね」

竹村は、はっと緊張した。全員が心中という先入観で凝り固まっている中に、はじめて竹村の疑惑を代弁する考えが顔を出した。しかし、一座の空気はそれに対して完全に否定的であった。彼らの頭には、東京の合同捜査会議で出されたひとつの結論でもある「野本夫婦の逃亡――自殺」という図式が、既定のシナリオとして描かれていた。戸隠の心中はそれを映像化したものにすぎない、という受けとめ方をしたのだ。それがもし、心中は偽装殺人である、ということにでもなると、シナリオはパラドックスそのものになってしまう。

だから、宮崎課長がすぐに、

「まあ、そんなことはありえないな」

とみずから一笑に付した時には、堵《ほ》っとした気分が流れた。

会議はそこで、一旦《いったん》、おひらきということになり、飯田署の三人はひとまず帰投することにした。

「まずは、天網恢恢《てんもうかいかい》ってとこだなあ」

帰路の車の中で、園田警部補は大きく伸びをしながら、言った。

竹村は失望のあまり、口をきく気にもなれなかった。そんな竹村を、桂木刑事は気の毒そうな目で眺めていた。

車は暮れなずむ松本盆地を、のんびりと南下していった。蜒々《えんえん》と連なる日本アルプスの稜線《りょうせん》が、茜《あかね》色の空に黒ぐろと浮かびあがっていた。

その頃——県警本部では捜査会議が再開され、冒頭、新井鑑識課員より、解剖所見の報告があった。

「野本夫婦の遺体から、バルビタール系の睡眠薬が検出されました」

検案書を読みあげながら、新井は竹村の所在を探そうと、視線を走らせた。誰よりも早く、この報告を聞かせたい相手であった。

3

〝睡眠薬検出〟の報告は、ほぼ心中説で固まっていた捜査当局を困惑させた。ただ、その報告が、会議後に予定されていた記者会見より前にもたらされたことは、せめてもの幸運であった。その席上、県警本部長の口から発表された公式見解は「自殺、他殺の両面から捜査する」という内容になった。

他殺の可能性を示唆する睡眠薬服用については、しかしなお、賛否両論があった。

他殺説を採る側の意見は、ごく常識的なものである。死ぬ前に睡眠薬を服《の》む必然性がまったくない、眠ってしまっては、首も吊《つ》れないだろう、ということだ。その場合、〝心中〟の真相は、何者かが二人に睡眠薬を飲ませ、車で現場まで運んだ上、心中に見せかけて殺した、ということになる。

一方に、かならずしもそうとのみは限らないと主張する意見があった。恐怖心を麻痺《まひ》させる目的で睡眠薬を服んだ――一種の安楽死だとする見方がその主流である。

しかし、睡眠薬の検出によって、捜査陣の空気が従来の心中説から、一気に他殺説へ傾いていったことは事実だ。それは、野本夫婦が現場までどのような経路を辿《たど》ったのかがまったくの空白であることから、ますます謎が深まったためでもあった。この空白部分が解明されない以上、自他殺いずれの説も不完全である。

睡眠薬の量は、通常用いられる二、三倍と推定され、むろん、致死量にはほど遠く、薬効が確実に顕《あら》われる時間は二十分前後ということであった。そして、薬物の吸収の状態から見て、服用後、約三十分前後に夫婦は死亡している。また、睡眠薬はおそらく、市販の缶入りジュースのような飲み物と一緒に飲んだものと考えられた。

どこで、なぜ、どのようにして、彼らは睡眠薬や缶ジュースを飲んだのか——それを解明することが、そのまま〝心中事件〟——ひいてはバラバラ事件全体の真相を明らかにすることになる。

戸隠村一帯の捜査は、思いのほか難航をきわめた。戸隠村には中社、宝光社を中心とする宿坊、旅館、民宿のほか、個人の別荘、会社寮、ドライヴイン、ロッジ等が広範囲に亘《わた》って散在し、その数も一千戸近い。死体発見当日中に洗い出しを完了する予定が、翌日夕刻までかかるという、とんだ思惑ちがいとなった。しかもその結果は、収穫ゼロ。野本夫婦に該当する人物は戸隠村には現われていなかったのである。

一方、長野市全域および黒姫駅のある信濃町方面のハイヤー会社に対する聞き込みからも、芳しい情報は入ってこない。

そして、中一日置いた十月十八日、思わざる方角から、二つの有力な情報があいついで飛び込んできた。

第一報は青森県警からのものであった。

〝心中事件〟の前日、十月十五日の夕刻、青森駅プラットホームに、野本夫婦らしい二人連れが現われているというのだ。目撃者は青森駅員の工藤典夫。新聞テレビで報道された野本夫婦の人相、風体が、その二人連れに関する記憶ときわめてよく合致するらしい。

この情報を受け取った長野県警側は、当初、ほとんどの捜査員が半信半疑であった。青森とは、あまりに遠隔にすぎてピンとこなかった。夕刻、青森にいた二人が、翌日未明、戸隠の山中で死んでいたというのは、どうにも不自然な感じがした。

「ともかく、〝日本海2号〟に乗ったというのだから、列車の運行時間を調べてみろよ」

原警部は部下に命じた。その結果、列車は午前一時二十三分に直江津《なおえつ》に到着することが分かった。直江津から戸隠の現場までは、道路距離でおよそ六十キロ。

「車を利用すれば、物理的には可能な距離だね」

深夜の国道である。六十キロは一時間そこそこの行程だ。一時半に直江津を出発すれば、遅くも三時前には現場に到着できる。

急遽《きゆうきよ》、新潟県警を通じ上越署に、直江津付近のハイヤー業者に対する聞き込みを依頼した。その結果、同日夕、直江津駅前ハイヤーの運転手土屋辰男が、それらしい男女を戸隠まで運んだ事実が判明した。

このことは、一度、他殺説に傾きかけた捜査員たちの心証を、急転直下、〝心中説〟に引き戻す結果になった。他殺説を成立させる要因は、野本夫婦を運んだ車と、第三の人物が存在することであった。それが、ハイヤーとその運転手というのでは話にならない。むしろ、心中行の二人が、どこからどのようにして現場までやってきたかという謎の部分が解明され、心中説のネックになっていたものがほぼ解消したことになる。残るは、なぜ睡眠薬を服んだかということ、それに、なぜ戸隠を選んだかという点だが、それらはむしろ、事件全体の構成からいえば付随的な意味しか持たないものと理解されたのだ。

原は即刻、捜査本部のある飯田署に連絡を取った。竹村巡査部長と桂木巡査に、専従捜査員としての最後の役割を果たさせてやろうと思った。

ここ三日間、竹村の精神状態は、次つぎと展開される新事実の前に翻弄《ほんろう》され続けた。とりわけ、十六日夜、県警からもたらされた「睡眠薬検出」の報には、内心、欣喜雀躍《きんきじゃくやく》たるものがあった。これでいかに頑迷な当局も、他殺説に動かざるをえまい——と確信した。それがたちまち、一転した。今度は竹村自身、自分の心証が妄想にすぎないのではないかという不安に取り憑《つ》かれることになった。

大森署長は、竹村と桂木に直江津および青森への出張を命じた。

「本来なら二人の内一人は県警から出るのが建前だが、原さんの一存で、きみたちに一任することになった。その方がなにかと動きやすいだろうからというのが、表向きの理由だがね、あの人、若いがどうして、人間の機微に通じているよ」

竹村にもそれは理解できた。しかし、その配慮が自分への憫《あわ》れみのようでもあり、素直に喜ぶ気にもなれなかった。

その夜、陽子に青森行のことを告げると、妻は羨《うらや》ましそうな顔をした。

「あら、今度は青森なの、いいわねえあなたばっかり」

新婚旅行で天ノ橋立《あまのはしだて》へ行ったきり、陽子に旅行らしいことをさせていない。刑事稼業についているかぎり、予定などというものは立ちっこない、と陽子も近頃やっと悟った。

「遠いのね、青森」

時刻表の地図を開く竹村の後ろから覗《のぞ》きこんで、陽子は言った。

「東京まで出て、それから東北線？　何時間ぐらいかかるのかな」

「いや、直江津に寄るから」

言いながら、そうか東京回りで帰ってくるテもあるのだな、と竹村は思った。

「おい、おまえカメラ持ってたな」

「うん、安物だけど、あるわ」

「それ、明日《あした》持って行くから出しておいてくれ」


十月十九日午後九時すこし前、竹村と桂木は直江津に着いている。

現在は高田などと合併して「上越市」の中に入っているが、直江津は古い町である。信越線と北国《ほっこく》街道が日本海にぶつかり、東西に分岐する交通の要衝として栄えた。竹村もかつてそのように学んだ記憶があった。しかし降り立ってみると、駅前広場や道路は狭く、駅舎も、向かい側に並ぶ旅館も、夜目ながら古色蒼然《そうぜん》としてなにやら侘《わび》しげに見えた。

広場には客待ちのハイヤーが屯《たむろ》していて、聞くとすぐ、会社の場所は分かった。折悪《おりあ》しく、その時の運転手は就業中ということで、配車係が応対に出た。

「いま高田の方まで実車で行っておりますけんど、すぐに戻るよう無線で言いますから」

「そうですか、そうしていただけると助かります」

配車係は、無線室へ行ったついでに、茶の支度をして戻ってきた。五十年配の痩《や》せた小柄な男で、しょぼしょぼと茶を汲《く》む姿に、なんとなくこの町の匂いが染みついているような気がした。

運転手は土屋辰男、二十六歳。ガッツ石松そっくりの風貌《ふうぼう》で、性格もあっけらかんとした、土地っ子であった。言葉つきも土地訛《なま》り丸出しで、すこしも飾り気がない。それだけに、話には信憑性《しんぴょうせい》があった。

「おらの乗せた客が、バラバラ事件の犯人だったとなあ。それも心中しちまっただちうから、おったまげたね」

挨拶《あいさつ》代わりに、土屋はそう言った。

「いやあ、そう言われてみれンばよ、なんかおかしげなとこのある客だったもんね」

「ほう、どういうところが？」

「まんず、あの真夜中によ、こんたらとこさ降りることからして、だいぶんおかしいんでねえすか」

土屋の言によれば、そもそも、日本海2号で直江津に下車する客など、皆無と言っていいらしい。接続便もないし、夜の早い街だから深夜営業の店などもない。宿直の無線ハイヤーは、地元客の緊急に供するためのものである。その晩、直江津駅から呼び出しの電話があった時も、その種の客だと思ったという。

「ところがよ、駅前で乗せた客は、いきなり東京弁で、戸隠さ行けちうだもんね。戸隠は何遍か行ってるけど、こんたら時間は初めてだし、薄っ気味わるかっただなあ」

「で、二人連れだったのだね」

「んだ、アベックだった。男だけなら、おらも断わったかもしんねえな」

「どんな様子でした」

「それがまたおかしいだよ。真夜中で、けっこう冷えるつうのに、コートも着てねえだもんね。それに、ボストンバッグひとつ持ってるわけでもねえし、なんだか旅行者つう感じもしねかっただなあ」

「顔は見たかね」

「暗くて、そうバッチリ見たっつうわけでねえけんども、男の方は四十過ぎ、役者みてえにノペーッとした感じで、ああ、それからサングラスをかけてただ。夜だつうのに、おかしな人だって思っただよ。女の方はさっぱり記憶がねえだ。男の陰さ隠れるようにしておったせいかもしれんな」

「着ているものは、どうだった」

「よくは憶《おぼ》えてねえが、ふつうの背広にネクタイだったすな」

「色は？」

「青っぽい色だったすよ。んだ、女のワンピースも花柄で青い色だったすよ。なんだか、寒そうだなって思ったから」

竹村はバッグから野本敏夫の手配書を出して、土屋の前に置いた。手配書の写真は、三年前、野本が刑務所入りした事件の際に撮影したもので、それ以外、野本夫婦の写真は一葉も発見されなかった。

「この男でしたか」

「んだ、この男だべな。顔はサングラスしとったり暗かったりで、はっきりしねえけど、このヘアスタイルよ、後ろの方さ伸ばして、由井正雪みてえに揃えて切ってるべ」

土屋は年齢の割に古いことを言った。

「ところで、その二人を乗せたのは、何時頃でした」

「そりゃ一時半頃だべな。日本海が行ったすぐ後だから」

「それから真直ぐ、戸隠へ向かったのかね」

「んだ」

「戸隠には何時に着いた？」

「三時ちょっと前頃だったすよ。客を降ろす時、時計を見て日誌につけるだから間違いねえす」

「ちょっと時間がかかりすぎじゃないかね、夜中は八十キロぐらいで飛ばすのだろう。いや、べつに道交法違反を問題にしようというわけじゃないがね」

「へへへ、ふだんはそうですがね、そん時はお客が安全運転でやってくれちうもんで」

「ふうん、安全運転ねえ」

（死にに行くのに安全運転とは、どういうことか——）

「んだ、まんず見かけは貧乏たらしい格好しとったけど、せかせかしたところのねえ客だったねえ。もっとも、どうせ死ぬ気だで、急ぐこともなかったのかもしんねえが、車の中で缶ジュースかなんか飲んだりしてよ」

「なに！」

竹村と桂木は、顔を見合わせた。

「ほんとうに、缶ジュースを飲んだのかい」

「ああ、飲んでただよ。んだ、あれはジュースだったな。あとで、床の上さ転がってた空き缶を捨てただから」

「捨てたって、どこへ捨てた」

「駅前にある屑《くずい》入れだけんど」

「まだそこにあるかな」

「空き缶がけ？　そりゃもうねえすよ、あそこの屑入れは毎日回収するだもの。今頃はゴミ焼場かどこかでペシャンコだべな」

竹村は失望した。

「それで、その二人、ジュースと一緒に何か薬を飲んではいなかったかね」

「さあ、そこまでは分かんねえが、とにかく二人で、代わるがわる飲んどったな」

「それは、現場へ着く何分ぐらい前かね」

「黒姫駅のちょっと手前だったから、約十五分か二十分前ってとこかなあ」

「それで、二人は大橋で降りた？」

「大橋って、鳥居川の橋のことけ？　いや、あんたらとこさ降りたら、なんぼおらでもおかしいと思うもんね。降りたのはその先の、キャンプ場入口のバス停のあるとこだ。すぐ傍にドライヴインがあるから、てっきりそこさ訪ねてきたのかと思っただよ」

「その付近に車か人影は見えなかったかね」

「見えなかったな、駐車場でUターンしただが、車もなかっただ」

「降りる時、二人の様子に変わったところはなかったかね」

「べつに無《ね》かったな、少し元気がねえって感じはしたけんど」

「かなり冷えこんだだろうねえ」

「んだ、それで、こんな寒いのにどこさ行ぐんだべと思って、車回しながら見とったが、ドライヴインの方さ少し行ったとこで振り返ってこっち見たけ、しょうがねえから帰《けえ》ってきてしまったですよ」

それ以上、訊《き》くことはなかった。二人の刑事に丁重に礼を言われ、土屋運転手は気分よさそうに、ふたたび仕事に出て行った。

野本夫婦が青森から直江津、そして戸隠へ向かったというのは、どうやら事実のようであった。

「いまさら、青森まで行くこともなさそうだな」

拍子抜けのあまり、竹村は弱音を吐いた。青森へ行ったところで、この事実が変わるというものでもない。それよりいっそ、東京へ向かい、最後の勝負に賭《か》けてみたい、という気がした。

「それはないすよ部長刑事《デカチョウ》、せっかく羽を伸ばせるってのに」

桂木は、竹村の気持を引き立てるように、わざと陽気な声をあげた。

4

直江津発二十三時二十三分、青森行寝台特急〝日本海1号〟は空《す》いていた。直江津から乗る客も少なく、飛び乗りにもかかわらず、二人とも下段の寝台が取れた。車内はすでに白河夜舟。ろくすっぽ会話を交わすこともできず、横になった。桂木はじきに、健康な寝息を立てはじめた。

竹村は寝つかれなかった。事件は終わったという想いと、何かしら割り切れぬ想いとが渦巻いて、頭の中がいらいら熱かった。さりとて、何が割り切れないのかをつきとめようとすると、思考の過程でふっと対象を見失い、空白の世界の中で線路のリズミカルな震動に耳を傾けているだけの自分に気が付いたりする。

松川ダムにバラバラ死体が浮かび、事件が動き出して以来、捜査陣は、いくつもの謎を積み残したまま走ってきたように、竹村は思った。謎のひとつひとつは、ごくささいな疑惑には違いない。取るに足らぬ末梢《まつしよう》的な事柄かもしれない。しかし、それらは線路の継ぎ目のように連綿と繋《つな》がって、究極にある隠された真実への道を示しているのではないだろうか。野本夫婦の心中、という動かしがたい事実を前にしてもなお、竹村はそう思い、自分の樹《た》てた仮説に拘泥し続けていた。

新津《にいつ》、鶴岡、酒田《さかた》——。深夜の停車駅ではスピーカーのボリュームを極端におさえ、眠そうなアナウンスが駅名を告げる。竹村は浅い眠りの底で、停車駅ごとにその駅名を聴いていたような気がした。

青森には定刻の八時四十一分に到着した。とりあえずホームの立ち喰《ぐ》いそばを掻《か》っこみ、それからベンチに腰を下ろして牛乳を飲んだ。この時間の前後に長距離列車の発着が集中しているのと、九時すこし前には青函《せいかん》連絡船が着くために、終着駅《ターミナル》らしい喧騒《けんそう》がひっきりなしに周囲を埋めていた。

九時十五分に特急が一本出たあと、ほんのわずかながら小康状態が生じた。それを汐《しお》に二人はホームにある事務室を訪ねた。せわしげに出入りする駅員のひとりを摑《つか》まえて、竹村は警察手帳を示した。

「警察ですかァ?」

相手は露骨にいやな顔をした。国労(旧国鉄労働組合の略称)と警察は犬猿の仲である。駅員は若く、見るからに組合の闘士といった生硬な態度で、

「ちょっと困るんすよ、ラッシュアワーだしねえ、あとにしてくれませんか」

と言った。どうやら公安関係の捜査と勘違いしたらしい。近くにいた連中も「なんだ、どうした」と、胡散《うさん》臭い目を集中させた。竹村は堪《たま》りかねて、すこし声高に言った。

「工藤典夫さんという方はおられませんか、その方から情報をいただきましてね、長野県の飯田署からやってきた者ですが」

「長野県だら、例のバラバラ事件のことでねえべかす」

脇の若い駅員が、最初の男に向かって言ってくれた。

「ああ、んでしたか、工藤さんの……」

男は照れくさそうに笑って、急に愛想がよくなった。

「そりゃまた、遠いところ、ご苦労さんですなや。したけ、工藤さん、今日は夜《よる》番ですから、四時頃になんねえと来ませんですよ。もしなんだったら、自宅の方さ行かれるといいんでねえすか」

まず所轄署に顔を出さねばならないから、その方がかえって好都合であった。工藤の住所と電話番号を教わると、二人は街に出た。

所轄の青森中央署にはすでに飯田署からの連絡が入っており、広瀬という初老の部長刑事が案内役を務めてくれる手筈《てはず》まで整えていた。早速、工藤宅に電話を入れると、工藤はいましがた起きたばかりだという。「こちらからうかがいます」と言うのをおさえ、すこし時間を置いて訪問する段取りになった。

「したば、大《て》した街《え》でもねえすが、ひと回りご案内でもすべか」

広瀬は恐縮する二人をジープに乗せ、自分でハンドルを握った。

青森の街は一種独特のたたずまいである。潮の香と魚臭の漂う長い海岸線に面した地域は、漁港、集積港の面影があるが、それを陸側に一段入り込むと、繁華な商店街が連なっている。さらにその奥は官公署、放送局、スポーツ施設など公共機関が軒を並べ、国道を境としてその奥一帯が住宅地、そしてその先には県営団地などの新開地が展《ひろ》がり、やがて青森平野の農作地帯とオーバーラップしてゆく。海岸線と並行して走る幾条《すじ》かの道路ごとに、街の特徴が色分けされていた。それはまさに、港町から近代都市への変遷の過程を、そのまま地表に画していった象《すがた》だ。

広瀬巡査部長は、そういったことを嬉《うれ》しげに話して聞かせた。夏のねぶた祭の繁昌《はんじょう》をぜひお見せしたいと言った。地元で生まれ育った人間には、こよなき都なのかもしれぬが、竹村はただ、遥《はる》けくも来つるもの――とのみ思った。曇り空のせいか、街には重い気分がたゆとうているように思えた。

この街のどこかに、ひょっとすると、野本夫婦は隠れ棲《す》んでいたのかもしれない。そのことがなお一層、街の印象を沈鬱《ちんうつ》なものにしてしまった。

工藤典夫の家は、市街の東端を流れる川に沿って南行したところにある県営団地の中にあった。一帯は、二戸を一棟にした木造住宅が行儀よく並んでいる。各戸とも庭に木を植《そ》え、垣根には申し合わせたように黄菊が盛りだ。竹村は、わが家の庭に咲き初めた一叢《ひとむら》の菊を思い浮かべ、仄《ほの》かな里心を抱いた。

工藤典夫は三十代半ばの、目の優しい男だった。「狭い家ですが」と、二間ある内の奥の部屋へ招じ入れた。縁側の障子を開けると硝子《ガラス》越しに庭先の菊が見事だった。

「女房がパートさ働きに行ってるもんで」

言いながら工藤は、無骨な手で茶を入れてきた。その間竹村は、壁のあちこちに貼られた短冊を眺めていた。

「俳句をおやりになるのですね」

「いやあ、お目さとまりましたか。子供が居ねえもんだから始めたすけんど、下手っくそでねえ」

「いや、そんなことありません。自分などよりは数段上です」

「ほう、刑事さんもやりますか。したば、ぜひ教《おせ》えてもらいてえすなあ」

「とんでもない、まだかけだしです。しかし一度お送りしますから、批評してください」

「そりゃあ楽しみですなあ」

そんな会話から急にうち解けた。

工藤は十五日の夕、日本海2号に乗った夫婦連れの客のことを話した。

「その時、なんだか妙な客だなって思ったすよ。つまりその、ちっとも旅行者らしくねえのですな。まあ、いま時分、長距離を利用するお客さんは、たいげえコートぐれえは着てるのが普通ですもんね。男の方は背広姿だし、女の方も青っぽい花柄のワンピースで、見るからに寒そうだったすよ。その日は霧の出た日で、気温もぐんと低くなったすからね」

工藤の話はほぼ、直江津の土屋運転手の話と一致していた。竹村の脳裡《のうり》に、霧にけぶるターミナルで、逃避行に疲れ果てた夫婦の姿が浮かんだ。

敏夫の手配写真を見ると工藤は、即座にうなずいた。

「んだす、このヘアスタイルだったす。サングラスもそうでしたけんど、このキザなヘアスタイルはちょっと珍しいですからな、忘れっこねえです」

竹村はほうっと息をついた。これで出張の目的は完了した。と同時に、野本夫婦の心中は、動かしがたい事実となった。

「ところで」

と、桂木が口を開いた。

「その夫婦は、どっちの方から来たのか分かりませんか」

「さあ、そこまでは分かんねえすが、あの時間は丁度、青函連絡船が到着するもんで、てっきり北海道かと思ったですが」

「北海道、ですか」

「確かなことは言えません。東北本線から乗り継いだのかもしれませんしね」

「青森駅から乗ったこともありえますね」

「そりゃ、ないことはねえすけんど、しかしそれですと、発車間際の急ぎのときであれば、列車の前の方さ乗るのがふつうでないでしょうか。ご承知かもしれませんけど、改札からの跨線橋《こせんきょう》は上り方向にあります。後ろの方のは、連絡船からのお客と、乗り換え客用のものですから、たぶんあの二人もそのどちらかだと思うんすよ」

「なるほどねえ、あんた、わしなんかより、よっぽど刑事に向いてるだよ」

広瀬が半畳を入れたが、竹村はまじめな話、この一見朴訥《ぼくとつ》そうに思える駅員の説得力ある推理には感心した。

「どうでしょう、工藤さんの感じとしては、北海道と東北本線と、どちらから来たと思いますか」

「そうですなあ、どちらかと言えば、さっきも言いましたけんど、北海道ではねえかと思います」

「しかし、その時間帯には、東北本線の到着便もあるのでしょう?」

「あります、十六時二十二分着の〝はつかり1号〟というのが」

「ほう、それでしたら日本海2号にはぴたり、間に合いますね」

「しかし、どんなもんすかねえ、長野県の方さ行くのに、わざわざ下りさ乗って青森まで来るというのは。まあ、盛岡からこっちに居《お》ったのだら分かんねえこともねえすけど」

そう言われてみれば、確かにそのとおりだ。やはり野本夫婦は北海道に潜伏していたと見るのが妥当であろう。しかし、それにしてもなぜ彼らは戸隠に死に場所を定めたのか、それはいぜんとして、謎であった。

「帰路は東京経由にしよう」

竹村はさりげなく言った。桂木は竹村の真意を知らず、「いいですね」と無邪気に喜んだ。十九時二十分発の〝ゆうづる8号〟を、工藤は勧めてくれた。最後まで付き合うという、広瀬の好意を辞退して、午後の長い余暇を、青森市内をぶらつくことで費やした。街の中に入り込んでみると、そこには奇妙な人懐こい明るさがあった。広瀬の郷土愛がすこし分かるような気がした。

食事を済ませ、早めに駅へ行くと、プラットホームに居た工藤が目敏《めざと》く二人をみつけて飛んできた。

「先程はお構いもできませんで、女房のヤツが申し訳ねえつって」

後ろを振り向いて、柱の傍に居る女性を手招いた。大柄だが、ビーバーのような可愛い口元をした女だった。ちょっとしたことに、ケラケラ笑い出しそうな感じが、陽子に似ている、と竹村は思った。

「女房です、秋田の女でして」

工藤は聞きもしないことを自慢そうに言い、細君の手から手提のついた紙袋を受け取って竹村に差し出した。

「これ、つまんねえもんですが、私の生まれた家が帆立の養殖をやっとりまして、貝柱の干したヤツです。お荷物でしょうが、持っていってください」

公務中だからと断わるのを、強引に押し付けられて、竹村は内心うれしかった。その後も工藤は、ホームの様子に絶えず気を配りながら、細君と一緒に最後まで見送るつもりらしかった。

「工藤さん、夫婦連れがいたのは、このホームですか？」

と竹村は訊《き》いた。

「いいえ、あれは隣のホームでした。このゆうづると同型の車輛《しゃりょう》ですが」

「あなたはその時、発車ベルを止めようとしておられたのでしたね」

「そうです、このホームですと、ほれ、あそこの柱さ小さな郵便受けみてえな箱が付いているでしょう。あれがスイッチで、位置関係から言うと、私があの柱のとこさ居て、夫婦がこの辺りさ居たことになりますな」

「ちょっと、そこに居てください」

竹村は桂木を伴ってスイッチの所へ行き、工藤夫婦を眺めた。青い列車を背景に、蛍光《けいこう》灯《とう》の光にぼんやりと照らされた二人の姿は、いかにも頼りなげに見える。それを野本夫婦に置き換えて想像すると、彼らが結局、死を選ぶしかなかった心情が、なんとなく理解できるような気がした。

列車が動き出すと、挙手の礼をする工藤の脇で、細君が少女のように大きく背伸びをしながら手を振ってくれた。

「いい人たちだったなあ」

竹村は、貝柱の袋を大切そうにかかえ直して、しみじみ、呟《つぶや》いた。

列車は少し遅れて、上野には翌朝六時半頃に着いた。まだ出勤時間には間があり、駅構内は到着便の客で間欠的に賑《にぎ》わった。

飯田へ還《かえ》る便は、新宿発十時三十分。

「ぼくはちょっと、寄っていきたい所があるのだが、新宿駅で落ち合うことにしよう」

竹村はそう言って、東京駅で桂木と別れた。途中、モーニングサービスの喫茶店でコーヒーを飲み、八時を過ぎる頃には、五代通商ビル前の舗道に立った。出勤するサラリーマンがちらほら現われはじめていた。

バッグからカメラを取り出すと、竹村の躰《からだ》に武者ぶるいが奔《はし》った。

街路樹の陰に立ち、車道側を向いて顔を俯《うつむ》けながら、待った。腕にかけたレインコートの下にカメラをしのばせた。カメラのレンズは、コートの隙間から、五代通商ビル玄関前の空間を覗《のぞ》いているはずであった。こんな盗み撮りで、しかも安物のカメラで、はたしてまともな映像をキャッチできるかどうか自信がなかったが、それもまた〝賭《か》け〟の内だ。

八時半を過ぎると、がぜん、出勤の人波が界隈《かいわい》に満ちた。五代通商の前に大型車が停まり、重役らしい人物が降りる。だが、目当ての顔は、なかなか現われなかった。

九時過ぎ、出勤の人波が途絶えた頃、黒塗りのプレジデントが横付けになった。視野の片隅に、見憶《みおぼ》えのある美人の社長秘書が、玄関から飛び出してくるのが映った。

(いよいよ来たな――)

秘書が開けたドアから、福島太一郎の温顔が現われた。秘書に笑いかけながらカバンを手渡す。

竹村はシャッターを切り、フィルムを巻きあげては続けざまに撮りまくった。アングルも手ブレも、気にしている暇《いとま》はなかった。

福島は運転手の挨拶《あいさつ》に如才なく応《こた》え、ゆっくりした足取りで玄関に消えていった。

竹村はようやく手を休め、排気ガスの臭いのする空に向かって、大きく吐息をついた。

白鳥の死

1

十月二十四日、〝松川ダムバラバラ死体事件捜査本部〟は解散した。犯人の自殺という不本意な形ではあったが、ともかくもその結果として、事件は終結を見たわけである。

刑事課の前に貼り出されていた捜査本部の張り紙を、園田警部補が剝《は》がし、地元のテレビ局と新聞社が数社、気がなさそうに取材していった。そのあと、形ばかりの打ち上げ会が開かれ、大森署長が慰労の辞を述べた。中本刑事課長の音頭でジュースの乾杯があり、ついでに、捜査日誌など事務書類の提出について指示が与えられると、あとはなしくずしに散会した。

竹村は鬱々《うつうつ》としてたのしまなかった。

出張から帰った後も、竹村は署長に対して捜査続行を進言している。せめて、任意捜査という形式でもいいから、真相究明への足がかりを残すようにと希望した。今度の心中事件に関しても、新しい疑惑が生じている。第一に、野本夫婦がなぜ戸隠を死に場所に選んだのか。第二に、彼らがどのような経路をたどって現場に現われたのか。第三に、睡眠薬の服用の意味はなにか、等々である。それらを放置したままで捜査を終結させるべきではない、と竹村は主張した。

だが、大森署長は残念そうに首を振りながらも、きっぱりとこの意見を斥《しりぞ》けている。

「きみの熱意は買うが、そういった漠然とした疑問があるだけでは、県警本部の意向を覆すことはできないね。それらの点についてもすでに検討を加えた上での決定なのだ。新たに有力な物証等が現われたというような場合以外、捜査の継続はありえない。いいかね竹村君、こだわってはいけないよ」

最後は、気遣わしげに竹村の顔を窺《うかが》うようにしながら言った。事実大森は、竹村がこの事件に対して先入観《きけい》を抱き、異常なほど拘泥していることを憂慮しはじめていた。誤った先入観は捜査を畸型にし、時には重大な結果を惹起《じゃっき》する。そのことを虞《おそ》れ、言わずもがなの忠告をしたのだ。

翌日の新聞に「バラバラ事件解決」の記事が小さく出ていた。事実上は、野本夫婦の心中によって終止符が打たれたも同然であったから、いまさらニュースバリューは無いにひとしい。それにしても、事件発生当時には、その猟奇性にとびついて大騒ぎをしたくせにと、竹村は腹立たしくもあり、また、この記事を読んで、ひそかに北叟笑《ほくそえ》んでいるヤツがいることを想像して、苛立《いらだ》たしかった。

数日はまたたくまに過ぎ、飯田署に、ふたたび平常のリズムが戻ってきた。交通事故の処理、酔っぱらいの喧嘩《けんか》、空巣、女子高生売春——。ローカルの小都市にも、それなりに社会の縮図めいた事件が絶えない。日日の雑事に忙殺されながら、竹村は捌《は》け口のない欲求不満にじっと堪えていた。自分を捉《とら》えて離さない、もやもやした疑惑の霧が、時の流れの中に溶け、消え去ることのみをひたすら希《ねが》った。

十一月一日、野本孝平が惨殺されてから、丁度ひと月。

竹村岩男巡査部長は、中本刑事課長に休暇願を提出している。

「明日と明後日《あさって》、休ませてください」

中本は、竹村のひどく思いつめたような表情が気になった。

「どうしたんだ、眸《め》ばかりギョロギョロしてるぞ、すこし痩《や》せたんじゃないか。体には気をつけてくれよ」

三日は文化の日でもあるし、まあ医者に診てもらって、ゆっくり休養することだ、と中本は休暇を認めた。

その日、五時になると同時に、竹村は席を立った。ボストンバッグとレインコートを、ロッカーの中から引っさらうと、挨拶《あいさつ》もそこそこに部屋を出た。玄関で園田警部補とすれちがい、何か言われたのを振り返りもせず、生返事を残して一目散に走った。

十七時二十八分発〝こまがね6号〟は飯田始発である。まだたっぷり時間があるというのに、竹村は改札口から列車のドアまで、走るのをやめなかった。座席に腰を下ろしてから長いこと、息が弾《はず》んだ。追われる犯罪者の気持が分かるような気がした。誰かに引き留められはしまいかと思うのと同時に、自分自身の思い止《とど》まろうとする弱気に怯《おび》えた。

膝《ひざ》の上にはボストンバッグがある。その中には、隠し撮りした、福島太一郎の出勤風景の写真が入っている。シャッターを切った十数枚の内、使用に堪えうるもの四枚をキャビネに引き伸ばした。その写真に竹村は、一縷《いちる》の望みを託そうとしていた。おそらくは徒労に終わるであろうが、その時はそれでいい、わずかに残された可能性を確かめずには、自分の中にある〝捜査本部〟を、どうしても解散する気にはなれなかった。それが職務範囲を逸脱する危険性をはらんでいるということなど、すでに竹村の念頭にはなかった。

新宿着、二十二時四十分。

竹村は歌舞伎町の『三番館』めがけて、なりふりかまわず走った。店の前で呼吸を整えてから、ドアを押した。

「あら、お客さん、もう直ぐカンバンですけど」

クロークの女が、眸を大きく見開いて、呆《あき》れたように言った。

「ああ、いいんだ。ビールを一杯だけ飲ませてくれ」

竹村はかまわず席に着き、店内を見回した。カンバンの十一時まで、あとほんの二、三分。蛍の光が鳴り出した。オーダーを取りにくる者もいない。女たちは帰り支度に散りはじめ、閉店後、店の女を口説《こ》こうと下心のある客が四、五人残っている。その一隅に、君江の顔があった。竹村は君江に向けて、しきりにサインを送った。君江はすぐに気付いて「あら」という眸をした。

「どうなさったの、もう閉店ですわよ」

立ってきて、隣に座り、気の毒そうな顔をした。

「じつは、この前の時頼んでおいた、顔写真の識別をやってもらいたいのだ」

言いながら、竹村は気ぜわしく、ボストンバッグのファスナーを引いた。

「あ、ちょっとお待ちになって、それでしたら、お店を出てからにしましょうよ。ここじゃ暗いし、もうカンバンですもの。このお店の並び、五軒先にラーメン屋さんがあるの。そこで待っててください。ちょっとお化粧直してから、すぐに参ります」

そう言われても、竹村は不安だった。ひょっとして、すっぽかされはしまいか――。しかしそれを言うわけにもいかず、その代わり、店を出たあとラーメン屋には入らず、路傍に佇《たたず》んで待つことにした。周囲を見ると、あちこちのバーやクラブの前で、同じように所在なげな姿でぶらぶらしている男共が居るのに気がつく。いずれも、女を待つ果報者ばかりなのだろう。自分もそのひとりに思われはしまいか、と竹村は面映《おもはゆ》かった。

君江は約束を守った。派手なイヴニングドレスから平服に変わった姿は、かえって身近な色気を感じさせる。

「あら、中でお待ちになればよかったのに」

「ああ、そう思ったのだが、ちょっと混んでいたものだから」

「そうでしたの、ごめんなさい。でも、ラーメンご馳走《ちそう》してくださるでしょう？ ここのおいしいのよ」

君江は先に立って、ラーメン屋の暖簾《のれん》をくぐった。さいわい、竹村の言葉を裏付けるように店内は盛況だった。君江に合わせて塩ラーメンを注文すると、竹村は早速、写真を取り出してテーブルに展《ひろ》げた。君江は一葉一葉、手に取ってしげしげ見入った。

「どうだろう、後ろ姿に近いのもあるけど、あんたが見たのはこの男じゃないかい」

「いいえ……」

君江ははじかれたように顔を上げて首を振った。怪訝《けげん》そうな、驚いた眼をしている。

「なに、違うのか！」

竹村は悲鳴に近い声を出した。隣の客が、箸《はし》を止めて、嫌な目でこっちを睨《にら》んだ。

「ごめんなさい、男の方《かた》のこと聞いてらしたのね。あたし、てっきり女の方かと思っていましたの。だって見たのは、女の方だったんですもの」

「女？……」

「ええ、この女のひと」

君江の指は、社長秘書を指している。

「その女、だって？」

「そうなの、ごめんなさい、お役に立てなくて」

「い、いや……」

竹村は、唾《つば》を呑《の》み込んだ。

「ほんとうに、その女を見たの？」

「ええ、間違えっこありませんわ、こんなきれいな女《ひと》ですもの」

「しかし、あんたは確か、アベックだと言ったんじゃなかったのかい？」

「それは確かにアベックでしたけど、でも、わたしが見たのは女のひとの方だけ、男のひとはほとんど見てませんの」

「じゃあ、この男かどうか分からない？」

「ええ、でも、なんとなく違うような気がするなあ、年格好はそんな感じですけど」

「孝平さんは、どっちを見たのだろう」

「さあ……、今のいままで、ノモさんも女のひとを見ていたのだと思ってたけど、そう言われてみると、男のひとも見ていたのかもしれませんわね。その時、ノモさんの方が見やすい側に座っていましたから」

「どうだろうね、この男じゃないかね。もう一度、よく見てくれよ」

「そう言われても、はっきりしたことは分からないなあ……」

呟《つぶや》きながら君江は、ふっと顔をあげた。

「あら、あの事件、もう解決したんじゃなかったかしら？」

「うん、まあね……」

ラーメンが運ばれてきて、竹村はすこし、身を引いた。君江は空腹だったのか、すぐに箸をつけた。それにしても、三番館あたりのホステスが客と食事をするのに、ラーメンとは、気取りがなさすぎる。これはいわば、君江という女の優しさを意味しているのだが、それを忖度《そんたく》できるほどに、竹村は洗練されてもいなかったし、いまはその余裕《ゆとり》もなかった。

君江は黙々とそばを口に運んだ。鼻の頭にうっすらと汗が浮いていた。そんな風に専念した食べ方をする人間は、幸薄《さち》い生い立ちだと聞いたことがある。それを思い出して、竹村は慌てて君江から目を逸《そ》らし、自分もしばらくは、食べることに没頭した。

テーブルの端に、重ねた写真がある。いちばん上の写真の中で、美しい秘書は、社長の手からカバンを受け取ろうとしていた。一見なんでもない情景のようだが、女の目差《まなざ》しや姿態に、隠しようもない尊敬と愛情が感じられる。ただ、竹村にはそれが、いかにも清純そのものにしか見えないのだ。

(女は魔性だ——)と、またしても竹村は、思った。その清純な仮面の裏側にある、かなしい女の性《さが》を思った。

「ここ、出ましょう」

食べ了《お》えると、君江は言った。

「あたしの友人がやってるお店があるの。一杯だけ付き合ってくださるでしょ?」

竹村の腕を把《と》って歩いた。すこし裏手の路地にある、小さなスナックに入った。

「あらあ、君江、めずらしいねえ」

小太りの、目玉の大きい女が、大仰《おおぎょう》な声で迎えた。それがママであった。竹村を見て、

「こちら新人? さすがさすが」と言った。

「ばかねえ、そんなんじゃないの」

君江は竹村に、ごめんなさいと目くばせして、カウンターから一番遠い席を選んだ。

何も言わない内に、水割りが運ばれた。なんとなく乾杯のようなポーズを交わしてから、コップに口をつけた。

「あの、さっきの続きですけど、あの事件、まだ調べているんですか？」

君江は真剣な目をしている。

「いや、捜査は終わったよ」

「でも……」

「ぼくの勝手で、動いている」

「まあ、そうですの。すると、ほかに真犯人がいるんですか？」

「たぶんね、もっとも、そう思っているのはぼくだけだ」

「いいえ」

君江は、かぶりをふった。

「あたしもそう思ってます」

「あんたが？」

「ええ、だってノモさん、殺される前、あたしに大金が入るって言ってたでしょ、あれ考えてみると、鳥羽でアベックに会った直後ですのよね。この前刑事さんがみえて、そのことに重大な意味があるんだなって、気がつきましたの。ひょっとすると、あの女のひとの素性を知ってて、それで、あの、脅すかなにかしようとしたのじゃないかって。でも、あの女のひとに人殺しなんかできるわけがないと思って、やっぱり素人考えかなと思ったんですけど、それが男のひとだとなると、話は違うと思うんです。ノモさん、ほんとは、その男に殺されたんじゃないかしら」

　君江の眸《め》は泪《なみだ》ぐんで、キラキラ光った。

「そうか、あんたもそう思うか」

　竹村は感動して、なろうことなら、君江の肩を抱きしめたかった。君江こそ、唯一の理解者であった。

「ぼくの考えを分かってくれたのは、あんただけだよ」

　感謝とも愚痴ともつかず、言った。

「そうですの、お独りで動いてらっしゃるんじゃ、たいへんですわねえ。旅費なんかも、自前なんでしょ？」

「もちろん。やりきれないよ」

　竹村は苦笑した。

「今夜は、お泊まりはどちら？」

「いや、まだこれからだよ」

「あの」

　君江は声を落とした。

「もしよければ、ウチにいらっしゃいませんか？」

竹村は愕《おどろ》いた。

「いや、それはできないよ」

「でも、なにかお手伝いしたいんです。だって、口惜《くや》しいんですもの」

「その気持は分かるけど、しかし、そりゃまずいよ」

竹村は思わず、笑いだした。もっとも、心の底では、多少、残念な気もしないではなかった。

店を出る時、小太りのママが後ろから声を投げて寄越《よこ》した。

「君江、ふられたね」

「ばか」

君江ばかりか、竹村まで赧《あか》くなった。

新しくできたというビジネスホテルの前まで送ってきて、君江は帰った。そこからほど近いマンションで、独り暮らしだそうだ。

竹村は気持が昂《たか》ぶって、なかなか寝つかれなかった。四葉の写真を枕元に置き、くり返し手に取っては眺めた。

君江が目撃した人物というのが、じつは男ではなく、しかもあの女秘書だったことは、まったく予想外であった。しかし、それが自分の推理の誤りを意味するとは、竹村は思わなかった。むしろ仮説に、より具体性を持たせる事実がひとつ、表われたという心強さがあった。

福島社長の情事の相手が、うら若き女秘書であるというのは、恐喝者にとって、これほどスキャンダラスで、食いつきやすいネタはない。孝平はおそらく、舌嘗《したな》めずりしながら獲物に近づいたに違いない。

そういえば、福島は、事件直前に久しぶりに孝平から電話をもらった、と言っていた。あれはひとつの予防線ではなかったか――と竹村は気がついた。電話があったことは、交換手かだれかが知っている。隠したところで早晩、その事実は知られるであろう。それならば先手を打って、自分の口から喋《しゃべ》っておいた方が、公明正大な印象がある。そういう計算があったのかもしれぬ、と竹村は思った。

いずれにせよ突破口はみつかった。そこに踏み込んだときの、テキの狼狽《ろうばい》ぶりが目に浮かぶようであった。

2

また来たのか――という態度を、石坂人事課長は露骨に示した。朝っぱらから刑事とは、縁起でもない客だ。

「今日はまた、何のご用ですか。例の事件は解決したはずですが」

かつて、岡部警部補にぎゅうぎゅう痛めつけられた恨みつらみが、言葉のはしばしに出ている。

「ええ、一応、捜査の方は完了しましたが、あと若干、事務処理的なことが残っておりましてね、それで、じつは今日は御社の社員の方に、ちょっとお尋ねしたいことがあって参りました」

「社員、といいますと、誰でしょうか」

「社長さんの秘書をなさっておられる、女性の方ですが」

「社長秘書といいますと、浜野のことでしょうか」

「ああ、浜野さんといわれるのですか」

「そうですよ、浜野理恵。しかし彼女は、先月いっぱいで退職しましたよ」

「えっ、辞められた？」

「ええ、結婚するものでしてね」

「結婚？……」

竹村はまた女が分からなくなった。あの清純そうな女性が、それも結婚を間近に控えてのアバンチュールに耽《ふけ》るとは。

「結婚のお相手は、どなたですか」

人事課長は、ぷいと横を向いた。

「立派な方ですよ、若いエリート外交官」

田舎刑事とは格が違う——と言いたげだ。

「そうですか、それは結構なことです。それでは、浜野さんのご自宅の住所を教えていただきましょうか」

「とおっしゃると、浜野の家をお訪ねになるつもりですか」

「そうです」

「それはどんなものですかねえ、結婚を控えた娘の家へ、刑事さんが行くというのは」

石坂の目は、敵意を剝《む》き出しにしていた。

「しかし、なるべく目立たぬようにお邪魔するつもりですから」

竹村は極力、下手に出た。とにかく令状を持たぬ身の上である。迂闊《うかつ》なことを言って、ゴネられでもしたらお手上げだ。さんざん渋ったあと、石坂は住所を教えてくれた。品川区御殿山《ごてんやま》――山の手の高級邸宅街だが、竹村はむろん、それを知らない。

浜野理恵にすんなり会えなかったことで、竹村の方針が変わった。理恵に会って事情聴取をする前に、鳥羽のホテルでウラを取っておいた方がいい、と判断したのである。人事課長の言うとおり、結婚前の娘の家に刑事が乗り込むというのは、いささか穏やかでないかもしれない。君江ひとりの証言では、万一見間違えということがないとも言えない。ホテル側の傍証を固めておけば、事情聴取にも自信をもって臨めるというものだ。それに、鳥羽は、捜査の過程でいずれは訪れなければならない場所でもあった。

エスカレーターで新幹線ホームに上がった時、発車ベルが鳴っていたので、やみくもに近くの入口に飛び込んだのだが、そこはグリーン車で、前方の自由席車輛《しゃりょう》まで六、七輛歩く破目になった。

グリーン車の利用状況がおもわしくないと国鉄当局は嘆くが、見たかぎりでは、ほぼ満席に近い盛況であった。客は圧倒的に若いカップルが多い。日柄がいいのだろうか、それとも、明日が文化の日であるせいだろうか。いずれもひと目でそれと分かる、ハネムーンスタイルだ。秋の深まりを忘れさせるような、華やかな淡い色調のドレスやコート。女性たちは、まるで判で捺《お》したように帽子を着用している。そして手には、愛らしいブーケ。

もちろん、生まれてはじめての経験だろうから、服装もどことなくぎごちない。それがかえって、花嫁たちの初々しさを、一層ひきたてている。

竹村は、彼らの匂い立つような華やぎの中を通り抜けながら、つかのま、捜査にのめりこんでいる殺伐たる気持から解放された。それと同時に、いましも彼らと同じように、幸福の花園に咲こうとしている浜野理恵を、もう一度、現実の世界に引き戻そうとする、自分の行為の残酷さに思い当たり、胸の裡《うち》にふと、ためらいの翳《かげ》が射すのを感じた。

人間だれしも、触れられたくない古傷があるものだ。その傷口を暴きたてるのは、非人間的行為なのだろうか――。

だが、その感傷の底で竹村は、松川ダムのバラバラ死体を想起した。あの腐臭、あの悽《せい》惨《さん》さ。そして、戸隠で死んだ野本夫婦の、浅ましい縊《い》死《し》体。死体安置所の台に横たえられた女の足に、片方だけ残った靴底のあの黒ぐろとした土塊《つちくれ》。それらの記憶を呼び覚まし、竹村は、萎《な》えようとする闘志をふるい立たせた。

もしここでおれが、追及の手を止めてしまったら、そしてその結果、罰せられるべき真犯人を永久に遁《に》がすことになったとしたら、死んでいった者たちの無念さは、いったいどうなるのか。おれは断じて、正義を行なうのだ――。

眦《まなじり》を決して歩き続け、ふと気付くと、竹村は最前部の車輛にいた。あやうく手を突いた壁の向こうは運転席である。竹村は、背後から注がれているであろう、乗客たちの好奇の目を感じ、苦笑しながら、最前列の空席に腰を下ろした。


名古屋からは近鉄特急で二時間足らず。鳥羽には四時前に着いた。鳥羽駅は竹村の想像とはまるでかけ離れた、近代的な駅ビルであった。駅前広場とその向こうを通る国道は一体となって、広大な空間を現出している。そこには観光地特有の猥雑《わいざつ》さはすこしもない。広場には、旅館やホテルの名入りのマイクロバス、乗用車が待ちうけていて、到着したばかりの予約客や団体を乗せると、つぎつぎに走り去ってゆく。タクシー乗り場にも、いっとき、長い列ができた。ここは新婚らしいカップルの姿が多い。竹村はその列の後尾についた。

「鳥羽ワールドホテル」と行き先を告げると、運転手はすこし、意外そうな顔をした。その理由《わけ》はすぐに分かった。ワールドホテルは、しけたレインコート姿の客には、いかにも分不相応な豪華なホテルであった。鳥羽湾に突出した岬の先端近く、ひときわ高い丘の上にそそり立つ八階建ての瀟洒《しょうしゃ》なビルである。運転手の説明によれば、鳥羽一帯で、このホテルが最も格式の高いもののひとつだそうだ。

た。

「さぞかし、高いのだろうねえ」

宿泊料のことを言うと、運転手は気の毒とも嘲笑《ちょうしょう》ともとれる顔で「そりゃもう」と言った。

リゾートホテルにしてはいささかいかめしいほどの豪勢な玄関。ホールには燃えたつような緋色《ひいろ》の絨毯《じゅうたん》が敷きつめられ、高い天井からは、きらびやかなシャンデリアがいくつも吊《つ》られていた。同じ列車で到着したらしい新婚客が数組、フロントで記帳《チェックイン》を済ませ、紺地に金筋の入った制服姿のボーイに案内されて、つぎつぎ、エレベーターに消えてしまうと、フロント係の視線は竹村を捉《とら》えた。

竹村は三人いるフロントの中からいちばん年長らしい男を選んで、近寄った。

「ちょっとお尋ねしたいことがあるのですが」

「はい、何でしょうか」

態度はいんぎんだが、眸《ひとみ》に警戒の色が浮かんだ。竹村は内ポケットから例の写真を取り出した。

「この女性に見憶《みおぼ》えはありませんか」

一瞬の反応で、フロント係が浜野理恵を記憶していることが読み取れた。

「失礼ですが、どちら様でしょうか」

フロント係は表情を硬くした。竹村は警察手帳を示した。

「あ、警察の方でいらっしゃいますか」

「この娘さん、ご存知ですね」

「はあ、たしか、こちらにお泊まりになったお客さまだと思いますが」

「よく憶えてますねえ」

「それはもう、これほどのお美しい方ですから」

三十代なかばといったところだろうか、いかにも陽気そうな丸顔のフロント係は、ぬけぬけと言った。

「それで、このお客様が、何か？」

「その時の同伴者ですがね、ここに写っている人物ではありませんか」

「いいえ」

フロント係は妙な顔をした。

「その方はおひとりでお泊まりでした」

「ひとり？」

竹村は愕《おどろ》いた。

「はい、おひとりでした。それで、こんなお美しい方がおひとりでお泊まりになるのは、どのような事情かと思い、そんなわけで、よく記憶しておりました」

「私の訊《き》いているのは、九月末頃のことなのですがね」

「はい、たしかその頃だったと思います」

「宿帳は残っていますか」

「ご宿泊者カードは保存してあります。当ホテルでは最低三年間は保存するきまりです」

「見せてもらえますか」

「さあ、それはちょっと、支配人に聞いてまいりますので、しばらくお待ちください」

館内電話で連絡をとった様子で、じきに竹村は事務室脇の小部屋に案内された。その頃になると、次の列車で着いた新しい客がたてこんできて、フロント係はその応対に忙殺された。案内された小部屋は、事務室の一角を仕切って応接セットを置いたような形であって、そこから事務室の様子を窺《うかが》い知ることができる。事務員は三人いるだけで、いずれも女性だ。そのひとりがお茶を運んできた。時折、電話が入るのは、問い合わせや予約連絡らしい。壁際にある電子計算機のような器械が、絶えずカタカタと音をたてているのは、予約《リザーブ》やチェックインなどの情報《データ》を入力しているのだろう。

茶を啜《すす》り、煙草を一本、喫《す》い了《お》える頃になって、支配人は顔を出した。

「たいへんお待たせしました。支配人の奥村です」

額がほとんど天頂近くまで禿《は》げあがっているために、ずいぶん老けて見えるが、実際の年齢は四十五、六といったところか。瓜実《うりざね》顔で鼻筋の通った、若い内はかなりの美男子であったろうと思われる。

「何か、お客さまのことでお尋ねとか」

竹村は改めて自己紹介をした。

「お忙しいところお邪魔して申しわけありませんが、じつは、先頃長野県の飯田市郊外で起きたバラバラ事件のことで、ちょっとお尋ねしたいことがありましてね」

バラバラ事件と聞いて、奥村支配人は眉《まゆ》をひそめた。

「その事件のことはニュースで知っておりますが、たしか、犯人が自殺して事件は解決したように存じておりますが」

「ええ、解決したことはしたのですが、なお細かい点で裏付け調査を行なっておりましてね」

「すると、お尋ねの女性のお客さまが、その事件に関わりがあるのでしょうか」

「いや、それはなんとも言えませんが、その前に、バラバラ事件の被害者野本孝平氏が、こちらに泊まっていたことを知ってますか」

「ほうっ」

奥村は目を瞠《みは》った。

「そんなことがありましたですか。で、それはいつごろのことでしょうか」

「九月の二十四日のはずです。当日の宿泊者カード、というのですか、それを見ればはっきりするのですがね」

「分かりました、それでは当日分のカードをお持ちしますので、お調べください」

竹村は堵《ほ》っとした。守秘義務か何かを持ち出される惧《おそ》れがあったし、そうなったら、令状なしに捜査を強行するわけにはいかないところだ。

間なしに、支配人はカードの束を持って戻った。カードは九月二十一日から三十日までの分をファイルしたもので、右肩を黒い紐《ひも》で綴《と》じてある。その中から九月二十四日にチェックインした部分を調べると、野本孝平の名がすぐに現われた。右上がりのクセのある字に見憶えもあった。

『野本孝平、妻君江』

おそらくは偽名——と踏んでいただけに、竹村は意外な気がした。と同時に、やはり君江との結婚は真剣に考えていたのだと、改めて思わざるをえなかった。

「ほんとうに、お泊まりだったのですねえ」

支配人は感に堪えぬ口調であった。

「同宿者の名は書かなくてもいいのでしょうか？　書いてないのも多いようですが」

「ええ、原則としてはお書きいただくのがスジなのですが、そこまで申しあげるのは失礼なケースが多いものですから……。まあ、なんですなあ、お二人の名を列記されますのは、ご新婚のお客さまだけと申しあげて、まず間違いありませんでしょう」

「なるほど」

竹村は野本孝平のカードを探しながら、浜野理恵の名も求めていた。この方は最初から偽名と考えていたし、第一、アベックで泊まったとすれば男名義で記帳してあるだろうから、ここへ来るまでは理恵の名を発見できるとは期待してもいなかった。しかしフロント係の言うようにひとり旅だとすれば、話は変わってくる。女性のひとり客というのはごく稀《まれ》なはずだ。

当日の単独客は男性が二名、女性は一名。女性のカードには『夏井順子（27）東京都豊島区《としまく》千早町《ちはやちよう》××番地』とある。案の定、偽名であった。竹村は手帳にその住所、氏名を写し取った。

「そのお客さまがお捜しの方なのですか？」

「たぶんそうでしょう、この住所を当たってみればはっきりします」

言ってから竹村は、気がついた。

「ところで、おタクで宿泊する場合は、前もって予約するのでしょうね」

「さようですね、シーズンオフかウイークデーで空《す》いておりますれば、不意のお客さまもお受けできますが、休日前夜のお泊まりはご予約いただかないと、まず無理でしょうから」

「その際、偽名や贋《にせ》の住所で申し込むことはできますか」

「いえ、それはできません。手前どもでは、いたずらなどを防止するために、ご予約いただいた先様に、折り返しお電話で確認するシステムになっておりますから」

「だとすると、この住所はでたらめではないということになりますね」

「あ、いえ、例外もあるにはあるのです。たとえば、あらかじめご送金いただいたような場合には、当方のリスクはまったくございませんので、ご予約が可能というわけです」

竹村はついでに、男性の単独客についてもメモをとった。ひとりは二十歳の学生で、君江の印象とはほど遠いが、もうひとりの『菊地紀彦（48）文京区千石《せんごく》四丁目××番地』というのは、おおいに怪しい。もう一度、フロント係を呼んで、この人物の人相、風体を尋ねた。

「さあ、ちょっと記憶にありません。なにぶん、お客さまの数が多いものですから」

「しかし、さっきは女性の客のことをよく憶えていたじゃないですか」

「はあ、それはその、先程も申しましたように、美人のお客さまでしたから」

「なるほど」

竹村は苦笑した。ほかに訊《き》くことはなかった。あとは君江が〝人物〟に出会ったというラウンジを当たるだけだ。そのことを申し出ると、奥村支配人は目立たない程度に渋い顔をした。

「それは差し支えありませんが、なにぶんお客さまの出入りなさる場所ですので、充分ご配慮をしていただきたいのですが」

「分かりました、その点は気を付けます」

言いながら部屋を出ようとするのを、止められた。

「恐れいりますが、そのレインコートはお脱ぎください」

なんだ、そうか——と竹村はおかしかった。はじめからそう言えばいいものを。

スカイラウンジには、すでに何組かのカップルが入っていた。快い音楽が低く流れる合い間に楽しげな談笑が、心なしか、秘密めいて聞こえる。大きな窓の外のパノラマのような視界には、すでにたそがれが迫っていた。

竹村を客と見て近づいてきたボーイに、例の写真を見せた。

「この写真に見憶えのある人はいないかどうか、皆さんに見てもらいたいのですが」

ボーイは写真を持ち去って、仲間たちに回覧していたが、その内のひとりを伴って戻ってきた。

「彼がよく憶えているそうですよ」

「それはありがたい。それではちょっと、話を聴かせてください」

長身だが、隅のテーブルに座って向かい合うと、少年のような面影が残っていた。現代っ子らしいというのだろうか、制服姿でありながら、どことなく崩れた印象を抱かせる。相手が刑事ということで神妙にしてはいるが、ふだんの生活態度がそのとおりであるとは到底、思えなかった。

「この女性に見憶えがあるのですね」

「はい、ぼくがオーダーを取りました」

「間違いなく、この女性でしたか」

「ええ、こんな美人、滅多にいませんから」

フロント係と同じことをいう。

「それに、たしか一ヵ月ぐらいしか経ってないですよ」

「こちらへ来たのは、九月二十四日です」

「ああ、やっぱりね」

「その時、彼女はひとりでしたか」

「いや、アベックでしたよ」

「相手の男性は、どんな人物でした」

「さあ、男の人はよく見なかったです」

「年格好だけでも分かりませんか」

「中年でしたよ。いや、もっと上だったかもしれない。なにしろ、こんな若い美人をうまいことやってるなって、思いましたから」

「この男ではありませんか」

竹村は福島社長の写真を指で示した。

「いや、違いますよ」

ボーイは確信をもって否定した。

「あまり記憶がない割には、ずいぶんはっきり否定しましたね」

「そりゃ、顔を見れば違うかどうかぐらいは分かりますよ。だいいち、もっと若かった」

「じゃあ、もしその男の写真を見れば、見分けがつくということかな」

「ええ、たぶん」

竹村は礼を言い、相手の名を尋ねた。ボーイは照れくさそうに「根岸三郎です」と言った。竹村は手帳を仕舞い、他の連中に会釈してラウンジをあとにした。フロントには先刻の男がいて、人懐こい笑顔で見送ってくれた。支配人の姿は見当たらなかった。

3

東京駅からタクシーを奮発した。鳥羽を一番で発《た》ったのだが、すでに十一時をまわっていた。昼食時間にかかるのは避けたいし、それに不案内の土地でまごつきたくなかった。文化の日の休日で道路は空いていた。思ったより早く、車は御殿山の坂道にさしかかった。運転手が、前を向いたまま「お客さん、御殿山のどちらです？」と聞いた。

「御殿山×丁目×番地なんだがね」

「えっ、そいつは弱ったな」

坂を登りきった角で、運転手は車を停めた。「いま、この辺りは北品川って町名に変わっちまったもんで、古い住所だと見当がつかないんですがねえ」

やられた――と竹村はとっさに、石坂人事課長の小狡《こずる》そうな眸《め》を思い浮かべた。知っていながらわざと古い町名を教えたに違いなかった。幸い、すこし先に交番があって、運転手が道順を聞いてきてくれたから、目的の場所はじきに分かったが、竹村のいまいましさは治まらなかった。

門柱に国旗を掲げた家の多い邸宅街であった。塀の中に、椎《しい》やケヤキの古木がうっそうと葉を茂らせているような大きな屋敷がいくつもある。浜野理恵の家も、そうした旧家のひとつであった。古風な洋館の壁には隙間もないほどツタが這《は》っていた。門構えはいたって簡素なもので、木製の門扉は裾《すそ》のあたりがすこし、朽ちかけていた。

インターホンのボタンを押すと、しばらく待たせてから、かなり年配らしい女の声で応答があった。

「どなたさまでございましょうか」

「竹村、という者ですが」

「どちらの竹村様でございましょうか」

「飯田警察署の者です」

「ケイサツ……」

困惑したような反応があって、言葉が途切れたまま、時間が流れた。

「あの、どのようなご用件でございましょうか。ただいまは、みなさん留守をいたしておりまして、わたくしは留守番でございますものですから、ちょっとお役に立ちかねると存じますので……」

「お留守……みなさんお出掛けですか。理恵さんも居られませんか？」

「はい」

「いつ頃帰られるか、分かりませんか」

「あの、理恵お嬢さま、でございますか？」

「ええ、そうです」

「お嬢さまでしたら、よくは存じませんが、たぶん一年ほどはお帰りにならないかと存じますが」

「え？」

竹村は自分の耳を疑った。

「いま、一年と言いましたか？」

「はい」

「一年とは、どういうことでしょう」

「あの、今日ご結婚をなさいまして、そのあと新婚旅行を兼ねてアメリカへお渡りになりますのです」

「結婚、アメリカ？……」

竹村は茫然《ぼうぜん》となった。

「はい、さようでございますよ」

老女の声には誇らしげなひびきがあった。

「ご主人さまになられる方は外交官でございまして、ずっとあちらでお暮らしになるそうでございます」

「それで、結婚式は何時からですか」

「お式は正午からでございます。本日は赤口でございますので」

「シャック？……」

〝赤口〟は大凶だが、正午のみ吉とされている。しかし竹村はそれを知らない。

「昨日は大安でお日柄がよろしゅうございましたのに、なんでも、あちらさまのご都合がお悪いとかいうことで……」

老女は愚痴を言った。

「結婚式場はどちらですか」

「P——ホテルでございます」

その名称に、竹村は記憶があった。

「Pホテルというと、たしか五代通商の近くでしたね」

「さようでございます、皇居のお近くでございまして、結構なホテルでございますよ」

話なかばで、竹村は駆けだしていた。

浜野理恵が日本を離れてしまう——。降って湧《わ》いたような新しい事態であった。

(こんなことなら、昨日の内に理恵を訪問すべきであった——)竹村はホゾを嚙《か》む想いであった。それでもなんとか離日直前に間に合ったのは、まだしも僥倖《ぎょうこう》というべきかもしれない。少なくとも、理恵の口から、鳥羽のホテルでデートした相手の名だけでも訊《き》き出すことはできそうだ。いや、せめてそうしなければ、事件の謎は永遠の闇に閉ざされてしまうだろう。まさにワンチャンスであった。

十二時十五分前に、竹村はPホテルの玄関にとびこんだ。フロントで訊くと、式場は十二階、控室は五階だという。竹村はとりあえず控室へ向かった。

控室は、親族や友人たちの着飾った人波でごったがえしていた。奥の方に、モーニング姿の長身の青年が、上気した顔を崩しっぱなしにして、周囲の連中に挨拶《あいさつ》をくりかえしている。それがどうやら新郎らしかった。その近くのソファーには、福島社長の顔もある。

花嫁の姿はなかった。入口近くにいた女性に聞くと、まだ着付の最中だろう、ということであった。

「着付室は、式場と同じフロアだそうですわよ」と、陽気な口調で答えてから、竹村のみすぼらしいレインコート姿に気付き、女は妙な顔をした。

エレベーターを待つ間ももどかしいほど、竹村は焦っていた。秒刻みで時間に追われている実感があった。式が始まってしまえばもはや、花嫁への事情聴取など、到底不可能な状態になるだろうし、その後のスケジュールの中に割り込むことも、まず無理と考えねばならない。着付の時だけが、花嫁が集団から離れ孤立した状態になる。思えば絶好のチャンスといってよかった。

十二階はうってかわって閑散としていた。たしかに日柄が悪いのだろう、他に挙式する家は少ないようだ。五部屋ならんでいる着付室も、ただ一部屋だけが使用中で、ドアの前に「浜野様」と書いた立札があった。部屋の前はこぢんまりしたロビーになっていて、身内の者らしい女性が二人、会話をやめて、訝《いぶか》しげな眼をこちらに向けた。竹村はそれには構わず、着付室のドアをノックした。

「はい」

応答があって、すぐ、着付係らしい服装の女が顔を見せた。

「なんでしょうか」

「浜野理恵さんはこちらですか」

「そうですけど」

「ちょっとお逢《あ》いしたいのですが、着付はまだ済みませんか」

「いえ、もう済みましたが、でも、どういうご用件でしょうか」

女の眼には、滅多な者には逢わせない、という鞏固《きょうこ》な意志がある。どう見ても、竹村の風体は、祝宴の招待客というイメージではない。場所が場所だけに、まかり間違えば失恋に狂った不逞《ふてい》の輩《やから》と思われても仕方がなかった。

女の露骨な警戒心に気付いて、竹村は苦笑しながら手帳を示した。

「じつは、こういう者ですが」

「警察の方、ですか？」

女は息を呑《の》んだ。しぜん、身を引くかたちになり、ドアが半開きになったところへ、竹村はすっと踏み込んだ。

純白のウェディングドレス、芳《かぐ》わしい香水の香りに包まれて、浜野理恵は立っていた。姿見の中の自分に見入ったまま、闖入者《ちんにゅうしゃ》を振りかえろうともしない。着付係の「警察……」と言った声は聞いているはずだ。それにもかかわらず無視したような態度をとる理恵の様子に、竹村はかえって、絶望的な虚勢を見たと思った。いつの日にか、こういう事態が起こると予期していた、まさにそのことがいま訪れた――堪えがたい恐怖と悲しみに、精一杯立ち向かおうとする姿だと思った。

「おめでたい日にお邪魔して、たいへん恐縮です」

さすがに、竹村の声も沈んだ。

「あなたが今日、アメリカへ発《た》つと聞いたものですから、その前にぜひお訊《き》きしておきたいことがありましてね、ほんの一分間だけお時間をいただきますよ」

「どうぞ……」

凍りつくような声で、理恵は言った。

竹村は係の女に席を外すよう、眼顔で合図した。女は険しい視線を浴びせてから部屋を出て、どこかへ走り去った。おそらく関係者の誰かを呼びに行ったのだろう。邪魔の入らぬ内に用件を済ませなければならない。

「浜野さん」

竹村は努めて平静な口調で言った。

「これからお訊きすることは、決して他言するようなことはないとお約束します。したがって、あなたもありのままを正直にお答えください、よろしいですね」

「…………」

理恵は無言で、みじろぎもしなかった。

「九月の末、土曜日ですが、あなたは鳥羽へ行きましたね。宿泊されたのは鳥羽ワールドホテル。そこに夏井順子という偽名で投宿されているが、その夜、スカイラウンジであなたと一緒におられた男性の名前を教えていただきたいのです」

「…………」

「答えてください、浜野さん」

「…………」

「答えてもらえなければ、アメリカ行きは差し止めにさせていただきますよ」

そんなことはできないぐらい、相手に見透《みす》かされていると承知の上で、愚劣な脅しを言った。理恵は表情を変えなかった。竹村は焦った。猶予はなかった。

「福島太一郎氏ではありませんか」

思いつくことのできる唯一の人名を、ずばり言った。福島が該当する人物ではないことは、すでにほぼ明らかになっている。それをあえて持ち出して、理恵の心理状態を攪乱《かくらん》しようとした。このやり口は、取調官が被疑者に対して用いる常套《じょうとう》手段のひとつで、竹村自身は、あまり好きではなかった。それにすら目をつぶるほど、竹村は必死だったともいえる。

だが「福島」の名は、予想以上に効果的に理恵の張りつめた虚勢を打ち砕いた。理恵はそれまでの超然としたポーズを崩し、やにわに振り向いた。両の拳《こぶし》を胸の前で握りしめ、肩を落とし、哀願するような眸《め》で竹村をみつめた。

「やめてください、あの方にはなんの関わりもありません」

息を呑むほどの激しさであった。竹村は圧倒され、黙ってじっと理恵の瞳《ひとみ》を凝視し続けた。理恵はふっと視線を逸《そ》らせ、姿見の前のスツールに力なく腰を下ろした。

「分かりました」

肩を落とした心細い姿勢で、呟《つぶや》くように言ってから、理恵は毅然《きぜん》として顔を上げた。

「すべてお話しします。ただ、お式の時間ですので、お話はそのあとということにしてください」

「結構です。それでは自分は、控室の方で待たせていただきます」

それ以上、くどい念押しはできなかった。目礼して去る竹村を、理恵は無表情に、乾いた眸で見送っていた。

ドアを出たところに、ロビーに居た二人の婦人が立っていて、年配の方が心配そうに問いかけてきた。

「あの、わたくし理恵の母でございますが、何か、娘に不都合でもございましたのでしょうか」

「いや、たいしたことではありません。ちょっと参考までにお訊きしたいことがあっただけですから、どうぞご心配なく」

竹村は母親から逃れるように、エレベーターに向かった。折よくエレベーターが着き、ドアが開いたので乗り込もうとすると、竹村の前に恰幅《かっぷく》のいい紳士が立ちはだかった。

「待ち給《たま》え、きみ」

紳士は背後に居る着付係の女に「この人だね」と確かめてから、両手を竹村の胸にあてがうようにして押し戻した。仕立てのいいモーニングの襟元から、樟脳とオーデコロンの入りまじった匂いが立ちのぼって、竹村の鼻孔を刺激した。

「何者かね、きみは。いかなる権利があって花嫁に無礼をするのか」

竹村はやむなく、警察手帳を示した。紳士は一瞬たじろいだが、すぐに体勢を整えた。

「しかし、警察だからといってこういう無法が許されるわけでもないでしょうが。わたしは本日の仲人役《なこうど》を務める沢藤という者だが、あんたのやり方には納得いたしかねる。ともかく、ちょっと来てくれたまえ」

沢藤は今度は、竹村を引っ張り込むようにして、エレベーターに乗った。

控室には、式後の披露宴の招待客もぼつぼつ顔を見せたらしく、先刻よりいくぶん、人の数が増えていた。沢藤は控室の前を通り過ぎ、人気のない廊下の片隅まで歩いて行って竹村と向き合った。

「わたしはこれから式に参列しなければならんが、とりあえず、あんたの名前をうかがっておこう」

「自分は飯田警察署の竹村です」

「飯田?……」

沢藤は愕《おどろ》いた顔になった。

「すると、あんたは、バラバラ事件の捜査でわが社へ来た刑事かね」

「と、おっしゃると、あなたは五代通商の方ですか」

「わたしは、専務の沢藤だが」

「専務さんですか、それはどうも」

「しかしきみ、あの事件はすでに解決したのではないのかね。いまさら何の用件か知らんが、これから挙式しようとしている者のところへ、非常識もはなはだしい」

「いや、これには事情がありまして……」

「まあいい、弁解を聞いている暇はないからね。とにかく即刻、立ち去ってもらいたい。よろしいな」

沢藤は強圧的に言い残すと、エレベーターホールへ向かって大股《おおまた》に歩いていった。時計の針は丁度、正午を指した。式に出席する人々が、控室からぞろぞろ現われて、沢藤のあとを追った。それと入れちがいに、竹村は控室に入っていった。沢藤の要求など、当然のこと、無視する腹である。いまや竹村は、遮眼帯を装着した競走馬のように、ただ一点だけをみつめている。ゴールは近い。理恵の口から、いったい誰の名が洩《も》れるのか、期待に胸は高鳴った。

控室には新郎新婦の友人関係らしい、若い人々が大勢残っていた。再会にはしゃいだり、他愛ないことに笑い崩れたりするたびに、耳ざわりな嬌声《きようせい》があがった。陽気な、幸福そのもののような雰囲気が、かえって竹村を、憂鬱《ゆううつ》にした。

「あら、理恵さんがあんな所にいるわ」

窓際から、頓狂《とんきよう》な声が起こった。

「どこ？　あら、ほんと、何してるのかしらねえ」「記念撮影かな」「でも、危なっかしいわねえ」

コの字状の建物の、中庭を挟んだ向かい側の屋上を見上げて、口々に騒ぎ始めた。それにつれて、控室の人数のほとんどが窓辺に集まる。竹村もいいようのない不安に駆られて、群集の中に加わった。

五階から見上げると、屋上ははるか上空に感じる。しかし人物の姿は意外なほど大きく見えた。

白いウェディングドレス姿は、まぎれもなく浜野理恵であった。挙式の時間だというのに、何をしているのか——。竹村の胸を、どす黒い不吉な予感が吹き抜けた。理恵はコンクリートの側壁によじ登り、その上の鉄柵《てっさく》に両手をかけた。

「ああーっ……」人々の口から、名状しがたい悲鳴が、いっせいに噴きあがった。

群青の秋空に向かって、屋上の境界線から純白のウェディングドールが舞い上がり、一瞬、停止したかのように見え、それからゆっくりと落下をはじめた。それはまるで太陽に向かって飛び立とうとして失速した白鳥のように、悲しくも鮮烈な飛翔《ひしょう》であった。

4

すべての知覚がその機能を停止したかのように、竹村の思考は一瞬、空白になった。乾燥した意識の一隅から、かすかなサイレンが接近するのを聞いた。

放心から返ると、竹村は群衆の渦の中に居た。目の前に沢藤の憤怒《ふんぬ》にゆがんだ顔があった。

「貴様、彼女にいったい、何をしたんだ！」

竹村の躰《からだ》は前後に激しく揺さぶられた。沢藤の拳が、レインコートの襟をひきちぎらんばかりに握りしめていた。周囲の人々の目が竹村に集中している。非難と憎悪の炎《ほむら》のただ中で、竹村は完全に虚脱状態にあった。

（俺が、何をしたっていうのだ——）

竹村は沢藤に言い返そうと思いながら、それがどうしても言葉にならないもどかしさだけを、反芻《はんすう》していた。

ふいにフラッシュが焚《た》かれた。すばしこい目付きの男が、人の輪をすり抜けて、竹村と沢藤の脇に現われた。新聞記者である。

「この人が、何かやったんですか？」

「そうだ！」

沢藤は吼《ほ》えるように言った。

「この刑事が、彼女を殺したんだ」

「刑事？」

記者の眸《め》が光る。

「殺した、とはどういうことですか」

「ん?……」

沢藤は、さすがに逡巡《しゆんじゆん》した。

「いや、殺したも同然だと言っているのだ」

「ほう、刑事さんがですか、いったい何があったのか教えてくださいよ」

エレベーターホールの方向から、制服、私服の警官が数人、やってくる。その最後尾の人物を見て、竹村は思わず縋《すが》るような声をあげた。

「岡部さん!」

岡部警部補は一瞬、信じられない顔になった。

「竹村さん、あなた、どうしてここに?……」

沢藤はギロリと、私服の岡部を見た。

「きみも警察官かね」

「はあ、室町署の者です」

「だったら、この男を逮捕したまえ」

「逮捕?」

「そうだ」

「いったい、彼が何をしたというのですか」

「それはこっちが知りたい。とにかくこの刑事が浜野君、つまり花嫁を脅迫した直後、彼女は自殺してしまった」

「脅迫？」

「ばかな！」

竹村は吐き棄てるように言った。

「ばか？　ばかとはなんだ。貴様、人を殺しておいて……」

「まあ、待ちなさい」

岡部は周囲で固唾《かたず》を呑《の》む群衆を見回した。群衆の中に、顔見知りの記者が何人か居るのに気がついた。

「とにかくここではなんですから、別室で詳しい話をお聞きしましょう」

「話ならここでいいじゃないか。皆さんのいる前で白黒をはっきりした方がよろしい。それとも、警察官同士、庇《かば》いだてするつもりなのかね」

そうだそうだと煽《あお》る声が起こった。

「そのようなことはありません」

岡部は毅然《きぜん》とした態度を示した。

「わたしは警察官として、その職務を遂行しようとするだけです。あなたにも竹村君にも事件の参考人として事情を聴取したい。それには、この場所は不適当であるから別室に、と申しているにすぎません」

「ふん」

沢藤は冷笑した。

「まあいいだろう、とにかくこの男が逃げ出さんように、しっかり見張ることですな」

沢藤としても、二百人近い参会者の混乱を放置したまま、騒ぎを大きくするわけにはいかなかった。主宰者として、至急、善後策を講じ、事態の収拾を図らねばならない。賓客の中には外務省の局長をはじめ、役所の人間も多く、新婦側からも福島社長など大物の列席が少なくなかった。予期しえぬ不幸な出来事とはいえ、仲人役《なこうど》として、これはあきらかな失態であった。今後、社業にも重大な影響を与えるであろうことさえ、充分考えられた。それらに対する不安や苛立《いらだ》ちを、沢藤はかろうじて、虚勢の下に被《おお》い隠していた。

ホテル側が用意した小部屋で、岡部は関係者から次々に事件発生の状況を聴取した。竹村、沢藤のほか、着付係の女、控室での目撃者などが呼ばれた。理恵の母親はショックで倒れ、事情聴取に応じられる状態ではなかった。

花嫁、浜野理恵の死が自殺であることは、多くの目撃者の証言で明らかであった。理恵は式場に案内される途中、トイレに立ち寄るふりをして、やにわに階段を駆け上がり、制止する間もなく屋上から投身したのだ。即死であった。

問題は自殺の動機であった。家族や着付係の証言によれば、少なくとも、刑事の訪問を受けるまでは、理恵に自殺を予感させるような雰囲気は何もなかった。刑事と接触し、自殺するまでのわずか数分間のあいだに、自殺を決意するにいたった、ということは、とりもなおさず、刑事の来訪がその因《もと》であるとしか考えられない。沢藤に言わせれば、まさに

「殺したも同然」ということになるかもしれなかった。

そのことに関する竹村の釈明は、岡部を憂鬱《ゆううつ》にするばかりであった。

「自分は浜野理恵に、鳥羽ワールドホテルでの同伴者の氏名を問い質《ただ》しただけです。それにもかかわらず、彼女が自殺したということは、つまり、彼女自身、重大な秘密を握っていたと考えるべきです。その秘密は何かと言えば、それは野本孝平殺しに関することに違いありません」

そういう意味のことを、竹村はエンドレステープのように繰り返した。正直なところ、岡部はうんざりした。いまだに過去の事件を掘り返している執念に、感心するよりも呆《あき》れた。しかも、かかる重大な結末を惹《ひ》き起こしながら、その執念が鈍るどころか、ますます自分の信念を固めようとしているのだ。

（救いようがない――）と岡部は、憑《つ》かれたような表情の竹村を眺めながら、思った。

竹村の身柄は室町署に移され、ほとんど軟禁状態に置かれた。室町署は長野県警を通じ、飯田署長に事態を通報するとともに、刑事課長みずから、竹村の取り調べに当たった。そこでも竹村は、岡部に対したのと同様の事由を述べている。まさに愚直ともいうべき〝思い込み〟であったが、それが唯一の救いでないこともなかった。その愚直さはそのまま職務に熱心であることの証明であり、間違っても沢藤のいうような脅迫や恐喝といった不純な動機を思わせることはなかったからだ。

その日は新聞は夕刊休刊日であったが、テレビ、ラジオのニュースはいっせいに事件を報道した。若いエリート外交官の花嫁が、挙式寸前、ウェディングドレス姿で飛び下り自殺を遂げた、というのは、少なからずドラマチックな事件である。しかも直前に、花嫁は刑事の来訪を受けている。この段階ではマスコミの論調は、それが自殺の動機となんらかの関わりがある可能性——といった程度に匂わせていたのだが、それでも事件の背景に謎めいたニュアンスを感じさせるには充分であった。一夜明けると、各紙とも大見出し付きでこの事件の詳細を報じている。

花嫁、挙式目前に自殺
——直前、刑事謎の訪問

三日正午過ぎごろ、都内のホテルで花嫁が飛び下り自殺をするという事件があった。事件があったのは千代田区のP——ホテルで、自殺した花嫁は品川区北品川二丁目美術商浜野恵吾氏（五六）の長女理恵さん（二七）。理恵さんはこの日正午から、渋谷《しぶや》区西原三丁目外務省勤務鳴宮秀彦氏（三二）と挙式する予定になっていた。関係者の話によれば、理恵さんは式場のある十二階の着付室を出た直後、とつぜん屋上へ上がり、高さ約二メートルのコンクリートの側壁、その上の鉄柵を乗り越え、およそ五十メートル下の地上へ飛び下りたもので、即死だった。

室町警察署の調べでは、家人などに自殺の原因や動機について心当たりはなく、理恵さんはエリート外交官である新郎との新婚旅行を兼ねたニューヨーク赴任を楽しみにしていたという。自殺の模様は、招待された友人など多くの人が目撃しており、華やかな祝宴が一転、おそろしい悲劇になったことで全員が言葉もなく沈みきっていた。なお、事件の直前、理恵さんを長野県飯田警察署の刑事竹村岩男巡査部長（三〇）が訪ねており、このことが自殺となんらかの関係があるのではないかとも考えられ、現在室町署で同刑事に対する事情聴取を行なっている。竹村刑事はさきに解決した松川ダムバラバラ殺人事件の捜査を担当しており、理恵さんは先月まで、同事件の舞台となった五代通商株式会社（福島太一郎社長）に勤務していた経緯もあり、自殺の背景には同刑事の不審な行動がからんでいると指摘する人もいる。

仲人《なこうど》の沢藤栄造氏（四九——五代通商専務取締役）の話

浜野さんは清純そのものの娘さんで、わが社随一の美人でもあり仕事もじつによくできた。なぜ自殺したのか皆目見当がつかないが、若い人にありがちなアバンチュールか何かが過去にあり、それを刑事に指摘されたのを苦にしたのかもしれない。そうだとすればきわめて理不尽なことだ。

一夜を室町署内の宿所で明かした竹村のところへ、岡部が朝刊を持って訪れた。憔悴《しょうすい》しきったような竹村をいたましげに見ながら、黙ってその記事を示した。竹村にも事態の重大さがよく分かった。しかしある意味ではこれは、自説を公にできる機会を与えられたことにもなる。竹村はそのことを岡部に言った。だが岡部は首を振った。

「竹村さん、残念ながらあなたの主張は、だれもまともには聞いてくれませんよ。かりに聞いたとしても、それは自己を正当化するための強弁だというふうに解釈するでしょう」

「では自分はどうすればいいのでしょう」

「いや、それはそれとして、どこまでも自説を主張するしかありますまい。もし浜野理恵訪問の理由を曖昧《あいまい》に説明したりすれば、より好ましくない疑惑を受けることになる」

「……疑惑、と言いますと？」

「沢藤氏が言っていたように、脅迫の疑いがあるというようなことです」

「まさか……」

しかし、岡部が案じたとおり、上層部の取り調べはその疑惑についての追及が中心であった。午前中に室町署から警察庁に身柄を移され、昼過ぎには飯田署から大森署長と中本刑事課長が急遽《きゅうきょ》、上京してきている。その結果、竹村の行動は公務ではなく、私的行為であると認定された。となると、これは明らかに服務規定違反であり、職権濫用《らんよう》の疑いが濃厚ということになる。犯罪捜査規範には、任意捜査を行なうに当たり、相手方の承諾を求める際の注意事項として次の二点が定められてある。
1. 承諾を強制し又はその疑いを受けるおそれのある態度、若《も》しくは方法をとらないこと。
2. 任意性を疑われることのないように必要な配慮をすること。
つまり、単なる〝ちらつかせ〟であっても、脅しと受けとられるような言辞、態度があってはならないのだ。もっともこれは建前論であって、実際の捜査ではしばしばその規定に抵触するような尋問が行なわれている。今回の浜野理恵に対する竹村の言動にそれがなかったとは言い切れない。しかし竹村もばかではないから、監察官の質問に対しては、そういうことは一切なかったとつっぱねた。

「自分はあくまでも、鳥羽における同伴者が誰であったかを問うただけであります」

その主張を抑えこむだけの証拠も資料も、当局側には何ひとつない。いわんや、脅迫や恐喝といった刑事犯の対象となるような事実は、当然のことながら存在しなかった。それが明らかになった時点で、警察当局はようやく愁眉《しゅうび》をひらいた。

とはいえ、ひとりの警察官の行き過ぎ捜査によって、うら若い女性が死に追いやられたという事実は消すことができない。マスコミは口を揃えて、この点を指弾した。一流紙はさすがに比較的、論調が穏やかだったが、週刊誌は、順次、発売される雑誌ごとに表現のドギツさがエスカレートしてゆくようであった。取りようによっては、竹村岩男という悪徳刑事が、花嫁のスキャンダルをネタに恐喝まがいのオドシを行なったかのごとく書いたものも少なくなかった。それぞれが大きく紙面、頁数を割き、在りし日の浜野理恵の顔写真を飾り、家族、友人、仲人の追憶や憤りの言葉を写真入りで語らせている。

花嫁の過去については、一致して、清純そのもののように描かれている。実際、理恵の日常を知る者の談話を蒐《あつ》めると、どうしてもそういうことになるのだった。恋人やボーイフレンドのたぐいも見当たらず、それらしい話は新郎の鳴宮秀彦との関係が最初ということであった。二十七歳という理恵の年齢を考えると、それはいささか奇異にさえ思えた。父親の浜野恵吾は銀座に画廊を持つ、かなり名の通った画商である。家柄も悪くなく、評判の美人ということで、それこそ降るような縁談の数だったらしい。それにもかかわらず理恵は二十歳で短大を卒《で》て以来、五代通商福島太一郎付き秘書の勤めに精励し、他を顧みることをしなかった。

理恵の資質は、まさに秘書役にうってつけだったに違いない。入社当時専務、現在の社長である福島太一郎が、掌中の珠《たま》のごとく理恵を慈しんだであろうことは想像にかたくない。こうした模範的とも思える女性が、いったい、田舎刑事風情の追及を受けて、死を選ばねばならぬような過去を持っていたのだろうか——誰しも疑問に思った。この件に関する情報は、どの報道関係者もついにキャッチすることができなかった。竹村の主張など、むろん当局側に握り潰《つぶ》されている。結局、ごく些細《ささい》なアバンチュールのような経験があって、それをほじくり出されることを恥じたための悲劇、と理解するしかなかった。世間の通念からいえば問題にもならないような小さな汚点にすら堪えられぬ清純な乙女——と、どこまでも理恵を天使に仕立てる役割を、マスコミは果たした。そうしないと、〝悪徳刑事〟の像《イメージ》が浮き彫りにならないからだ。

例によって、評論家たちのお定まりのような論評がはじまった。この事件を機に、捜査のあり方を見直すべきだ、というあたりさわりのない意見から、警察と暴力団との癒着、政界や黒幕の犯罪に対する取り組み方の甘さ、警察官の質の問題など、かなり広範囲にわたって、百家争鳴の観を呈した。

折から開催中の国会では、法務委員会で野党側から緊急質問が行なわれ、法務省刑事局長がその間の事情を説明するとともに、一応、遺憾の意を述べている。

警察庁は、この事件の処置に苦慮した。竹村巡査部長の行為は、命令系統を無視した服務規定違反ではあるが、行為そのものにはなんら違法性はない。たまたまあのような不幸な結果を招いたために騒ぎが大きくなったというだけで、通常、個人的な捜査活動によって事件が思わぬ解決を見るケースは、そう珍しいことではない。兵庫県の誘拐事件、千葉県の銀行強盗なども偶然の職務質問からスピード解決を見た。過去、同様な事件を扱った高松高裁の判例にも「警察官がいたずらに人権擁護の名におびえるあまり、その本来の職責の忠実な遂行を怠る事態に陥ってはならない——」ものとして、強制にわたらない限度において、職務質問の自由性を容認している。とはいえ、一方においては世論への配慮もなされなければならない。

竹村は、警察庁警務局における取り調べに際しても自分の〝捜査〟の正当性を主張した。三番館の君江のことや鳥羽ワールドホテルの件についても詳細に説明しようとしている。だが、監察官連中はそれらの主張をほとんど問題にしようともしなかった。一介の刑事ごときが、勝手な妄想を並べたてているといった程度にしか受け取っていない。第一、バラバラ殺人事件はすでに、過去の事件でしかなかった。警察、検察の組織がいったん完了を確認した事件捜査を、貧弱な状況証拠が二つ三つあるからといって、根底からやり直すはずはない。それより何より、当局としては世論の鎮静化こそ急務であった。そのためには竹村岩男をスケープゴートに仕立て、国民に対し遺憾の意を表明し事態の収拾を図るのが最善の方途に違いなかった。

事件発生から四日目の十一月六日、竹村は帰宅を許された。そして翌《あく》る七日、長野県警察本部長名で、この件に関する懲戒処分が通達された。

飯田警察署刑事課巡査部長　竹村岩男
　停職一ヵ月　減給百分ノ十、十二ヵ月
同　刑事課課長警部　中本次郎
　戒告
同　署長　警視　大森修司
　戒告

「ご迷惑をおかけしました」

竹村は署長室で、深々と頭を下げた。中本刑事課長も同席している。中本は降って湧《わ》いたような処分に、少なからず憂鬱《ゆううつ》そうであった。それに較《くら》べると、大森署長の方はいたって平然としている。

「まあいいさ、きみも充分、辛《つら》い思いをしたのだろうから、済んだことは忘れよう。きびしい処分になったが、少し長い休暇のつもりで、この際、せいぜい休養することだな。俳句でも作ってさ。そうだ、奥さんを連れて旅行でもしたらどうだ」

署長も中本も東京の警察庁では、かなりしぼられたはずである。内心はともかく、表面上はいささかも拘泥していないような署長の態度が、かえって竹村には辛かった。いっそ叱《しか》り飛ばされた方がせいせいするのかもしれない。

竹村はもう一度、詫《わ》びをいい、内ポケットから警察手帳を取り出して署長のテーブルに置いた。武士が刀を捨てる時のような寂寥感《せきりょうかん》が、ふいに襲ってきた。

署内の空気は複雑だった。「災難でしたねえ」といってくれる者もいるが、竹村の独走を肯定しないムキもあるはずだ。しかも現実に、署長や刑事課長に累をおよぼす結果となったことを、にがにがしく思う者も中にはいるだろう。真剣に竹村に同情を寄せたのは、例の桂木ぐらいなものかもしれない。その点園田警部補はむしろ率直で、顔を合わせるなり竹村の両肩をおさえるようにして「ばか野郎」と怒鳴った。竹村はその時、不覚にも、目頭を熱くした。

「あら、今日は早いのね」

陽子はあっけらかんとした笑顔で、竹村の帰宅を迎えた。何も知らないというわけではもちろん、ない。テレビ、新聞、週刊誌と、そこら中にうんざりするほど、同じようなニュースが露出している。いやでも見聞きしないわけにはいかない。きのう、何日ぶりかで還《かえ》ったときには「あなた、たいへんだったんですってねえ」と、目を丸くして言った。それっきりであった。何がどうしたの、とか真相はどうなのか、などといったことに触れようともしない。わが家の空気だけは、一週間前と変わりなかった。

(おれはことによると、いい女房に恵まれたのかもしれない――)

竹村の心に、そんな呑気《のんき》なことを考える余裕が生まれた。

「さて、本日より一ヵ月、閉門蟄居《ちっきょ》をおおせつかったぞ」

竹村はわざと、お道化てみせた。

「あら、一ヵ月も?」

愕《おどろ》いているのか、喜んでいるのか分からないような嬌声《きょうせい》を、陽子はあげた。

「おい、旅行でもするか」

「ほんと? うれしい、何年ぶりかしら。あたしヘソクリ出すわ」

「そうか、よし、思いきり豪遊といくぞ」

言いながら、竹村は、鳥羽の岬に建つ豪華なホテルを思い描いていた。

第五の死者

1

　室町署の岡部警部補を、週刊誌の記者が訪れている。岡部の、高校時代の一級後輩で桜田という。中堅どころの週刊誌の若手一線記者を自称するだけあって、なかなか目端のきく男だ。例のPホテルでの花嫁自殺事件のときには、この時とばかりに岡部にべったり張り付いて、かなり突っ込んだ取材をした。そのせいかあらぬか、桜田の雑誌は女性誌なみのスペースを、あの事件のために割いている。

　桜田は一通の封書を携えてきた。女文字の一見、少女趣味を思わせる模様入りの角封筒から、ラブレターでも取り出すような勿体《もったい》をつけて便箋《びんせん》を展《ひろ》げた。

「はじめは、ありきたりの投書かと思ったんですがね、ちょっと気になる内容だったもんで。それに、その節は岡部先輩にいろいろご迷惑をおかけしたことでもあるし、何かのお役に立てればなどと考えまして。まあ、とにかく説明するより、読んでもらった方が手っ取りばやい」

　封筒の少女趣味に似合わず、文字も文章もしっかりしている。書き出しの時候の挨拶《あいさつ》など、すこぶる古風で、年齢は書いてないものの、単なる興味本位やいたずらの投書でないことは一目瞭然《いちもくりようぜん》であった。

『──さて、貴誌十一月十五日号の、Pホテルにて花嫁が自殺された事件の特集を拝読いたしました。ところが、その記事中の写真を見て、たいへん驚きました。と言いますのは、あの花嫁は、この春、私が社内旅行で松島へ参りました際、思いもよらぬ奇行で私をびっくりさせた女性だったからです。

その時、私は遊覧船の桟橋近くで、ぼんやり海を眺めておりました。すると不意に私の肩に両手がかけられ、くるりと回れ右をさせられたのです。私はてっきり仲間のいたずらかと思いましたが、顔を見るとまったく見知らぬ女性でした。

驚いている私の脇に寄り添うと、彼女は目の前の三脚を立てたカメラを指さして「お願い、あのカメラに向かってお笑いになって」と言い、ご自分もにっこりとポーズを取るのです。私がとまどっている内に、セルフタイマーがまわってシャッターが切れました。

なんでも、独り旅の不聊《ぶりよう》をまぎらわすための茶目っ気から、そんなことをなさったとかおっしゃって、お礼とお詫びをくり返しながら立ち去って行かれましたが、いまにして思えば、あんな美しい方にも人知れぬ孤独感があったのでしょうか──』

「どうです、妙な話でしょう？」

岡部が読み了《お》えるのを待ちかねたように、桜田は訊《き》いた。

「妙って、何がだい」

「やだなあ、とぼけたりして。浜野理恵の行動は不自然でしょうが」

「まあね、自殺は不自然な行動であることはたしかだ」

「またまた、マジで答えてくださいよ。記念撮影の一件ですよ。どうもクサい気がするんですがねえ」

「そうかな、観光地なんかじゃ、よく見かける風景だと思うが」

「そうですかねえ」

桜田は拍子抜けした顔になった。

「まあしかし、せっかく持ってきてくれたのだから、その内、ヒマでもできたら検討してみるよ。手紙、預かっておこう」

雑誌記者が帰ると、とたんに岡部の眸《め》が輝いた。デスクの部下に「ちょっと品川まで行ってくる」と言い置くと、小走りに玄関を出た。

地下鉄を降りて御殿山への坂道を上ってゆくと、後ろから同じ間隔を保ちながら随《つ》いてくる靴音がある。岡部は苦笑して、坂上の十字路を曲がった所で電柱の陰に身を潜めた。待つ間もなく、急ぎ足で角から飛び出した桜田の前に、ぬっと立ちはだかる。

「あっ、びっくりした。おどかさないでくださいよ」

「何を言うか、刑事《デカ》を尾行《ツケ》たりしやがって、けしからんぞ」

「へへへ、先輩こそ油断も隙もならないからねえ。フェアプレイでいきましょうよ」

「しょうがねえな、だが、絶対に口出しをするな。それから、俺が許可するまで書くこともだめだ」

「OK、約束しますよ」

二人を追い越して行ったタクシーが、浜野家の前で停まり、喪服姿の一行三人が降り立った。岡部は近寄り、丁寧にお辞儀をした。

「おでかけでしたか」

「はあ、本日は娘の初七日でございますものですから、お寺様へ詣《まい》りましたところでございます」

理恵の母親は岡部の顔を見知っているから丁重に応じたが、相手の素性がなんであるかまでは、憶《おぼ》えていない。

「あの、失礼でございますが、どちら様でいらっしゃいましたでしょうか」

「室町署の岡部という者です」

「あ、警察の方……」

母親の声を聞いて、理恵の兄弟らしい男が二人、岡部に詰め寄った。

「警察がなんの用ですか」

険悪な雰囲気になった。

「じつは、仏様にお線香をあげさせていただきたいと思いまして」

初七日、というのを巧みにとらえて、岡部は相手の気持を和らげた。

「さようでございますか、それはどうもご丁寧なことで」

母親は二人の息子を制して、岡部と桜田を門内に招じ入れた。仏間で型どおり、焼香を済ませると、応接間に案内されて茶菓の接待ということになった。狙いどおりとはいえ、岡部は後ろめたい気がした。屋内は心なしか沈んだ空気が漂い、母親はまだあの時のショックから立ち直れないのか、面窶《おもやつ》れの目立つ小柄な躰《からだ》を、ソファーの肘掛《ひじかけ》にあずけ、つくねんと座っている。

「御仏壇のお写真を拝見しましたが、ほんとうに美しい方で、さぞお力をお落としになったことでしょう」

「はあ、ありがとうございます。こんなふうに突然、亡くしたものですから、ひとしおそんな気がいたすのでしょうか、わが子ながらよくできた娘でございまして、一時《いっとき》はあの、竹村様とおっしゃいましたか、あの刑事さんをお恨みもいたしましたが、でもこれがあの娘《こ》の寿命だったのでございましょう」

母親は目頭をおさえた。

「いかがでしょう、御令嬢の生前のご様子など拝見したいのですが、お差し支えなければ、アルバムを見せていただけませんか」

「さようでございますか、どうぞご覧になって、あの娘を偲《しの》んでやってくださいませ」

母親は喜んで、何冊ものアルバムを抱えてきた。生い立ちの頃の古い分まであって、母親としてはひとくさり、昔語りにふけりたいのかもしれないが、岡部と桜田はごく新しそうなのを選んでページを繰った。

その写真は桜田が発見した。

「岡部さん、これ、松島じゃないですか」

岡部と一緒に母親も覗《のぞ》きこむ。写真の脇には日付が書きこまれているだけで、説明的な記述はない。

「はい、そうでございますよ。それはこの春でしたか、松島へ参りました時に、お友達と写したものでございます」

母親は「友達」と言ったが、理恵の傍に立つ女性は投書にあったとおり、とまどいの表情を浮かべているのがありありと分かった。しかも、松島旅行の際に写したと思われる写真で理恵以外の人物を撮ったものはこれ一葉だけというのも奇妙な符合であった。

「このお友達は、お母さんもご存知の方でしょうか」

「いいえ、初めて拝見するお顔でした。あの娘は人見知りしない性質でございましたせいか、旅行のお相手もそのときどきで変わっておりました。旅行のあと、できあがった写真を見ましても、新しいお友達だったことが多うございます」

「すると、旅行の都度、記念写真をご覧になっているのですね」

「はあ、親に心配かけまいというのでしょうか、いつも必ず見せてくれました」

なおもページを繰ってゆくと、松島のときと同様、風景写真の中に人物写真が一枚——という不自然なところが、幾度もあった。その最後のものが九月二十四日から二十五日にかけて、行先は鳥羽——であった。

もちろんアルバムの多くのページは、五、六人の仲間や、おそらく社内の友人たちらしい大勢と一緒の写真で占められている。無頓着《むとんちゃく》にページを繰っているかぎりでは、ところどころに現われる不自然な部分を見過ごしてしまうだろう。だが、予備知識をもって見れば、そこに苦しい作為を発見するのは容易であった。

浜野家を辞去して一歩、表へ出たとたん、桜田は目を輝かせた。

「先輩、こいつは面白いことになりそうですね。天使の過去に暗い翳《かげ》――か。そういやあ、例の飯田署の竹村刑事も、何かその辺のことを摑《つか》んでいたのかもしれませんぜ」

岡部はドキッとして桜田の顔を窺《うかが》った。しかし、桜田が竹村の推理の内容を憶測できようはずはない。雑誌記者は単に、浜野理恵のスキャンダルに興味を惹《ひ》かれているに過ぎないのだ。

「おい、そんなふうに人の不幸を喜ぶものじゃない。おまえさんたちは、他人さまの悲劇を飯のタネにしているのだから、けしからんよ」

「あれ？　その点では刑事《デカ》さんも似たようなもんだと思うけどなあ」

「この野郎、なんてことを言いやがる」

岡部は慍《いか》ろうとして、結局、苦笑した。桜田の言葉は核心を衝《つ》いていないこともない。元来、警察官――とくに刑事は犯罪の事後処理のために存在するといってよかった。犯罪の起こりうる可能性があるというだけで捜査権を行使できるのは、ごく特殊な場合だけに限られている。挙動不審者などに対する職務質問によって、犯罪を予防できるとはいっても、全体の犯罪発生率から見れば、コンマ以下の数字でしかない。それも度を越せば、むろん職権濫用《らんよう》ということで逆に指弾されかねない。

警察官による〝事故〟は、日本は世界各国より数段、少ないことはたしかだ。それは教育水準の高さにも起因しているが、なんといっても警察一体の理念に基づく規律のよさによっている。それだけに警察官個々の言動に対する制約は厳しく、政治、宗教活動はもとより、刊行文書に意見を発表することも禁止されている。組織の命令に対しては絶対服従が原則で、独走は宥《ゆる》されない。警察という巨大な権力を背景にしている以上、そうしたタガをないがしろにすれば、市民生活を侵害するような事故に繋《つな》がる可能性もたしかにあった。竹村刑事の〝勇み足〟もまた、その典型的な一例といえる。

竹村が、それらの危険を承知していないはずはない。にもかかわらず、すでに解決済みの事件を単独で追い続けていた愚行に対して、岡部は非難こそすれ、一片の同情も与えるべきではないと信じていた。個人的な好意を抱いていただけに、つい賢《さか》しらな説教めいたことを言ったりもした。竹村の必死の反論に対して、誰ひとり素直に耳を傾けようとしなかった中の、自分もそのひとりであったことの後味の悪さは、いまもって岡部の胸の裡《うち》に残っていた。

もしかすると、竹村の直感と推理は正鵠《せいこく》を射ているのかもしれない――と岡部は思いはじめていた。こんどの写真の一件を契機として、何か新しい事態がひらけるような予感もあった。

だが、その本音とは逆に、岡部は桜田に対しては、気のなさそうなポーズを示した。

「たしかに、花嫁の過去には謎めいた部分がありそうだが、警察が目くじら立てて洗い出すほどの対象じゃないな。まあせいぜい三流週刊誌の穴埋め記事にでもしてみたらいい」

「そんなことといって、また抜け駆けしようってんじゃないでしょうね」

「そういう卑怯《ひきよう》なマネはしないさ。もともとおまえさんが持ち込んだネタだからね。もし何かあるようなら、いの一番に報《し》らせてやるから、安心しろよ」

「ほんとうですね、約束ですよ」

桜田はくどくど念押ししてから帰って行った。

署へ戻ってからしばらくのあいだ、岡部はこのことを竹村に報らせるべきか否か、迷った。いまとなっては詮《せん》ないことのようでもあり、慰めになるどころか、徒《いたず》らに寝た子を起こす結果にならないともかぎらない。しかし結局、岡部は飯田署へダイヤルを回した。そうせずにはいられない義理のようなものを、竹村に感じていた。

竹村は不在であった。

「では、園田さんか桂木さんはいませんか」

しばらく待たされてから、桂木刑事の若若しい声が飛びこんできた。

「その節はお世話になりました」

懐かしそうな挨拶《あいさつ》であった。

「竹村さんに電話したのだが、お留守のようだね」

「あれっ、岡部さんご存知なかったのですか。竹村さん、例の事件で停職中なのですが」

桂木は、急にしめっぽい声になった。

「停職……そうでしたか、やはり……」

岡部は暗澹《あんたん》とした。

「じゃあ、自宅の方へ電話しましょう。電話番号は？」

「あ、今日はお留守ですよ」

「留守？　というと、旅行かなにか」

「はあ……」

桂木は言葉をにごしている。岡部にひらめくものがあった。

「旅行先は、鳥羽、じゃないかな」

「…………」

「そうか、やはり鳥羽へ行きましたか」

「はあ、奥さんの慰安旅行だそうです」

その点を強調している。

「すると、ホテルは例のワールドホテルなんだね」

「そのことは、内密にしておくように言われておりまして」

桂木の当惑ぶりが目に見えるようであったが、岡部も竹村の大胆な行動に愕《おどろ》いた。処分の因《もと》となった鳥羽ワールドホテルへ、何を好き好んで出掛けなければならないのか。性懲りもなく捜査活動を継続する行為と受け取られたとしてもやむをえまい。もしこれが犯罪者であったとしたら、『改悛《かいしゅん》ノ情ヲ認メズ』として量刑を加算されかねないケースではないか。

電話を切ったあと、ぼんやりとその事を考えていて、岡部はふと（竹村刑事は、捜査の鬼と化した――）と思った。

「捜査の鬼」とは、マスコミの常套句《じょうとうく》だが、いうほど「鬼」は居ない。もっとも、そう滅《めっ》多矢鱈《たやたら》にいたのでは「鬼」とも呼べないわけだ。警察内部にいる岡部ですら「鬼」の存在など信じてみたこともなかった。いくら命知らずの猛者《もさ》でも、なにがなしかの打算と抱き合いで行動するもの、と決めている。

だが、今度の竹村の場合は、どうも常識では計りかねる。もしも、狂気をして「鬼」というなら、これはまさしく「鬼」と称《よ》ぶにふさわしい所業だ。

岡部は番号を調べ、いそぎ、鳥羽ワールドホテルにダイヤルした。女性の交換手が応対して、竹村の不在を告げた。

「フロントでキーをお預かりしておりませんので、たぶん館内においでかと思いますが、なんでしたらご用件をお伝えいたしましょうか」

「では、東京の岡部から電話のあったことを伝えてください。それから、ご連絡のあるまで、署で待っているとも……」

「かしこまりました、会社の方でございますね。まちがいなくお伝えいたします」

交換手は「署」を「社」と聞き違えているが、岡部は訂正せずに電話を切った。

夕刻を過ぎ、しだいに人影が少なくなる署内で竹村の身に想いを馳《は》せていると、理由もなく不吉な予感が湧《わ》いてきた。

2

竹村は、夕食の時間までずっとスカイラウンジに居つづけた。チェックインが三時頃、部屋に荷物を置くなりここへ来たから、かれこれ三時間半も粘ったことになる。最初の内は眺望のよさに見とれていた陽子も、一時間を超える頃から付き合いきれなくなって、ひとりで散歩に出掛け、六時過ぎになって戻ってきた。

「呆《あき》れた、まだ頑張っているの。忍耐もここまでくると、ちょっと異常ね」

陽子はそう言いながら、しかし口ほどうんざりしているわけでもなく、気儘《きまま》にレモンスカッシュをオーダーし、すでに暮れきった窓外の風景に目を細めた。

「駅の向こう側まで行ってきたの。こっち側とはぜんぜん雰囲気が違うのよ。昔風の旅館とかお土産屋さんなんかもあるし。真珠の専門店ですてきなブローチみつけたんだけど、けっこう高いのよね。やっぱりお土産は食べ物かなにかにするわ。帰る途中、陽が落ちて急に寒くなって、岬の入口のところから走って帰ってきたの。おなか空《す》いちゃった」

屈託なく、よく喋《しゃべ》り、運ばれた飲み物をストローも使わずにいっきに飲み干した。

竹村が待っている相手——根岸三郎——はいぜん現われない。同僚の話では、根岸は今日は早番だから、遅くとも朝の九時には出勤していなければならないのだそうだ。ホテルの裏手にある従業員寮に住んでいて、遅刻する理由は何もない。

「けさ、出がけに彼の部屋を覗《のぞ》いたのですが、姿が見えなかったので、てっきり先に行ったものと思ったのですけどねえ。あいつ、昨夜《ゆんべ》、街へ飲みに行ったらしいから、遅番と勘違いして帰らなかったのかもしれません」

そうだとすると出勤は四時頃だという。その四時が、六時を過ぎても、根岸はついに現われなかった。

竹村は辛抱づよく待った。浜野理恵が死んだいまとなっては、理恵のデートの相手を知っている者は、根岸三郎だけである。なんとしても、せめてその相手の男の特徴なり人相なり、眼鏡をかけていたかどうかだけでも訊《き》かなければならない。前回、ここを訪れた時は、理恵本人から聴き出すアテがあったから安直な姿勢だったが、思えばそれが重大な手抜かりであった。

「どうやら、今日は欠勤するようですね」

チーフ格らしいボーイが、気の毒そうに言いに来た。

「無断で休むことは、ちょくちょくあるのですか？」

「いえ、そんなことは滅多にありません。寮住まいですから、べつに連絡しなくても、病気かどうかぐらい分かりますし。ただ、根岸は一度だけ、外泊した翌日、早番を遅番と勘違いしたことがありましたけれど」

口吻《くちぶり》から察すると、根岸は優良な従業員とはいえないようだ。多少、素行の悪いところもありそうである。

このホテルでは食事は三階のグリルですることになっている。竹村夫妻は六時半にテーブルを予約してあった。竹村は諦《あきら》めて席を立った。念のため室番号《ルームナンバー》を書き遺《のこ》した。

「もし根岸さんが来たら、必ず連絡してくれるよう伝えてください」

「はい、かしこまりました」

チーフは鬱陶《うっとう》しい客が去ると知って、やれやれという顔になった。

グリルに入り、指定されたテーブルに着くと、待ちかねたようにウェイターがやってきて、フロントからの伝言《メモ》を渡した。

――東京の岡部様より「会社の方へ至急ご連絡されたい」とのお電話がありました――

〝会社〟というのはおかしいが、室町署の岡部であることはすぐに分かった。

「ちょっと電話をしてくる」

竹村は部屋に戻り、手帳に書き留めてある岡部の番号《ナンバー》をダイヤルした。

「ああ、待ってましたよ、竹村さん、岡部です、元気ですか」

いきなり岡部の声が返ってきた。デスクに張りついて待機していた様子が感じとれた。

「停職くらったそうですね、たいへんでしたねえ」

「いいえ、そうでもありません。お蔭《かげ》でのんびりさせてもらっています」

「そのようですね。しかし竹村さん、鳥羽とはまた危険《ヤバ》い場所へ行きましたね」

「ははは、まずいですね、性懲りもないと叱《しか》られそうです。教えたのは桂木ですね、けしからんヤッだ」

「まあ、そのことはいいでしょう。じつは、至急、耳に入れておきたいことがあって連絡したんですがね」

岡部は週刊誌の投書の件と、理恵の謎めいた旅行のことを話した。

「しかもその不自然な記念写真の最後のぶんが、九月二十四日、鳥羽の風景を背景《バック》にしたものでしたよ」

岡部はその発見を気負いこんで喋った。しかしそのこと自体は、竹村の仮説を追認するだけで、現在の手詰まりな状況を突き破るほどの効果を持つ新事実というわけではなかった。竹村は情報そのものの価値より、岡部がこうしてわざわざ連絡してくれたことに対して感謝した。自分が決して孤立しているのではないと知って、うれしかった。

「岡部さん、ひとつお願いしたいことがあるのですが、よろしいでしょうか」

「なんでしょう、ぼくにできる事なら引き受けますよ。なんせ、竹村さんには、偉そうに説教じみたことをいった借りがありますからね」

岡部は冗談とも本気ともつかず言って、笑った。

「じつは、東京の文京区千石に住む菊地紀彦という人物をあたっていただきたいのです。この男は九月二十四日にこのホテルに単独で宿泊しております。当夜、浜野理恵と落ち合った、と見られる人物に該当するのは、いまのところこの男だけなのです。もし松島その他、理恵の旅行日とその菊地氏の行動に一致点があれば、充分、疑うに足ると思います」

「分かりました、ではその男の住所を教えてください」

住所を伝え、電話を切って、竹村は煙草に火を点《つ》け、ベッドの上に仰向《あおむ》けに寝転んだ。岡部の好意は心強いが、しかし、賢明なはずの岡部までが自分の愚行に手を貸そうとしているのが信じられない気がした。同じ轍《てつ》を踏む結果を案じもした。ともあれ、資格停止中の竹村には、おおっぴらに菊地某を洗うすべはない。そういう場合であるだけに、岡部の尽力に勇気づけられ、身内に精神の昂揚《こうよう》をおぼえた。

天井を見上げ、紫煙がたちのぼるのを目で追っていると、松川ダム以降のさまざまなできごとや、その間に出会った人びとの面影が去来した。室町署の岡部警部補をはじめ、三番館の君江、花嫁姿の理恵、五代通商社長の福島、専務の沢藤の憤った顔、青森駅の工藤――そうだ、あの人のいい俳句好きの国鉄職員はどうしているだろう。貝柱の礼状も出さずじまいになっている。いちど、駄句でもしたためて送ってみよう――。

そんなとりとめのない想いに耽《ふけ》っている耳の脇で、電話が鳴った。猿臂《えんぴ》を伸ばして受話器をとり耳にあてたとたん、陽子の待ち草臥《くたび》れたような声がとび出してきた。

「あなたァ、どうしたのよォ、お料理が腐っちゃうわよォ」

「あ、いけねえ、忘れてた」

竹村は跳ね起きた。それから可笑《おか》しくなって、受話器をかかえたまま、声を出して笑いつづけた。

3

快適なまどろみの底で、とつぜん、不粋なベルの音が鳴り響いた。夢のストーリーとはまったく縁のない効果音にとまどったとたん、目が醒《さ》めた。

「だれなの、こんなに早く」

隣のベッドで、陽子は反転して毛布にもぐりこんだ。時計は七時を過ぎている。竹村はふと、岡部の顔を思い描いて受話器を取った。くぐもった声が聞こえてきた。

「もしもし、竹村様でしょうか」

「はい、竹村ですが」

「どうも、朝早くから申し訳ありません。わたくし、スカイラウンジの矢代と申しますが」

「ああ、昨日《きのう》はどうも。で、何か？」

「はあ、じつは、こんな時間におさわがせするのはいかがかと思いましたが、昨日、ずいぶんご熱心にお待ちになっておられたご様子でしたので、一応、お報《し》らせしたほうがよいと判断いたしまして」

「というと、根岸さんのこと」

「はあ、その根岸のことなのですが、いましがた警察から連絡がございまして、彼、亡くなったそうなのです」

「なにっ、亡くなった⁉」

竹村は、背筋に悪寒が奔《はし》るのを感じた。

鳥羽と対岸の伊良湖《いらご》を結ぶ〝伊勢湾フェリー〟は、鳥羽市の市街地南端にある専用埠頭《ふとう》で発着する。フェリーを降りた車輛《しゃりょう》は、左に貨物船等の繫留《けいりゅう》岸壁を見ながらほんのわずかばかり走り、国道に合流する。

十一月十日早朝、岸壁際の海中から、小型乗用車が引き揚げられた。ブルーの小粋《こいき》な国産車で、グローブボックス内の車検証により、持ち主は根岸三郎であることが判明した。その根岸は、愛車と運命を共にしていた。

現場の状況と検視の結果から、警察は一応、事故死の扱いをすることになった。死因は溺死《できし》で、死亡推定時刻は前々日の深更《しんこう》——正確には、九日午前零時から同三時頃までのあいだとされた。その夜、根岸は市内のバーでかなりの量のウイスキーを飲んでいる。店を出たのは十一時少し過ぎ頃。バーのママがドアまで送り、駐車してある道路の方へ向かう根岸の後ろ姿を見送ったのを最後に、それ以後、根岸を見かけた者はいない。バーのある場所は市街地の西のはずれで、そこからワールドホテルへ帰るには、国道へは出ずに駅裏の道を北上し、立体交差で国道をくぐり、岬へ通じるコースをとるのがふつうで、地理に詳しい根岸も当然、その道を通るはずだ。それがなぜ、わざわざ国道に出てホテルとは逆方向に南下し、フェリーの埠頭へ行ったのかが謎といえばいえなくもない。その理由について、検分に立ち合ったワールドホテルの奥村支配人は、つぎのように述べている。

「根岸君はおそらく、埠頭ですこし酔いを冷ましてから帰るつもりだったのでしょう。私どもは従業員の事故防止には、常日頃から気を配っておりまして、とりわけ車の運転については口やかましく申しております。酒気帯び運転などには厳重処分で臨む方針で、現に先月もひとり、反省の見られなかったこともあって、酒気帯び運転をした者を解雇しました。

従業員寮の玄関を入ったところが私の部屋でして、深夜の人の出入りについては、防犯上、いちおうチェックすることにしております。門限は十二時になっていますが、その時分には若い連中は寝鎮まってしまい、いやでも、私が顔を出さざるをえません。若い者はうるさがっているようですが、用心のため必ずそうすることにしています。その習慣を知っているので、根岸君はまっすぐに帰ってくるわけにいかなかったのでしょう」

たしかにフェリーの岸壁は、酔い冷ましに駐車するには格好の場所といえた。入江の対岸のホテル群の灯《ひ》が黒い海面にチラチラ浮かんで、ロマンチックな気分に浸れる。季候のいい時分にはアベックの散策の場所にもなるし、夜釣りを娯《たの》しむ太公望のメッカにもなる。この時季ではさすがに海風はつめたく、夜ともなれば人っ子ひとり居なくなってしまうが、根岸がこの場所に立ち寄った理由も、充分、納得できるものであった。

支配人がいうように、根岸は酔いを冷ます目的で埠頭上に車を海側に向けて駐車し、つい眠りこみ、何らかの理由で車が動き出し、そのまま海中に突っこんだものであろう。オートマチック機構のギアの位置が、ドライヴィングを意味する『D』を示しているところから推測すると、根岸は停車の際、ブレーキペダルを踏んだだけで、ギアをニュートラルに戻しておくことも、サイドブレーキを引くこともしなかったことになる。迂闊《うかつ》には違いないが、通常の運転で信号待ちをする場合などはその状態で停車するから、ありえないわけではない。まして、根岸はかなり酔っていたということである。ブレーキペダルを踏み、陶然とした気分で夜の海を眺めている裡《うち》に、うかうかと眠りこむ。無意識のまま、足をペダルから下ろす。車はゆるやかに走りだし、いくぶん加速しながら岸壁を踏みはずし、もんどりうって海中に転落する。

転落の際、根岸は前頭部をどこかで打ったらしく、軽い打撲の痕《あと》があった。それでいっそう、意識がもうろうとしていたかもしれない。よしんば意識がはっきりしていたとしても、水圧でドアは開かず、ようやく引き下ろしたウインドウの隙間からは冷水がなだれこむといったぐあいで、脱出は不可能であったろう。

以上が所轄署の担当官が組み立てた、事故状況の推定である。

竹村が着換えを了《お》えてロビーに下りてゆくと、制服の巡査が二人、フロントを訪れたところであった。「根岸さんの部屋を見せてもらいたい」と言っているのが聞こえた。竹村は近寄って、声をかけた。

「ちょっとお尋ねしますが、根岸さんの死因は、間違いなく溺死だったのでしょうか」

係官は、不審な眼を向けた。

「なんですか、あんたは」

「あ、申し遅れました。自分はこういう者です」

竹村は名刺を示した。巡査部長の肩書に、二人の巡査は、軽く敬意を表した。

「じつは、根岸さんとは多少、面識がありまして、それで、いささか驚いているのです」

「そうですか、医者の所見では水死となっています。いずれ解剖に付されるでしょうが、あれはどう見ても溺死ですね、腹がパンパンに膨れてましたから」

先輩の方の巡査が、仕草をまじえながら、言った。

「車ごと海に落ちていたそうですが、やはり事故なのでしょうね」

「そうでしょうなあ」

この時点ではまだ、警察はなんら結論を出していたわけではないが、巡査はほぼ、断定的な言い方をした。三十代なかばの、丸顔で優しい目をした男だ。物事を疑ってかかることのできない性格が、うかがえる。

「もしお差し支えなければ、事故の状況を教えていただけませんか」

「それはちょっと、あとにしていただきたいですね」と、若い巡査が言った。こっちの方は、なかなかに油断のならぬ目付きをしている。その目で、フロント係をせきたてた。

「じゃあ、案内を頼みます」

フロント係の先導で動き出す後に随《つ》いて歩きながら、竹村は「自分もご一緒してよろしいでしょうか」と、了解を求めた。

「そりゃ構いませんが、しかし、あまり営業妨害はしないでくださいよ」

先輩の巡査が口ごもる先を越して、若い方の巡査が冗談めかして笑ったが、暗に、管轄外の事件に首をつっこむな、と言っている。

社員寮は、ホテルの裏口を出て、雑木林をつっきった所に建っていた。鉄筋コンクリートの三階建て。ちょっと見には、こぢんまりしたホテルを思わせる、快適そうな建物であった。玄関を入ると一坪半ほどのタイル張りの三和土《たたき》があり、そこでスリッパに履き替える。三和土の両側には仕切りのついた下駄《げた》箱が備え付けられている。そのひとつに『根岸』のネームが貼ってあった。蓋《ふた》を上げてみると、スリッパとスニーカーが入っていて、右端の、おそらくは皮靴が置いてあったと思われるスペースが空いている。

根岸の部屋は二階で、四畳半程度の広さの中に、ベッドと小ぶりの袖机《そでづくえ》が置かれ、タンスと物入れは壁に嵌《は》め込み式に据え付けられてある。いってみればビジネスホテルのシングルルームという感じだ。若い男のひとり住まいにしては、室内は思ったより整頓《せいとん》されている。もっとも、机の上のポータブルテレビを除けば、これといった什器《じゅうき》類も見当たらないこともあった。壁には少女歌手のピンナップを貼り、物入れの中には漫画週刊誌が山積みされてある。机の抽斗《ひきだし》には、買い溜《だ》めかパチンコの景品なのか、煙草とチューインガムの山。化粧品類、電動カミソリなどのほか、とるにたらぬような小物が雑然と放り込まれていた。

ざっと見たところでは、根岸三郎という青年には、インテリジェンスのかけらも感じられなかった。

竹村はふと、机の上に載せてある週刊誌に目を惹《ひ》かれた。週刊誌は三冊、無造作に重なっている。いちばん上にあるのは、毎朝新聞で発行している〝週刊毎朝〟。表紙の記事見出しに麗々しく『彼女に何が起こったか？　花嫁ナゾの自殺！』と掲げてある。

（まずいな——）と、竹村は思った。案の定、若い方の巡査が週刊誌に目を留めた。ギクッとしたように動作が停まる。向こうを向いたままだが、背後の竹村の存在を意識している気配がピリピリ伝わってくる。さりげなくグラビアをめくって確認してから、巡査はきっと振り返って、鋭い眸《め》を竹村に浴びせた。

「竹村さん、あなた、この事件の……飯田署の竹村さんじゃないですか」

竹村は苦笑して、うなずいた。

「そうです、その竹村です」

「やはりそうでしたか、どうりで見たことのある顔だと思いましたよ。しかし竹村さん、そうと知った以上、ちょっと具合が悪いですなあ」

巡査は、出て行ってほしい顔をした。

「ご迷惑はおかけしませんよ。それに、根岸さんのことで、ちょっとお耳に入れたいこともありますしね」

「どういうことでしょう」

「ご参考になると思いますよ」

「しかしねえ」

険悪なムードと見て年長の方の巡査が割って入った。

「まあ、いいじゃないか。べつに重要な捜査をしてるわけでもないしさ」

「そうすか、だったらいいすけど」

若い巡査はぶっとふくれ面になって、沈黙した。それでも竹村は遠慮して、捜索の邪魔にならぬよう、戸口付近を動かなかったが、結局、その後の捜索でもめぼしい発見はなかったらしい。

「こりゃあ、遺書なんかありそうもないな。なにしろ、筆記道具ひとつないのだから」

その言葉で、警察は自殺の可能性についてまで、きちんと洗っていたことが分かった。

「根岸が自殺するようなことは、ぜったいにないと思いますが」

フロント係が、ドアから首を伸ばして、言った。従業員の中から自殺者が出たということにでもなれば、ホテルの品位に関わる、とでも言いたげであった。

「根岸はいつも『早く金を貯めて、スナックをやりたい』と言っておりましたし、事実、その貯金もかなりの額になっていると、もっぱらの噂でしたからね。それに、そういってはなんですが、彼が自殺するようなデリケートな神経の持ち主とは、到底、思えません」

「では、殺される可能性の方があったということですね」

振り向きざま、竹村は目の前のフロント係の顔に向かって、尋《き》いた。フロント係は怯《おび》えた眼の色になって、たじろいだ。

「どうです、根岸さんは誰かに恨まれているようなことはなかったですか」

「いえ、そんなことは、ないと思いますが」

「困りますなあ、竹村さん」

年長のほうの警官が、にやにや笑いながら窘《たしな》めた。階級章は平巡査だが、年齢は竹村よりいくらか上かもしれない。若い巡査が竹村の素性を知って硬化したのに対して、こっちの方は、かえって好意的な態度を示すようになった理由《わけ》が、竹村には腑《ふ》に落ちなかった。

「や、どうも、出過ぎまして」

竹村は素直に詫《わ》びた。

ホテルへ帰る道すがら、その巡査はわざと歩調を遅らせ、竹村に接近した。

「さっきあなたが言われた、根岸について知っていることというのは、どういうことでしょうか」

訊《き》いてから、巡査は「自分は大野と言います」とつけ加えた。

竹村は逡巡《しゅんじゅん》したが、結局、根岸が自殺した花嫁――浜野理恵のアバンチュールの相手を目撃した、唯一の人物だったことを打ち明けた。大野巡査はひどく驚いたが、それは、いま聴いた事実に対してというより、竹村がいまだにあの事件を追っていることに対してであったらしい。

「危険でしょう、竹村さん」

大野巡査は声をひそめた。

「あの事件で、あなた、上の方から睨《にら》まれているんじゃありませんか。下手すれば処分につながりかねない」

「おっしゃるとおり、すでに停職中です」

竹村は悪びれない。

「えっ、やはりそうですか。だったらなおのこと危険ですよ、いや、要らぬお節介かもしれませんがね、私自身、その種の失策《しくじり》を経験しているものですから」

大野は陽灼《ひや》けした頬に、苦い笑いを浮かべた。なるほど――と竹村は、大野の好意的な姿勢に合点がいった。

「ご忠告はありがたいのですが、どうにも気が済まないものでして」

「しかし、その事件とこんどの根岸の死と、何か関係があると思っているわけではないのでしょう」

「分かりません、正直言って、関係があると思いたいのですが、しかし、根岸の死因が単純な溺死《できし》で、外傷や薬物の痕跡《こんせき》がないとなると、立証は無理でしょうね」

ホテルの裏口の手前で、大野巡査は立ち停まった。若い巡査とフロント係は、すでにドアの向こうへ消えた。

「竹村さん、今晩、よろしかったらお会いしましょう。検視結果その他、お知らせできるかもしれない」

大野は声をひそめてそれだけ言うと、彼らのあとを追っていった。

すこし遅くなった朝食を済ませると、竹村は陽子と連れ立って、フェリーの埠頭《ふとう》へ行ってみた。「伊勢湾フェリー」という語感から受ける晴れやかな印象《イメージ》とは裏腹に、埠頭そのものは薄汚れた波止場でしかなかった。しかし、岸壁から海に向かって立てば、そこには志摩のやさしい風景がひろがっている。入江の水面には波ひとつなく、岸壁際を覗《のぞ》きこむと、縞《しま》模様の小魚がいそがしく泳ぎ回るのが見えた。そういう風物を前にすると、陽子は飽くことない興味を抱くらしく、さかんに感嘆詞を発した。

埠頭の片隅で、さざえの壺《つぼ》焼きを売る老人がいた。竹村は近寄って、お愛想に一皿、注文してから訊いた。

「けさ、この岸壁で車が引き揚げられたそうですね」

「ああ、あの車や」

老人はさざえを金網に載せる手を休めず、顎《あご》をしゃくった。その示す方向に、ブルーの小型乗用車がひっそりと置いてあった。遠目でもあるが、外見だけでは事故車とは気付かない。

「中で人が死んでいたそうじゃありませんか」

「ああ、若い男いうことやが、わしは見てへんで」

「車が転落したのはおとといの晩らしいけど、どうしてけさまで発見されなかったのですかね。いま見た感じでは、海の水は透きとおっていて、容易に発見されそうなものだが」

「いや、昨日は潮ににごりが入っておって、よう見えへんかったさかいな。そこの岸壁に廃油の入った石油缶、置いとったのを、どこぞのアホがひっくり返しよって、みんな海へ流れこんでな、きのう丸一日《いちんち》、海面は真黒になってしもうた」

「その車が落ちるとき、ひっくり返したのかもしれませんね」

「そうではないな、警察もいうとったが、石油缶は横向きに倒れとって、あの車は、そこから流れ出した廃油の帯を横切っていったようやからな。タイヤにべっとり、廃油がこびりついておったそうや」

焼きあがったさざえを三個、発泡スチロールの皿に載せて「お待ち遠さん、五百円いただきます」と、老人ははじめて敬語を使った。芳《こう》ばしい香りに誘われたように陽子がやってきて、一皿を二人で分かち合って食べた。

老人が言ったとおり、事故車のタイヤには黒い油がこびりついていた。内部を覗《のぞ》くと、シートや床のくぼみには水が溜《た》まっていて、さすがに事故の痕跡は歴然としているが、外見は文字どおり、洗ったようにきれいなものだ。陽子はこわごわ車内を覗きこみながら、しきりに、もったいないを連発した。

「海の中に落ちたんじゃ、もうエンジンは使いものにならないでしょうね」

「ああ、たぶんだめだろうな」

「ピューマのオートマチックか、ちょっと古いけど、でもこの型式のがいちばん人気があるそうよ。結婚前、免許を取って、もうちょっとでこの車、買うところだったのに、ウチの親ったら、結婚してからダンナに買ってもらえって。そんなこと、だめに決まってるじゃないのよ、ねえ、お巡りさんの給料、いくらあると思っているのかしら」

竹村は陽子のボヤキに、ひたすら聞こえないふりを装った。

その夜、八時頃、竹村は大野巡査と落ち合った。場所は竹村の希望で、根岸三郎が死ぬ直前までいたという、街はずれのバー。バーの名は「じゅんこ」といい、それがどうやらママの本名らしい。観光客の足のとどかない地元相手の店だけに、およそ飾りけがなく、客たちの服装も労働者タイプ。カウンターの中には、小柄で蓮《はす》っ葉《ぱ》な感じのママと、強度の笑い上戸らしい若い娘がいて、竹村が入ってゆくと、いっせいに戸口を振り向き、胡散《うさん》くさい眸《め》で凝視した。見回すと、せいぜい十坪足らずの店の中に、カウンターとテーブルが三つ、鉢植えひとつない殺風景さだ。いましがた焙《あぶ》ったらしい鯣《するめ》の匂いが、ガスストーブから立ちのぼる温気《うんき》といっしょくたに、部屋いっぱいに籠《こも》っている。

その隅から、中腰になった大野巡査が、おいでおいでをしている。ジーンズにセーターという軽装で、とっさに竹村は、それが大野だと見分けがつかなかった。

「結局あれは、事故死扱いということになりましたよ、薬物も検出されなかった」

テーブルを挟んで挨拶《あいさつ》を交わすなり、大野は言った。

「そうですか」

予想していたとはいえ、竹村は落胆を隠せなかった。おしぼりを持ってきた女に、水割りをオーダーしてからもしばらくの間、沈黙が続いた。

「そうですか、コロシの線は出ませんでしたか」

「ええ、そりゃあ、可能性ということでいえば、どんな場合にだってコロシの可能性がないわけではありませんがね。しかしこんどの場合は、状況から見て、それは考えられなかったということですね」

それから大野巡査は、事故の状況について警察が下した結論を、こと細かに説明した。それに反論できるデータを持っているわけではないが、竹村はその結論が不満であった。

「大野さんも、事故死説を全面的に支持されますか」

「と、言いますと？」

「つまり、根岸が例の花嫁の相手を目撃している唯一の人物である、という予備知識を持っていれば、こんなに簡単に結論を出さなかったのではないかと思うのです」

「さあ、それはどうでしょうかな」

所属する警察署の捜査能力にも関わることだけに、大野は複雑な表情を浮かべた。

「それには、あくまでも竹村さんの推理に信憑性《しんぴょうせい》がある、という前提がなければならないでしょうが、だとすれば、もうすこし慎重な調査を行なったかもしれませんね。しかし、それによって結論が変わるかどうかは別問題です」

大野自身、その信憑性について疑念を抱いていることは、竹村が与えた知識を捜査当局に伝えていないことからも推量できた。もっとも、伝えなかった理由は、竹村の違法ともいうべき捜査活動を伏せておくための配慮かもしれないのだが、いずれにせよ、竹村にとってはもどかしい。その焦燥感がつい表情に顕《あら》われたのか、さすが好人物の大野もすこし、鼻白んだ顔になった。

「かりに、竹村さんの言うようにコロシの可能性があるとしてですよ、いったい、どのような方法をお考えですか」

「たとえば、車が動きだした原因ですがね、調べでは、根岸がギアを『D《ドライヴ》』にセットしたまま、しかもサイドブレーキを引かずに駐車していて、フットブレーキから足がはずれたため、と結論づけているわけですが、これ、ある程度、運転歴のあるドライバーには、考えられないようなヘマだと思うのですよ。いくら酔っていたにせよ、無意識のうちにギアをはずし、サイドを引くものと考える方が、むしろ自然ではないでしょうか」

「さあ、はたして、そんなふうに断定できるもんですかねえ。竹村さんは、運転の方はだいぶ長いんですか?」

「いや、私は免許は持ってません」

「あ、なるほど、そうでしょうねえ」

大野は得心がいった顔になった。

「いや、確かにおっしゃるようなことは、車を運転する者の基本的な知識でなければならないはずなのです。学科でも実技でも、講習ではちゃんとそう教えています。しかし、初心の内はともかく、少し馴《な》れてくると、ことに若いドライバーなんかは、そんな初歩的な動作を守らなくなるもんでしてね。根岸がそういう危険な状況で駐車していた可能性は、十分、考えられるのですよ」

「しかし、それは可能性であって、決定的なことではないでしょう。実際には、そうでなく、何者かが、根岸が仮眠しているのを見澄まして、助手席のドアから侵入して、ギアを『D』にセットし、サイドブレーキをはずすことだってできたはずではありませんか」

「ははあ、なるほど、つまりそれが竹村さんのおっしゃりたい推論というわけですな」

大野は首を捻《ひね》りながら、言った。

「それは確かに、そういう仮説もあるでしょうけど。現実にそんなことが起こり得るかどうかとなると、いささか疑問なのではありませんか？　まず第一に、犯人があの暗い中で、根岸が仮眠していると見究めることができたかどうか。それに、侵入してギアを入れたり、サイドブレーキをはずしたりするあいだ、根岸に気付かれずに済む自信があったとも思えませんしねえ。しかも竹村さん、根岸をよく知っている者の話によれば、根岸はいつもは必ず、助手席のドアをロックしているはずだというのです。いや、何も根岸に限ったことでなく、通常、運転者は誰だってそうしていますよ。現に、海中から引き揚げられた時、車の助手席のドアはロックされていました。もちろん、犯人が侵入する時には、たまたまロックされていなくて、犯人はいろいろな工作を施したあと、ドアの内側のボタンを押して出て、外側のノブを引きながらロックをセットした、というようなことも、絶対にないとは言えませんが、そんなに何もかも、都合よく条件が揃うなんてことは考えられないのと違いますか？　そういった諸々《もろもろ》の点を考慮に入れて、われわれとしては『事故』の結論を出したつもりなのですがねえ」

「そうですか、ドアはロックされていたのですか……」

竹村は大野の勝ち誇ったような解説を聴いて、ぶぜんとした。考えてみれば、そういう状況だったからこそ、所轄署も早い結論を出したのに違いないのだ。

「それにですね」

大野は追い討ちをかけるように、言った。

「かりに、何か他の方法で殺すにしても、いったい犯人は、根岸があの場所に現われるなんてことを、どうやって察知したものでしょう。まあ、通り魔的な犯行というなら、話はべつですがね」

通り魔や物盗《ものと》りの犯行などではありえないし、もしそうであれば、竹村の推理の本筋とはいよいよ無関係だ。

「念のためつけ加えますと、その晩、根岸が帰った直後、この店を出た客はいないそうですよ。これは私がママから直接に聞いたことですがね」

大野の言いまわしが、竹村には、いささか辛辣《しんらつ》にさえ感じられた。まったくのところ、警察という組織のやる仕事に、そうそう手抜かりなどというものがある道理はないのだ。

竹村は天を仰いだ。クロス張りの天井には雨漏りのしみ痕《あと》が、できの悪い手配書の人相書のようなおどけた形を描いていた。

「そうですか、やはり事故に決まったか」

そう言いながら、竹村はまだ、完全に望みを捨てたわけでは、むろん、なかった。

水割りのお代わりを頼むついでに、ママを招《よ》んで訊《き》いた。

「一昨日《おととい》の晩、根岸さんに何か変わったところはなかったかね」

「あら、こちらも警察の方？」

ママは大野に向けて、顔を顰《しか》めて見せた。

「歩いて帰るからって、根岸さん、そういうから飲ませたんですよ。ウチだって商売ですものねえ、ぜったい飲ませないってわけにはいきませんよ」

「いや、そのことはいいんだよ」

竹村は苦笑して、ママの憤慨を制した。

「ぼくが知りたいのは、その晩の根岸さんにふだんと変わったところはなかったか、ということ」

「変わったところって、べつにないけど、まあ、いつもよりはアルコールの量が多かったことぐらいかしらねえ」

「多かったって、どの程度？」

「さあ、倍近く飲んだかもしれないわね」

「倍？　それはまた、ずいぶん飲んだね」

「そう言ったって、ボトル半分くらいよ。あの人、そう強い方じゃなかったし」

「それじゃ、なおさら多いじゃないか」

「そうね、何か、いいことがあったのよ、きっと」

「いいことって、それらしいこと何か、言っていたかい」

「よく分からないけど、近い内にまとまった金が入るから、スナックをやるとか、そんなようなこと、言ってたみたい」

「どういう金かな」

「さあねえ、どうせ、これじゃない」

ママは口先から前方に向けて、掌をパッパッと二度、開いてみせた。

「あの人、いつも大きなことばかり吹いてたし、真面目に聞いてた人、いなかったわ」

どうやら、ママは根岸に対してあまり好感を持っていなかったらしい。ママにかぎらず根岸を知る者の多くが、根岸のことをよく言わないのだ、と大野はあとで教えてくれた。

一時間ほどのあいだに、竹村は水割りばかりを三杯、飲んだ。大野との会話にも身が入らなくなっていった。大野は、自分の過去にあるささやかな失敗《しくじり》について愚痴りたかった様子で、何度か、ぶつぶつと独り言のように、その話を始めてはやめ、始めてはやめ、ついに諦《あきら》めてしまった。その中で、いつまでも平巡査でいる出世の遅れが、その失敗のせいであるという条《くだ》りだけが、竹村の記憶に残っていた。

ホテルへ戻ると、陽子が、岡部から電話のあったことを伝えた。宿直番《とまり》で署にいるから電話してほしい、という。竹村はすぐにダイヤルを回した。岡部のきちんとした標準語が妙に懐かしかった。

「竹村さん、文京区の菊地紀彦なる人物ですが、このひとは浜野理恵とは関係がなさそうです。一メートル六十センチ足らずの小柄な男ですし、理恵との接点も、鳥羽を除けば、まったくありません」

「そうですか、どうもお手数かけました」

それから竹村は、根岸三郎の死を告げた。

「根岸というと、理恵と相手の男を目撃したというボーイじゃありませんか。それがまたどうして？」

岡部は愕《おどろ》いた声を発した。

「車ごと海へ落ちたのです。所轄署では事故死扱いにしたようですが、自分はどうもクサいような気がします」

「ううむ、詳しいことが分からないので、なんとも言えないが、少なくとも、根岸の死がホシにとっては好都合であることは事実でしょうね」

あっ――と、竹村は思わず叫びかけた。岡部はあきらかに「ホシ」と言ったのである。

孤立した捜査の道程で、百万の大軍が友軍として旗幟《きし》を鮮明にしてくれたような感動をおぼえた。

「ところで竹村さん、その根岸という男には生前、逢《あ》えたのですか」

「いえ」と、竹村は唇を噛《か》んだ。

「残念ながら逢わずじまいでした。われわれがここへ来る前夜、すでに死んでいたわけですから」

「そうでしたか」

岡部は沈黙した。竹村の無念さを、実感としてとらえている。

「竹村さん、そちらにはいつまでいる御予定ですか」

「いちおう、今晩、一泊して、明日《あす》には帰るつもりです」

「でしたらどうでしょう、明日、東京へ出てきませんか。いろいろお話も聴きたいし、奥さんとご一緒に、いかがですか」

「東京へ、ですか……」

竹村は目顔で、陽子に懐《ふところ》具合を尋ねた。陽子はにっこり笑い、大きくうなずいた。

「では、明日うかがいます。たぶん二時頃になると思いますが」

東京駅の落ち合い場所を決め、電話を切った。

新たな目的が生じたせいもあって、その夜ベッドに入ってからも、さまざまな想いが去来して容易に寝付かれなかった。まず何よりも、根岸三郎の急死が、竹村としては痛恨のきわみだ。もう一日早く鳥羽を訪れていたならば、あるいは根岸の口から何か手がかりを訊き出せたかもしれない。偶発的な事故というには、あまりにもタイミングがよすぎた。浜野理恵の自殺といい、根岸の死といい、ホシと称《よ》ぶべき人物が存在すると仮定すれば、その男にとって、これほど好都合な結末はあるまい。戸隠における野本夫婦の〝心中〟にしても、まったくありがたい決着のつけ方だったに違いない。野本孝平から根岸三郎に至るまで、五人四様の死にざまは、背後に〝謎の人物〟を想定すると、みごとに一本の線上に繋《つな》がっているように見える。だが、それぞれの死は、ひとつひとつ、事件毎に完結した形で処理され、脈絡を思わせるなんの痕跡《こんせき》も見出《みいだ》すことはできない。

しかし竹村は、根岸三郎の死に接して、五人の死のいずれにも〝謎の人物〟の意志と行為が関わっているという確信を、いっそうつのらせていた。根岸の死によって一縷《いちる》の望みを断ち切られた結果として、その確信を得たというのは、まさに皮肉というほかはなかった。

4

電車が伊勢を出外れると、沿線の風景は様相を一変する。濃密な緑苑《りょくえん》からアスファルトの巷《ちまた》に突出したような印象である。松阪《まつさか》、津、四日市――。商工業地帯特有の、情感に乏しい索漠とした風景が、旅行者たちを束《つか》の間《ま》のやすらぎから現実にひき戻す。

そのせいかどうか、竹村は鳥羽での出来事が遠い過去のことのように思えてならなかった。列車の進行につれ、その想いはつのった。事実、根岸三郎の死を境に、捜査はまったく新しい展開に入り、竹村はあらためて、糸口を模索することから始めることになったのだ。

名古屋駅で竹村が切符を買っている間に、陽子は売店でういろうを買ってきた。

「岡部さんのお土産、こんなものでいいかしら」

そういう大人びた心配りをする一方、新幹線の中での陽子は、まるで子供じみたはしゃぎ方をした。名古屋から東京までノンストップであることに、いまさらのように感嘆し、窓外を飛ぶ風景のスピードに目を丸くする。何かしてやって、これほど張り合いのある人間も珍しいだろうな――と、竹村はいささか呆《あき》れもし、それにもまして、いとおしく思った。

車内販売の売り子がやってきて、竹村は週刊誌を一冊、買った。

「おまえも、何か読むかい？」

「ううん、いいわ、あなたの後で読むから」

陽子は、やけに素気《すげ》なくいい、売り子が遠くへ去った頃合いを見計らってつけ加えた。

「週刊誌なんて、どれもこれも同じことしか書かないんだから」

憎々しい言い方に、竹村は笑った。

「まったく、みんなおれの悪口ばかり書いてやがる」

言った瞬間――、竹村は横面を張られたような衝撃を感じた。

《週刊誌なんて、どれもこれも同じことしか書かない――》

その同じような内容の週刊誌を、なぜ三冊も買い込んだのか――。竹村の脳裡《のうり》には、根岸三郎の部屋の机に載っていた、三冊の週刊誌が、ありありと蘇《よみがえ》った。漫画雑誌ばかりの中に、比較的まじめな〝週刊毎朝〟など、硬い週刊誌が三冊も、別扱いのような形で置かれていた不自然さに、なぜ、もっと早く気付かなかったのか――。もしかすると、根岸は週刊誌の中に、重要な人物の写真を発見したのではないか。いや、そうに違いない。そうでなければ、バー「じゅんこ」で根岸が吹聴した「大金」云々《うんぬん》の意味も、そして、あえなく消されなければならなかった〝動機〟についても説明できない。

竹村は、そそけ立つ想いを抑えながら、ゆっくりと〝花嫁自殺〟の記事ページをひらいた。

記事中、写真は六枚あった。その内の三枚が男性の顔写真である。

《事件を起こした？　竹村岩男刑事》

《新郎のエリート外交官　鳴宮秀彦氏》

《仲人《なこうど》の五代通商専務　沢藤栄造氏》

登場人物は、他の雑誌も似たりよったりであろう。彼らが主役であり、脇役だ。

沢藤栄造――

竹村は緊張から遁《のが》れようとして、大きく息を吐き、目を閉じた。眉間《みけん》に、沢藤の魁偉《かいい》な容貌《ようぼう》がぐんぐん迫ってくる。「きさま、彼女に何をした！」と竹村の胸倉を摑《つか》んだ、あの凄《すさ》まじい権幕は、単なる仲人の憤りではなく、愛する者を喪《うしな》った男の憎悪が籠《こ》められていたのではなかったか。

（すこし飛躍しすぎではないか――）

結論をつき放し、努めて冷静になろうとしながら、竹村は、身内から湧《わ》いてくる瘧《おこり》のようなものに全身をゆさぶられ、無意識のうちに、硬い肘掛《ひじかけ》にしがみついていた。

東京駅からほど近いホテルを岡部が手配してくれていて、そこのグリルで遅い昼食を摂《と》った。思ったとおり、陽子は岡部の端正な容姿に少なからず関心を抱いたらしく、岡部が席をはずした隙に「カッコいいわねえ、あのひと」と、嘆声を洩《も》らした。食事中から、なにやかやと話しかけ、それに対して岡部もまた、愛想よく受けこたえる。初対面の重苦しさなど毛ほども感じられない。すこし軽薄にすぎはしないだろうか、と竹村はきまりの悪い思いがした。

「おまえ、すこしその辺りでも歩いてきたらどうだ」

食後のコーヒーを飲み了《お》えるのを見とどけて、ついに竹村は、そう言った。

「あら、行ってもいい？」

陽子は単純に喜んで、糸の切れた凧《たこ》のように、出掛けて行った。

「どうも、ガキみたいなやつでして」

竹村は頭を掻《か》いた。

「とんでもない、いい奥さんじゃありませんか。屈託がなくて。あなた、しあわせなひとだ」

岡部は真顔で、言った。竹村は（おや？）と思った。この完全無欠のような男の底にある、憂愁の翳《かげ》りを、ちらと垣間《かいま》見たような気がした。岡部には、家庭的なことで何か、人知れぬ悩みがあるのかもしれない。そう思ったことで竹村は、かえって岡部に、対等の人間としての情愛を抱くことができた。

「竹村さん、例のボーイは、やはり事故死で処理されてしまったのですか」

岡部はすぐに、いつもの顔に戻った。

「ええ、そうなりました」

「しかしあなたは、それを信じないのでしょう。その根拠はなにか、そのあたりのことから話してくれませんか」

竹村は逡巡《しゅんじゅん》した。鳥羽の大野巡査にさえやりこめられたような推理を、いま一度、岡部警部補の前にひけらかすのは、気後れがしてならない。

「竹村さん、ひとつだけはっきりさせておきたいのですが」

岡部は、竹村の逡巡を見透かしたように、改まった口調で言った。

「Pホテルの騒ぎの時点まで、ぼくはあなたの推理を過小評価していた。しかし、いまは違うということを分かってほしいのです。浜野理恵の自殺は、彼女自身のささやかなスキャンダルどころか、もっと重大な秘密を守りぬくためのものだった、といまでは信じていますよ。あなたが主張するように、孝平殺しに〝複数〟の犯人がいた可能性をも含めて、もう一度洗い直す必要があると考えているのです。しかし、いまとなっては公式に捜査を再開することは難しい。だとすれば、個人プレーでやるほかはない。そう考えて飯田署に電話したら、なんと、あなたはすでに動いておられた。正直、ぼくは頭が下がりました。ただ、処分中の身では思いどおりの捜査ができないのではありませんか、その点、ぼくは目下のところ動きやすい。だからこそあなたの手助けをしたいのです。どうですか、腹を割って、ぼくに手伝わせてくれませんか」

竹村は感動した。いまだかつて、他人からこんなにも真摯《しんし》な物言いをされたことはなかった。

「ありがたいです」

武骨に言って、下げた頭がしばらく上がらなかった。

竹村はまず、所轄の鳥羽署が事故死と断定するにいたった〝事故〟の情況設定について話した。オートマチックのギアが『D《ドライヴ》』にセットされ、サイドブレーキが引いてなかったわけを、鳥羽署では根岸の過失と認めたのに対し、竹村は別の何者かが操作したのではないかと推理したこと。そしてその推理が、大野巡査の指摘で、あえなく潰《つい》えさったことを説明した。

「なにしろ、助手席側のドアがロックされていたというのですから、参りました」

苦笑し、頭を掻く竹村の顔を、岡部は不思議そうに、まじまじと眺めた。

「なぜ参るのです、それだからこそ、他殺の可能性が強いと見ることだってできるではないですか。いや、ぼくはますます、そう信じますよ」

「は？」

竹村にはその意味が分からなかった。

「だってそうでしょう、ロックしておいたのは、脱出を困難にするための工作かもしれないではありませんか」

「しかしそれは、助手席側の……」

言いかけて竹村は、愕然《がくぜん》とした。

「あっ、すると、根岸は助手席に座っていたということですか」

「そうですよ、運転席にはべつの人間がいたと考えるべきです。根岸がバー〝じゅんこ〟を出て死亡するまで、最低でも一時間近い空白があるわけでしょう。バーから埠頭《ふとう》まではほんのわずかだというから、少なくとも三十分、最大限三時間以上、彼の行動は不明ということになる。その間に何者かが車に乗り込み、酔っていた根岸に代わってハンドルを握ったと見るのは、無理でもなんでもない。どこで、どのようにして二人が出会ったかは、調べてみなければ分かりませんが、偶然かもしれないし、あるいは計画的に待ち伏せしていたのかもしれない。いずれにせよ、その人物にはすでに殺意があったと見るべきでしょうね。そして、酔った根岸が眠りこむのを待つ。あとは簡単でしょう、転落した車の中から根岸が脱出できなかったとする、所轄署の判断は正しいに違いない。根岸は脱出を試み、あるいは苦しみもがき、最後には、車内の最上端に浮いていたはずですから、運転席にいたか助手席にいたかなど、分かりっこありません。いわばこれは、完全犯罪ですよ」

根岸が助手席に座っていたというのは、一種の盲点だったに違いないが、それにしてもあざやかな岡部の推理に、竹村はあっけにとられた。

「なるほど、犯人が運転していたのですか」

「もっとも、いまとなってはその事実を立証することは困難でしょうがね」

「いいえ、とりあえず、他殺説の根拠を確保できただけでも、自分にとってはたいへんな前進ですよ。それがないと、もうひとつの大発見が、なんの意味もないことになる」

「ほう、大発見ねえ。なんですか、それ」

「じつは、根岸の部屋に週刊誌が三冊、積んであったのです。実際に見た者でないと分かりにくいのですが、根岸の愛読書ときたひには、愚にもつかないような漫画雑誌ばかりでしてね、そういう中に、割とまじめな部類に属する週刊誌が三冊、机の上に重ねて置いてあるのは、ちょっと妙な感じなのです。あとになってそのことを思い出して、気になりまして、もしかすると、その週刊誌に重大な手がかりがあるのではないかと考えたわけです」

竹村は、持参した週刊誌を岡部の前に展《ひろ》げた。

「根岸は、ここに出ている写真の中に、九月二十四日の夜、浜野理恵とデートしていた男の顔を発見したのではないでしょうか。そして、それをネタに、その人物を恐喝《ゆす》ろうとして、逆に殺された……」

「沢藤専務か……」

岡部の眸《め》が、週刊誌の写真の上に釘付《くぎづ》けになり、やがて、竹村の眼を見据えた。

「これはえらいことになりましたね。洗うにしても、容易ならぬ相手だ」

「自分などがノコノコ出掛けようものなら、殺されかねませんよ」

ははは、と二人は、乾いた笑い方をした。

「いいでしょう、沢藤氏にはぼくが当たりますよ。なあに、事件当夜のアリバイだけ確認すればいいのですから」

「それと、十月十五日の深夜のアリバイも、できたら洗ってみてくれませんか」

「十月十五日、というと、なんでしたかね」

「戸隠の心中事件です」

「あっ」と、今度は岡部が意表を衝《つ》かれた顔になった。

「すると竹村さん、あの事件も怪しいと睨《にら》んでいるのですか」

「ええ、しつこいようですが」

「分かりました、早速、アポイントメントを取ってみましょう」

岡部は席を立って電話をかけに走った。相手はおそらく警察アレルギーの権化になっているであろう沢藤のことだ、おいそれとは会ってくれまいと思ったが、案に相違して、了解という答えが返ってきた。それも今夕四時からがいいという。時刻はすでに三時半。

「鬼が出るか蛇が出るか、とにかく会ってみますよ」

岡部は言い残して、五代通商へ向かった。

あの惨劇の日から一ヵ月有余を経て、五代通商ビルには、少なくとも外見上は平穏が蘇《よみがえ》っているように思えた。それでも受付嬢はまだ、岡部の顔を憶《おぼ》えていて、一瞬、眉《まゆ》を顰《ひそ》めるのが分かった。この会社にとって、バラバラ事件や浜野理恵の悲劇は、一刻も早く忘れてしまいたい過去であるに違いない。

応接室で五分ほど待たされ、四時きっかりに沢藤は現われた。相変わらず堂々たる恰幅《かっぷく》で、精力的な印象を与える大きな眼も自信に満ち満ちている。

「今日はまた、どういうご用件ですか」

ソファーに座るなり、言った。

「じつは、先日の浜野理恵さんの事件に関しまして、例の刑事が浜野さんに対して恐喝を行なった事実があったかどうか、調査をしておりまして、仲人《なこうど》をなさった専務さんが、そのことについて何かご存知のことがあればお訊《き》かせいただきたいのですが」

「いいや、私は知りませんよ」

沢藤は言下に答えた。

「そういう事実があったというような事は聞いておるが、私自身はまったく知りません」

「そうですか」

「ご用件はそれだけですかな。ではお引き取りください。なにぶん、多忙の身でしてな」

「分かりました、お忙しいところ、ありがとうございました」

穏やかに言い、立ちあがりかけて、ふと思い出したように岡部は言った。

「そういえば、確か先月の中頃、ゴルフコンペがあるとうかがっておりましたが、専務さんの成績はいかがでしたか」

「コンペ？　ああ、だめでしたよ」

「しかし、社内ではナンバーワンの実力とうかがいましたが」

「ふん、誰に聞いたかしらんが、まあ、実力どおりいかんのがゴルフでしてな。それに、あの日は前夜の麻雀《マージャン》がこたえた。インに入ってからはメロメロだったからな」

「麻雀？」

「ははは、そうか、あんた刑事さんでしたな。いや、賭《か》麻雀じゃありませんよ。会長を囲んでの親睦《しんぼく》麻雀。しかし、それにしても明け方の三時まで付き合わされては、いささかこたえたな」

「すると、社長さんもご一緒ですか」

「ああ、社長と常務と。歳に似合わず、みなさんタフなもんだ。それでちゃんと、八時のスタートには、クラブに顔を揃えているんだからねえ」

そこで沢藤は、ふいに表情を変えた。

「ところでねえ、きみ、まあご承知かもしらんが、その日、戸隠では野本夫婦の心中事件があって、それがどうやら、われわれが麻雀をうちあげた頃に死んで、コンペのスタートの頃、発見されたらしいのだな。ちょっと妙な符合でね、気になったものですよ」

岡部は機先を制されたかたちになった。意識してそうしたのかどうかはともかく、沢藤は自ら、アリバイを立証している。

「ときに、専務さんは、八日の晩、横浜の中華街へ行かれませんでしたか」

岡部は、苦しい質問の仕方をした。

「八日というと、火曜日かね」

沢藤は警戒するような眸《め》で、岡部を見た。

「ええ、専務さんとよく似た方が、車で通られるのを見たものですから」

「いや、それは私じゃないね。八日の夜は、ブラジル大使館の人と食事をし、赤坂でかなり遅くまで飲んでいた。だいいち、横浜へはここしばらく行ってませんよ」

その足で真っ直ぐ、岡部は竹村の待つホテルへ戻った。竹村はこの報告を聞いて、唇を嚙《か》んだ。

「すると、沢藤はいずれの事件についても関係していないわけですか」

「いや、そうとは言い切れませんよ。直接、手は下してないというだけで、共犯者がいる可能性だってあるのだから。それに、アリバイそのものにしても、まだウラを取ったわけではないしね」

そう言いながら岡部は、それが慰めや気休めにしかすぎないことを承知していた。沢藤ほどの者が、すぐに底の割れるような偽りを言うはずもない。問題があるとすれば、共犯者の有無だが、存在するとすれば、その人物は沢藤の手足同然といってよいほど、緊密な連携と行動のとれる人間でなければならない。〝花嫁自殺事件〟を報じた週刊誌『週刊毎朝』の発行日は十一月六日である。根岸三郎が、その記事中の写真を見て、即刻、沢藤への恐喝を思い立ち、実行に移したにしても、殺されるまでわずか中一日を置くだけという、まさに疾風のごとき素早さだ。それでいて、ほとんど完全犯罪ともいえる、あざやかな手口で、根岸を消している。そんなことが、物理的に、いったい可能なのだろうか。何か根本的なところで、たとえば、沢藤栄造に的を絞った点からして、間違っているような、自信のなさを、岡部もそして竹村も、感じないわけにはいかなかった。

翌日、岡部はわざわざ新宿駅まで見送りに出て、幕の内弁当の差し入れをした。

岡部も竹村も、なんとなく事件のことに触れまいとする、黙契のようなものをおたがいに感じとっていた。それを意識すればするほど、話題が空疎になり、途切れがちになる。

「今度、お会いできるのは、いつになりますかねえ」

と岡部は言った。

「さあ……」

竹村は首をひねる。

「もうしばらくは旅行もできそうにありません。女房のヘソクリは底をついたでしょうからね」

笑いながら竹村は、ひょっとすると、もう二度と岡部に会うチャンスはこないのかもしれない、と思った。そう思ったとき、発車のベルが鳴りはじめた。

「一度、飯田へ来てください。不便なところですが、伊那にもそれなりの良さはありますから」

「ほんと、ぜひ、お待ちしておりますわ」

陽子は名残《なご》り惜しそうに、身を低め、窓から顔をのぞかせた。思ったとおり、陽子は完全に岡部警部補のファンになっている。竹村はそれがかえって、うれしかった。

「ありがとうございます、いずれご主人が本ボシを挙げた節には、おおいに祝杯を汲《く》みにまいりましょう」

岡部の視線がすばやく、竹村の眸を射た。やはり最後には、その言葉を言わないではいられなかったのだ。竹村は黙って、厳粛にうなずいてみせた。

列車が動きだすとき、竹村は岡部の掌《て》を握った。驚くほど冷たい感触が、胸の裡《うち》に惜別の影を長く引いた。

東京を離れるにつれて、竹村はいいしれぬ憂鬱《ゆううつ》の中に塞《ふさ》ぎこんでしまった。もはや事件は了《お》わった、という感慨が、払い除《の》けるそばから湧《わ》いてくる。要するに、何もありはしなかったのではなかろうか。すべてが幻想であり、徒労にすぎず、「停職一ヵ月、減給百分ノ十」という処分通達のみが、まぎれもない事実として遺《のこ》った。この停職期間が了わる頃には、自分も〝人並み〟に腑抜《ふぬ》けた、凡庸な刑事の道を歩むことになるのかもしれぬ――。

竹村はずるずると、自虐的な気分にのめりこんでいった。

遠き木霊《こだま》

1

東京から帰った翌日、竹村は炬燵《こたつ》をひっぱり出し、終日、ごろごろと過ごした。停職ボケでうっかりしていたが、この日は日曜日で、近所で遊ぶ子供たちの声が、風に乗って遠く近く聞こえてきた。

昼過ぎ、岡部が電話で、沢藤のアリバイを再確認した旨、伝えて寄越《よこ》した。十月十五日の夜、軽井沢の五代会長の別荘で麻雀《マージャン》卓を囲んだメンバーは、五代会長、福島社長、沢藤専務と、川崎という常務取締役で、沢藤が言ったとおり、午前三時にゲームを了《お》え、福島と川崎は会長の別荘に泊まり、自分の別荘のある沢藤だけが自ら車を運転して帰った。まさにそれは、戸隠山中で野本夫婦が首を吊《つ》ろうとしている時間に相当する。

一方、鳥羽で根岸三郎が死んだ八日の夜も、沢藤は午後六時から十時にかけて、赤坂の料亭でブラジル大使館員と歓談していたことが確認された。

「しかしですよ、戸隠の事件はともかく、鳥羽の場合は、共犯者の存在する可能性も充分考えられますからね」

岡部は慰めを言っている、と竹村は思った。それと同時に、戸隠の心中事件に関しては、自分の考えが必ずしも支持されてはいないことも知った。

電話を切ると、また、炬燵に戻った。仰向《あおむ》けに寝て、天井にぼんやりと視点を置きながら、事件の発端からこれまでの、道筋をなぞってみる。

松川ダムのバラバラ死体、五代通商ビル管理人室、野本孝平のマンション『ヴィラ朝丘』、県警の死体安置所で見た心中死体、直江津駅のハイヤー会社、青森駅の工藤典夫、新宿『三番館』の君江、鳥羽ワールドホテル、品川御殿山の浜野家、Ｐホテルでの悲劇、そしてふたたび鳥羽、根岸三郎の死――。

われながら、よくもまあ動き回ったものだ――。だが、そう思ったとき竹村は、その道筋の中に、一個所《かしょ》だけ欠落した場所のあることに気付いた。

戸隠――

事件に関係のある場所はすべて訪れたつもりだったが、犯人夫婦の心中という重大事件の発生現場を素通りしていたことになる。考えてみると、あの心中事件には辻褄《つじつま》の合わない、謎めいた点が多かったのだ。しかし結局は、この心中によって捜査は終結することになった。一見、矛盾と思えるさまざまな事柄も、心中という厳粛な〝事実〟の前では、影が薄かった。

竹村は、青森から戸隠までの道程を考えていた。数百キロにおよぶ距離を思った。

野本夫婦に、ためらいや迷いのあった形跡は感じられない。直江津から戸隠へ向かうハイヤーの中で睡眠薬を服《の》むほど、覚悟の定まった、直線的な心中行だ。おそらく彼らは、青森駅を発《た》つ以前から、あの戸隠の大橋を死に場所と定めていたに違いない。そうとしか考えられない。

いったい、戸隠は野本夫婦にとって、どういう意味のある場所だったのだろう。なぜ戸隠でなければならなかったのか。

竹村は、むっくりと起きあがった。

縁側の硝子戸《ガラスど》越しに、陽子の洗濯物を干している姿が見えた。旅行のおかげで家事が溜《た》まったと愚痴を言いながら、朝から動きまわっている。

「たいへんだな、少しは休めよ」

硝子戸を細めに開けて、竹村は言った。

「何かご用？」

陽子は胡散《うさん》臭そうな目で、見返った。

「明日、戸隠へ行ってこようと思う。いや、日帰りだがね」

「戸隠？　仕事なの？」

「ああ、仕事だ」

「じゃあ、お金、いるわね」

「ああ」

竹村は、うれしそうな顔になった。

長野市から戸隠へのバスは、この時期になると、中社までで打ち切られ、そこから奥社方面へは、徒歩かハイヤーを選ぶことになる。竹村は奮発して、ハイヤーに乗った。

「心中のあった橋へやってくれ」と言うと、運転手は「へえ」と答えた。諒解《りょうかい》したという意思表示か、それとも物好きな客だ、という意味か、どちらとも取れるイントネーションであった。

紅葉はすでに末期で、落葉松《からまつ》はその名のとおりすっかり葉を落とし、針のような梢《こずえ》を宙に晒《さら》していた。初夏にはミズバショウが群生する湿地帯も水涸《が》れして、白茶けた枯葉に埋まっている。車はそういう風景の中をほんの数分走って、目的地の大橋についた。

「すまないが、三十分ばかりしたら迎えに来てくれないか」

竹村が言うと、運転手は先刻と同じ口調で「へえ」と答えた。

穏やかな小春日和《こはるびより》だったが、さすがに、高原の空気は膚《はだ》を刺す。見上げると、戸隠連峰表山の荒涼とした山容が、のしかかるようにせまってくる。

竹村は大橋の上にしばらく佇《たたず》んでから、堤を下りて、水量の乏しい沢の水辺に立った。橋桁《はしげた》から水面まで、せいぜい二メートル半程度の小橋である。首を吊る際、ロープを長めに結ぼうものなら、足が下にとどきかねないような気さえした。しかし実際には、野本夫婦はきわめて手際よく（？）縊死《いし》に成功している。そのことからも、彼らに充分な土地勘のあったことが推察できる。

橋のすこし上流に堰堤《えんてい》があって、その保守を目的に立てられたものらしい裸電球の外灯が立っている。そこから届く光の中で作業をしたにしても、なにしろ夜中の三時。しかも山の冷気のもとでのことだ。よほど現場の状況に通じていたに違いない。

竹村は橋上に戻って、周辺を見回した。この辺りは隈笹《くまざさ》が密生していて、道路際までせまっている。その中に一歩でも踏み込もうものなら、手足に引っ掻《か》き傷のひとつやふたつ、すぐにできそうだ。

野本夫婦がハイヤーを降りて死ぬまでのあいだ、どのように行動したかを、捜査段階でほとんど問題にしていない。あの時点では、彼らがどこから来たかという謎に、関心のすべてが集中していたのである。それに、睡眠薬の効果が顕《あら》われはじめ、ほんの短い時間しか残っていない彼らがどのように行動したかなど、さして重要ではなかった。

だが――、と竹村は、野本美津子が履いていた靴の底に、黒黒と付着していた土塊《つちくれ》を思い浮かべた。あきらかにそれは、彼らが死の直前、どこか軟弱な地面の上を歩いた証左であった。それはどこだったのか？

その場所は、ここから見渡せる範囲内にはなさそうだ。だとすると、二人がハイヤーを降りたという、キャンプ場前のバス停付近だろうか。竹村はその方向へ向かって、急ぎ足で歩いた。季節はずれの平日のせいか、車には一台も出会わない。手入れのいい舗装道路に、靴音が小気味よく響いた。

バス停付近は道路に面してかなり広い駐車場になっている。駐車場は舗装されていないが、表面全体にわたって小砂利が散らばっており、かなりの雨が降ったとしても靴底に泥を付着させるような状態にはなりそうにない。

駐車場の奥にこぢんまりとしたドライヴインがある。樹皮がついたままの材木を組み上げた、山小屋風の建築である。野本夫婦は、ハイヤーを降りたあと、ドライヴインの前まで行ったことを、運転手が確認している。しかし店を訪れた形跡はない。ドライヴインには夫婦者が泊まり込んでいたが、熟睡していたので、ハイヤーが駐車場でUターンする音にも気付かなかったそうだ。

竹村は、立て付けの悪い硝子戸を開けて、店の中へ入った。店には客の姿はなく、中年の女がひとり、ストーブの前で編物に余念がない。竹村を見てもあまり表情は変えず、いらっしゃい、とだけ言って手を休めようともしなかった。

店の一角に土産物が並べてある。特産の根曲がり竹を細工したザル、カゴの類《たぐ》いが堆《うずたか》く積まれている。竹村は戸隠そばを買い、それをしおに女に話しかけた。

「先月の中頃、この先の橋で心中事件があったそうだね」

「ああ、ありましたよ」

女は、またその話か、という顔をした。

「心中した夫婦は、この店の前まで来たそうだけど、おタクを訪ねてきたわけじゃないのだろうね」

「いやだ、気味の悪いこと言わないでくださいよ、警察にもしつこく訊《き》かれたけど」

「おタクへきたのでないとすると、どこへ行ったのかねえ、この裏には、何かそれらしい所がありますか」

「いいえ、何もありませんよ。キャンプ場と牧場があるくらいなものです」

店の裏手へ回ってみると、女の言葉どおり草原が広がっているだけで、これといった目標物は見当たらない。なだらかな丘陵のところどころに白樺《しらかば》や山毛欅《ぶな》が二、三本ずつ、寄り添うように立っているが、夜、それが見えるとは到底、考えられなかった。

しかし、野本夫婦が草地に足を踏み入れた可能性がないとはいえない。たしかにそこの地面は軟弱そうにも思えた。竹村は比較的、土が露出している場所を選んで歩いてみた。近づいて地面に目を寄せると、一見、地肌と思えた黒色の地面に、無数の枯草が倒れ、腐食しているのが分かった。そこを靴で踏むと、じくじくと沈みこみ、靴の両脇から水分が浮き出してくる。そのまま足を上げたのでは泥は付着しないが、地面に靴底を擦《す》るようにすると、土踏まずの部分にわずかばかりの泥が付いてきた。その辺一帯の土地は、どこも同じような反応を示した。

竹村は足元の土を少し採り、ハンカチを拡げて包んだ。その土は、彼の記憶にある、死体の靴底のそれとは、まったく異質のものであるような気がした。それがどのような意味をもつのか、まだよく分からない。しかし、竹村は胸の裡《うち》に、疼《うず》きのようなものがこみあげてくるのを感じていた。

県警鑑識課の新井巡査部長は、竹村のことをよく憶《おぼ》えていてくれた。竹村が現在の境遇のことを説明し、庁舎内に入るわけにいかない事情を言うと、近くの喫茶店を指定して、すぐにとんできた。

「あんた、ツイてませんでしたねえ」

のっけから、竹村の処分の件を気の毒がった。陽気で気のいい男だ。二人の出会いといえば、死体安置所でのほんの僅《わず》かな時間だけだが、新井はその時の印象がじつに強かったのだという。

「あの時竹村さん、心中した夫婦の顔を、眠っている内に死んだようだと言ったの、憶えてますか。そしたら本当に、睡眠薬を服《の》んでいたことが分かって、私は驚きましたよ」

「そうでした、それでてっきり、あの心中は偽装だと思ったのですが、しかし、結果は案外、あっけない幕切れになりましたね」

「いや、偽装心中だと考えたのはほとんどの人間がそうでしたよ、私なんかは、いまだに腑《ふ》に落ちないでいる」

「ほんとですか！」

竹村は愕《おどろ》いた。

「ほんとうですよ、といっても、べつに確信があるわけじゃないですけどね。それに、ちゃんとハイヤーの中で睡眠薬を服んだという事実も出てきて、一課の連中が全員、心中説に傾いているのに、私なんぞが異論を唱える筋合いのものじゃありませんしね。しかしもし、私が捜査員だったらもうすこしほじくり返してみたい事件ではありましたよ」

「じつは、その件で戸隠へ行ってきました」

竹村は本題を切り出した。

「ほう、戸隠へねえ、すると今日は、そのことで？」

「ええ、あのとき、心中した細君の方の靴底に、泥がこびりついていたのですが、憶えていますか」

「憶えてますよ、黒い土で、かなりの量でした」

「その靴、まだ保管してあるのでしょうか」

「ええ、遺体の方は荼毘《だび》に付しましたが、遺品はまだ、処分してないはずです。しかし、それがなにか？」

竹村はテーブルの上に、ハンカチに包んだ土塊《つちくれ》を載せた。

「これは戸隠で採取した土です。じつは、野本夫婦がハイヤーを降りたあと、どのような行動を経て心中したかを考えたのですが、あの靴底の泥を見たかぎりでは、土が露出した地面を歩いたとしか思えません。ところがですね、現場付近であのような泥の付き方をしそうな場所というのが見当たらないのです。これは彼らが行ったと考えられるドライヴインの裏手のキャンプ場から採取した土ですが、どうでしょう、あの土とはずいぶん違っているように思えませんか」

「違うようですねえ」

新井は言下に言った。

「こいつは、いやに不潔ったらしいどす黒い色をしてます。あっちのやつは、黒いことは黒いが、いくぶん赤味がかっていたし、だいいち、こんな繊維質の混入物はなかったですよ」

「だとすると、いったいこれはどういうことですかね」

「うーん、ひとつは、キャンプ場以外の場所へ行ったと考えるか、あるいは、戸隠へ来る前に付着したものかのふたつでしょうね」

「しかしですよ、死亡推定時刻から見て、彼らはハイヤーを降りてから、そう長く生きていたわけではないのですから、離れた場所へ行ったとは考えにくいのですし、そうなると後者の方、つまり戸隠へ来る前ということになります。ところが、もしそうだとすると、それは青森駅以前にさかのぼらなければならないわけですよね」

「そうなりますね。要するに彼らが潜伏していた土地の土ということか」

「そうとしか考えられません。ただし、青森から戸隠までの間、泥が落ちなかったというのは、すこし不自然ではありますがね」

「しかし、ありえないことではないですよ。潜伏場所はまったく分かってないのだから、これは有力な手がかりです」

「それでですね、この土と、靴底の泥を比較分析していただくわけにはいかないでしょうか。その結果、一致点があるとすれば、やはり戸隠の現場付近を歩いたと考えなければならないし、もしまったく異質なものであれば、おっしゃるとおり潜伏場所の手がかりになると思うのです」

「ぜひやってみましょう。いまさらおおっぴらにはできないが、私の友人に信大の研究室で地質学をやっているのがいますから、そいつに頼んでみますよ。多少、日数はかかるかもしれませんが、結果が出しだい、ご連絡しましょう」

「そうですか、お願いできますか」

竹村は思わず立ち上がって、頭を下げた。

「ありがとうございます、それから、お願いついでに、この事はひとつ内聞に……」

「もちろん、分かってますよ。しかし竹村さん、あなた立派だなあ。経費だってばかにならないでしょうに」

「ええ、女房のへそくりに頼っている始末でして、当分、頭が上がりません」

「そうですか……」

新井は気の毒そうな顔になって、目をしばたたいた。

新井からの連絡は、三日後の昼過ぎに入った。新井はいささか昂奮《こうふん》ぎみで、それを抑えようとして無理にゆっくり喋《しゃべ》るものだから、妙にぎくしゃくした語り口になった。

「竹村さん、ちょっとばかり面白い分析結果が出ましたよ。まずですね、あの二つの土はやはり、まったく異質の組成から成る土壌なのだそうです。それで、問題は、靴に付着していた方の土はどこの土かということなのですが、はっきり言えることは、戸隠の現場周辺というより、戸隠山一帯にああいう土壌はまったく存在しないというのです」

「そんなにはっきり分かるものなのですか」

「いや、ふつうの泥だったらそうはっきりは断言できないそうですが、あれは別物だそうです。つまりですね、靴についていた泥は、いわゆる火山灰土というヤツでしてね、しかも、比較的新しい火山灰そのものも少量含まれていたらしい」

「火山灰、ですか」

「そうです。戸隠に活火山はありませんからね、そのくらいのことは中学生でも分かるなんて、笑われましたよ」

「戸隠でないとなると、どこでしょう」

「有珠山《うす》ではないでしょうか。いや、これは私の推測ですがね、あの夫婦は北海道から青森へ渡ってきた公算もあるわけでしょう、だったら有珠山の近くかもしれないと思うのです。学者先生も、その説に反対はしませんでしたよ。ちょっと専門的になりますがね、火山灰土の特徴は、無水珪酸《けいさん》という成分が含まれていることで、他の土壌とは区別されるのだそうです。その無水珪酸の状態——半減期だとかなんだとか言ってましたがね——それを詳細に分析すれば、いつ頃の降灰か、またどの山系に属するかなども、或《あ》る程度は判断できるらしい。学者先生は有珠山の研究はしていないので、はっきりそうだとは断言できないものの、否定する根拠もないと、まあ、そんなことでした」

「そうですか、有珠山でしたか」

「いや、百パーセントそうだというわけではありませんよ。げんにヤッコさんは最初、浅《あさ》間《ま》山かもしれないと言ったくらいですからね」

「浅間山？……」

「たしかに浅間も活火山には違いないし、ちょっとした爆発もありましたがね、しかし方角から見て、有珠山の可能性の方が大きいでしょう」

そのとおりかもしれないが、竹村はなぜか浅間山にこだわった。

「浅間山というと、具体的にどこあたりまでを意味するのでしょうか、たとえば、戸隠にだって灰が降る可能性もありはしませんか」

「ははは、トウシロはそれだから困る、と、これはじつは私が言われた文句ですがね、なんでも火山灰というヤツはですね、東側に降るというのが鉄則だそうです。いわゆるジェット気流というのが、年中、西から吹いているためですね。だから浅間の煙が戸隠に降灰をもたらすことは金輪際、ありっこないそうですよ」

結局、新井は有珠山説を主張して、電話を切った。

竹村は本箱を漁《あさ》って、長野県の地図をひっぱり出し、炬燵《こたつ》の上に展《ひろ》げた。二十八万分の一の地図は、炬燵板からすこし、はみ出た。長野は大型県なのである。

戸隠から望むと、浅間は、長野盆地——いわゆる善光寺平《ぜんこうじだいら》を挟んで南東の方向に位置する。烏帽子《えぼし》岳、籠《かご》ノ登《と》山、浅間山、と連なる上信国境の山々は、地図の上で見るかぎり、まさに谺《こだま》が返ってきそうな指呼の距離で戸隠と対峙《たいじ》している。

竹村の目は浅間の東方向に視点を移した。浅間山の東麓《とうろく》、浅間越《あさまこし》を起点に、有料道路を示すブルーのラインが東南東に向かって延びている。そのラインのゆきつく先には軽井沢高原が展開していた。そこまで辿《たど》りついて、竹村の眸《め》は凝然と停まった。

十月十六日未明、戸隠で野本夫婦が死んだ頃、軽井沢にはあの沢藤栄造がいた。

2

十一月十九日、竹村は軽井沢を訪れた。飯田から軽井沢へは、直線距離が短い割には不便な行程である。朝六時に飯田を発《た》ち、軽井沢に着いたのが十一時半。すぐ駅前のタクシーに乗り、土曜日で終了間近い町役場に、かろうじてすべりこんだ。

「町役場」とはいえ、軽井沢あたりともなると、鉄筋コンクリートの豪勢な建築で、大学病院か、市役所かと思えるほど堂々としたたたずまいである。どんな場合でも竹村は、飯田署のおんぼろ庁舎と比較して、情けない想いをかこつことになる。

衣食足りてなんとやら、応対に出る職員の挙措にも好感が持てた。はじめ、少女といってもよさそうな女子職員が出て、用向きを伝えると、こんどは二十七、八の男性に替わった。一階は広いフロア全体が見渡せるような設計になっているから、そういった職員たちの動きが逐一、見てとれる。当然、いつでも上司や町民の眼が彼らを観察することになるわけで、これでは片時も自堕落な勤務は許されまい、と、いささか気の毒な感じがしないでもなかった。

「何か、別荘関係のことでお尋ねだそうですが、どのようなことでしょうか」

小柄な職員は、優しい言葉遣いをした。

「じつは、ある人の別荘が軽井沢にあるはずなので、その場所を調べさせていただきたいのです」

職員は当惑げな反応を示した。

「それはどのような目的なのでしょうか。このところ、過激派などの問題もありまして、別荘地周辺に関しては特別な配慮をしているような状況ですから、ご要望に応じられますかどうか……」

「あ、そのことならご心配なく、申し遅れましたが、自分はこういう者です」

竹村は名刺を出した。

「ああ、警察の方でしたか」

職員は警戒を解いた。

「それで、どういう方の別荘をお尋ねなのですか」

「名前は沢藤、沢藤栄造さんという人です」

職員はメモを取り、文字を確認した。

「では、ちょっとお待ちください」

フロアを横切って、奥のドアに消える。

正面の大時計が十二時を示し、終鈴が鳴った。あちこちでいっせいに帰り支度をするざわめきが起こった。それから五分ほどして、小柄な職員は戻ってきた。

「どうも、遅くなりまして」

「すみませんね、時間を過ぎてしまって」

「いえ、構いません。お尋ねの沢藤栄造さんの別荘、ありました。まだ新しいですね、去年の夏の建築です」

「そうですか、ありましたか」

「場所は旧軽井沢の奥の方、閑静な、まあ一等地といっていいでしょうね、前の持ち主から譲渡されたのを、建て替えられたようです。いま、地図をお書きしましょう」

「何からなにまで、恐縮です」

竹村は職員の親切に心底、感謝した。

「ところで、いま、前の持ち主と言われましたが、その辺りの別荘ともなると、やはり旧華族の人なんかが多いのでしょうねえ」

「昔はほとんどそうだったようですね。でも現在はそんなこともないのじゃありませんかねえ、それに景気の浮き沈みのせいか、このところ、別荘を手放す方も多いようで、名義変更の件数もかなり増えています。沢藤さんのところも、前の持ち主は三重県の人で、オイルショック直後に名義変更されてますから、やはりそういうケースのひとつかもしれません」

話しながら、職員は地図を書き了《お》えた。竹村は丁重に礼を述べ、閑散となった町役場をあとにした。

軽井沢駅へ向かって、国道18号から斜め左へ入ってゆく道路は、別荘地の中心部へ通じている。左右には成育したモミの木が枝葉を展げ、木の間がくれに、別荘の赤い屋根や白壁が散見する。テニスコートを過ぎるあたりから、俗っぽい看板を掲げた土産物屋や、スナック、マーケットなどが道路沿いに目立つ。どの店もシャッターを下ろし、すでに冬の眠りについていた。メインストリートにも人影はなく、名物のサイクリングにも出会えそうになかった。

地図に従って、かなりの道程《みちのり》を歩き、未舗装の路地に折れる。いたるところで霜解けが浅くぬかった。このあたりの別荘はいずれも宏大な敷地に建っている。道から建物まで、五十メートルはありそうな別荘がいくつもあった。塀や柵《さく》を立てるまでもなく、天然の立ち木が透垣《すいがい》のような役割をしている。

沢藤の別荘はすぐに分かった。道路から敷地内へわずかに入った両側に、門柱の代わりらしい巨石が置かれ、右側の石の頂上に四角い大理石を嵌《は》めこみ、そこに「沢藤」の文字が彫ってある。

建物は木肌を生かした北欧風の外装であったが、全体のイメージからいうと、なんとなく最高裁判所の建築を連想させる、権威主義的な雰囲気がある。それはそのまま、沢藤栄造そのものの印象だ、と竹村は思った。

車寄せに、ツートンカラーの外車が駐《と》まっているのが見えた。時季はずれの別荘に人がいるらしい。

道路から車寄せにいたるまでのあいだには、玉砂利が敷きつめられてあるが、それでもなお、タイヤの沈みこんだ跡が残っている。おそらく、表層は軟弱な土地なのだろう。建物の周囲を蔽《おお》う芝生は、あちこちで地肌を露出させている。そこの土や、軒下の土の色の黒さが、野本美津子の靴底の土を連想させた。竹村の心臓は苦しいほど高鳴っていた。しかし建物に人の気配がある以上、みだりに敷地内に侵入することは憚《はばか》られた。

どれほどの時間が経過しただろう。ふいに玄関のドアが開いて、ポーチに人が現われた。竹村はすばやく太い木の陰に隠れた。

人物は二人、ひとりは沢藤栄造である。珍しくスポーティーなジャケットを着て、パイプを銜《くわ》えている。もうひとりの客らしい男は、グレイの地味なスーツ。腕に、茶系統の渋い色のコートをかかえていた。沢藤とはどのような関係なのか、終始、腰をかがめぎみにして慇懃《いんぎん》な態度をとっている。天頂付近まで禿《は》げあがった額が、頭を下げるたびに、むやみに青白く見えた。遠目でさだかではないが、その男に竹村は記憶があった。五代通商の社員かもしれないと思ったが、はっきりしない。

沢藤は別荘のドアに鍵《かぎ》をかけ、車の運転席に乗った。客は恐縮そうに助手席に座る。どうやら沢藤は客を駅まで送って行く様子だ。エンジンのスタート音が、静寂を破った。

車が路地を抜け、メインストリートの方向へ曲がってゆくのを確認してから、竹村はいそいで敷地内に入った。芝生の合い間の土を採り封筒に入れる。念のため、建物の横手の方からも湿った土を採集した。素人目には、それらの土と例の靴底の土がよく似ているように思えた。ついでに窓から建物の中をうかがったが、分厚いカーテンに遮られていて目的を果たすことはできなかった。

竹村が敷地を退去し、路地を、来たときとは反対の方向へ向かって歩きはじめてまもなく、はるか後方にエンジンの音を聞いた。竹村は振りかえらず、歩速を早めた。

電話で約束した時間を三十分も過ぎ、街はすでにたそがれかけていたが、新井は待っていてくれた。ウエイトレスが運んできた水を一気に飲み、竹村は遅参の詫《わ》びをくり返した。駆けてきたので、息がはずんだ。

「どうもご苦労さまでした」

新井は土の入った二つの封筒をおし戴《いただ》くポーズをして、竹村の労を犒《ねぎら》った。

「それにしても面白くなってきましたね。これでもし、この土が例のヤツと一致したら、いったいこれは、どういうことになるのでしょうかねえ。竹村さんから電話があって、そのことを考えはじめたら、いささか昂奮《こうふん》させられましたよ」

「いや、よく似ている、といったのはあくまで素人考えですから、アテにはなりません」

「それはまあ、そうですがね。かりに一致したとすると、野本夫婦は軽井沢に潜伏していたことになるでしょう。つまりそうすると、軽井沢から戸隠へ行くのに、あの夫婦はわざわざ青森回りで行ったことになる。真直ぐ行けばたかだか百キロ程度のところを、一千キロも回り道するというのは、いったいこれはどういうことですか」

新井はすっかり、土を同質のものと決めこみ、先走ってはしゃいでいる。

「さっぱり見当がつきません」

竹村は正直に言った。

「ひとつだけはっきりしていることといえば、野本夫婦が青森から戸隠へ向かった旅は、まちがいなく自殺行だということです。そうでなければ、あの直線的な行動が説明できませんからね。問題は軽井沢から青森へ行った目的ですが、それは必ずしも自殺を前提とした旅ではなかったかもしれない。青森までのあいだに、逃避行に疲れたか、逃げおおせる自信を失ったかして、死を決意するにいたった、と考えるのが最も妥当な線かもしれません。その際、戸隠を死に場所に選んだのは、彼らなりの理由があったと考えるしかないでしょう」

「なるほど、そのとおりでしょうねえ」

「とはいっても、二つの土がイコールであるという点には、それほど自信がないのです。なぜかといえばですよ、軽井沢で付着した土が、青森経由の大旅行のあいだ、靴底から離れなかったというのは、やはり不自然だからです」

「不自然でもなんでも、現実に付着していたのだからいいじゃないですか」

新井は鑑識課員らしからぬ、強引な説を唱えた。竹村は苦笑した。願望ということだけなら、竹村にしても、靴底の土が軽井沢のものであった方が〝面白い〟に決まっている。もっとも、分析の結果、そういう判定が出たとして、それが仮説上の〝犯罪〟を構築するについて、どのような意味をもつのか、それこそ、さっぱり見当がつかないことも確かではあった。

「ところで」と、新井はふと気が付いたというように、竹村を見た。

「この土ですが、こいつは軽井沢のどこから採ってきたのです？　何か特別な心当たりのある場所ですか」

竹村はドキッとした。新井にはむろん、沢藤の件はまだ話していない。背信というわけではないが、もうしばらくは沢藤を追っていることを伏せておきたかった。なんといっても、竹村は浜野理恵の死で、捜査の勇み足には懲りている。

「いや、べつにどこという特定の場所でなく、別荘地の真ん中あたりを二ヵ所、選んだだけです」

新井はすこしも、訝《あや》しまなかった。

店を出ると、街は完全に昏《たそが》れきって、周辺の山脈《やまなみ》から沈降してきた冷気が盆地の底に冬の気配をつくっていた。

「一杯、いかがです」

誘われて、竹村はおおいに気持が動いたが、腕時計を見ると、長野発の最終便になんとか間に合う時間であった。あきらめて別れを告げ、その場からタクシーを拾った。

3

飯田には夜中の十一時過ぎに帰着した。

ヒーターの効いていた車内から一歩外へ出ると、予想以上に冷えこみがきつかった。薄っぺらなレインコートは、寒気を防ぐのにはほとんど役に立たない。竹村は駅から自宅まで一キロほどを、休みなく駆けて帰った。

陽子は寝ずに待っていた。

「お帰りなさい、寒かったでしょう。お風呂《ふろ》沸かしてあるけど、先にご飯にする？」

「そうだな、風呂を浴びようか」

「じゃ、そのあいだにお酒燗《つ》けとくわ。寒いから湯豆腐にしたの」

台所へ立ちかけて、

「そうそう、葉書がきてたわよ。青森の工藤さんて人から。机の上に載せておいたけど、持ってくる？」

「いや、いいよ行くから」

鳥羽から帰ってすぐ、竹村はいつかの礼に添えて俳句を書いた葉書を送った。その返事なのだろう。礼状を出し遅れていたのに較べると、早すぎるほどの返信だ。工藤の律義さがしのばれる。

葉書は、細かい字を行儀よく並べた、なかなかの達筆であった。工藤の家の壁に貼ってあった短冊の文字が、竹村の脳裡《のうり》に蘇《よみがえ》った。

文面は時候の挨拶《あいさつ》にはじまって、花嫁自殺事件に関する記事を読んで竹村の心情を慮《おもんぱか》っていたという意味の内容を、真摯《しんし》な文章で綴《つづ》ってある。

――私はかならずしも警察官に対して全面的に好感をもっている人間ではありませんが、竹村さんにかぎって、週刊誌に書かれているような不正をなさる方でないことを信じております。興味本位の記事には心の底から憤りがこみあげてなりません。どうぞ中傷にめげず、ご活躍なさいますよう、お祈り申し上げる次第です。
花柄の　衿《えり》に霧舞う　終列車

最後の句は、野本夫婦が青森駅から旅立つ姿を見送ったときの印象を詠んだものに違いない。竹村は、工藤のナイーブな優しさを感じた。それから、青森の街の鈍色《にびいろ》の風景に想いを馳《は》せた。

風呂に浸《つか》り、丁度いい湯加減の中にじんわりと身を委《ゆだ》ねていると、なんとなく、感傷的ともいえそうなほのぼのとした気分になっていった。工藤や新井、岡部、そして陽子の温かさ優しさが身に沁《し》みた。

狭い浴室いっぱいに湯気が立ちこめて、竹村を平和に包んでいる。時折、天井から水滴が落ちて、目の前に小さな波紋を描いた。

「花柄の　衿に霧舞う　終列車――か」

竹村は声に出して、湯気の向こうの板壁にその情景を想い描いた。

事件はすべて霧の中――だと思った。目の前に見えそうでいて、眸《め》を凝らそうとすると霧がかかる。いったいこの霧に晴れ間があるのだろうか。晴れて、その向こうに何かが見える日はくるのだろうか――。

竹村の孤独な〝捜査〟は、バラバラ事件が野本敏夫もしくは野本夫婦だけによる犯行ではありえない、とするところから出発している。大胆不敵な死体遺棄の手口といい、完璧《かんぺき》な潜伏ぶりといい、どう考えてもバックに共犯者の存在を設定しなければ説明がつかないように思えた。そう思っている矢先に、野本夫婦は心中した。

罪を犯したことへの反省による怯《おび》えか、当局の追及から遁《のが》れられぬと観念してか、いずれにせよ、逃避行の果てに希望を失ったあげくの自殺、と見られた。

この〝心中〟によって、それまで捜査当局の内部にもかなり有力な地位を占めていた共犯者存在説が、一挙に否定されることになった。たしかに、共犯者が他にいるものと仮定すると、なぜ野本夫婦だけが自殺という損な役回りを演じなければならないのか、という疑問が生じる。

共犯者がいて、なおかつ野本夫婦が死ぬことがあるとすれば、それは、共犯者の手によって消されるか、あるいは、共犯者ともども死ぬか、そのいずれかの場合に限られるはずだ。心中は、そのいずれでもない。
《野本夫婦は自殺した――ゆえに野本孝平殺しは、野本敏夫の犯行、妻美津子の従犯と断定する》として、捜査本部は解散した。それはむしろ、当然の処置であった。捜査の終結という厳然たる事実に抗して、一介の部長刑事が独自の捜査を継続するなど、第三者から見れば狂気の沙汰《さた》としか思えまい。よほど確度の高い物的証拠でも出てこないかぎり、捜査の再開など思いもよらないことだ。かてくわえて、独走や見込み捜査にはしばしば人権侵害の危険性がつきまとう。今度のケースでも、そのおそれは浜野理恵の自殺という事実で、悲劇的に立証される結果となった。にもかかわらず、なおも執念を駆り立てるものが何なのか、竹村自身にもよく分からなかった。

だが、その執念の産物ともいうべき物的証拠が、はじめて、竹村の手に入った。それは野本美津子の靴底に付着していた、ほんのひと抓《つま》みの土にすぎない。しかしその土は、もしかすると、心中事件にまつわるさまざまな秘密を語りはじめるかもしれないのだ。

まず、その土が戸隠には存在しえない火山灰土であることを知った。

そして、軽井沢の別荘地の土とよく似ていることをつきとめた。

それだけでも飛躍的な前進と受けとめるべきであろう。もっとも、それによって新たな謎が生まれたこともたしかだ。また、もしかりに靴底の土が軽井沢のものであり、野本夫婦の心中行の起点にあった土だとしても、彼らの行動や死に、沢藤栄造が関与した証拠はなにも無い。

なぜ自殺したのか――

なぜ戸隠を死地に選んだのか――

そのふたつの事柄には、まったくの情緒的な意味しかないようでいて、その実、重大な必然性が秘められているような気がしてならない。

だが、すべてはまだ霧の中だ。ひとつの霧が霽《は》れると、その向こうには、もうひとつの霧が湧《わ》いていた。

「花柄の　衿に霧舞う　終列車――」

竹村は比喩《ひゆ》的な想いを籠《こ》めて、もう一度、その句を口にした。

ほうっと大きく吐息をつくと、目の前に立ちのぼる湯気がゆらめいて、湯船の向こうの窓ガラスを伝う水滴が、幾条もの黒い不規則な曲線を描くのが見えた。

ふと、頭の片隅に豆粒のような曙光《しょこう》が生じた。それはゆっくりと、しかし着実に、思考の空間に光彩を充《み》たしていった。

それはまさに、衝動というべきものであった。竹村は凄《すさ》まじい水音と飛沫《しぶき》をあげて、湯船をとびだした。

陽子は膳《ぜん》の支度を整えていた。そのかたわらに仁王立ちになり、ぼたぼたと滴り落ちる水滴も意に介さず、竹村は震え声を張りあげた。

「おい、分かったぞ！」

陽子は愕《おどろ》いて、振り向いた。

「やあだ、どうしたの、その格好」

文字どおり剝《む》き出しのものを目と鼻の先に見て、顔を赧《あか》らめた。


翌朝、日曜日ではあったが、竹村はもしやという期待を籠めて、新井に聞いておいた県警の直通番号をダイヤルしてみた。受話器からベルの音に代わって新井の陽気な声がとびだした時、竹村は恋人に出会った初心《うぶ》な男ほども、胸がはずんだ。

「竹村です、昨日はありがとうございました」

「いや、こちらこそ。しかしよくここにいることが分かりましたね、本来なら今日は非番ですよ。例の土を盗み出すために出てきただけなのです」

周囲に人がいないのか、新井は大胆なことを言った。

「そうでしたか、それはお手数をおかけしますねえ」

「しかし、大学の方は休みですから、例の標本、あれはまだ進捗《しんちょく》してませんよ」

「いや、そのことでお電話したわけではないのです」

竹村は慌てぎみに言い、唾《つば》を飲みこんだ。「じつは、死んだ野本の細君。彼女が着ていた洋服のことなんですが、あれはその後、どうなっているのでしょうか」

「ああ、着衣ですか。ええと、あれはたしか、遺体と一緒に茶毘《だび》に付されたはずですよ」

「えっ、焼いてしまったのですか……」

「ええ、ホトケさんを裸で火葬するわけにはいきませんからね。靴やバッグは残してありますが、着衣はすべて灰となって、いまごろは善光寺さんの納骨堂じゃないですかな。野本敏夫の方は身内がないからしょうがないとしても、細君の方は山形に親類縁者があるのだそうですよ。それがひとりとして引き取りにこようともしない、冷たいものですわ」

「そうですか、もう、ないのですか」

「だいぶがっかりされてますね、何かあるのですか」

「ええ、ちょっと確かめてみたいことがあったのですが」

「製造元でも調べるのですか」

「いいえ、そうではなく、洋服の柄っていうのですか、模様のデザインを見たかったのです」

「だったら、写真ではいけませんかね」

「えっ、写真があるのですか？」

「そりゃ、ありますよ。現場でぶら下がった状態のヤツがね。あまり気色のいいことはないが、デパートの既製服売場よりは、中身が本物なだけ感じが出ていますよ、ははは」

新井は呑気《のんき》なことを言って笑っているが、竹村は飛び立つ思いだ。

「それで結構です。恐縮ですが、その写真を大至急お送り願えませんか。詳しいことは、今度お会いしたとき、お話しします」

「分かりました、深くは追及しません。竹村さんの名推理を楽しみにしていますよ」

新井からの速達は、次の日の夕刻届いた。写真は手札判が六枚、前後左右から写した全身像と、襟元および、柄模様を拡大したものである。全身像の分はむろん縊死《いし》の状態のままで、いささか不気味だ。このままで送るのは気がひけるが、いずれは返却しなければならぬ証拠物件だから切り抜くわけにもいかず、そのまま手紙と一緒に封筒に入れた。宛先は青森の工藤典夫である。

その工藤からは、四日後に返事がきた。

前略、お手紙と例の写真、拝見しました。

商売柄、マグロとよばれる轢死《れきし》体は二度見たことがありますが、首吊《くびつ》りというのもまた薄気味の悪いものです。

さて、お尋ねのワンピースですが、この写真のワンピースは、私が目撃した女性が着ていたものとはまったく異なる模様です。写真を見た当座は、模様が花柄であることすら気付かなかったほどで、拡大写真の方を見てはじめて、小さな花の模様だということが分かったようなありさまです。

私が駅で見かけた女性のワンピースは、花柄でも、はるかに大きな図柄だったことは断言できます。それでなければ、あれだけ離れた位置から、一瞬のうちに見てとれるはずがありません。しかもあの日は、かなり霧が濃かったのですから、なおさらのことです。もっとも、女性の顔までが違っているかどうかは、残念ながらはっきりしません。

この事実が捜査の上でどれほど重要な意味をもつものであるか、私も素人なりに自覚し、充分、仔細《しさい》に検討したつもりです。もし私ごとき者でお役に立てるならば、今後もなんなりとお申し付けください。
御身お大切に、ご健闘をお祈りします。
十一月二十三日
工藤典夫
竹村岩男様

この手紙が配達される直前、新井からの電話で、信大の地質学研究室による土の分析結果がもたらされてあった。沢藤の別荘敷地内で採取した二種類の土にはかなりの類似点があるものの、靴底の土と完全に一致する組成をもっていたのは、建物の横手から採取した土であったという。

「火山灰土としての類似点もむろんあったのですがね、絶対的なキメ手となったのは、腐植――腐った植物って書くのですが、つまり植物や動物が腐って土に化けたみたいなヤツらしいのですがね、そいつがじつによく似ていたそうですよ。竹村さん、いよいよ、これは、えらいことになりそうですねぇ」

新井の声はうわずっていた。

なんということだろう――、と竹村は、運命のふしぎさを思わずにはいられなかった。

あれほど求め続け、報われることのなかった物的証拠が、それも同時にふたつも、いま手中にある。その事実を反芻《はんすう》するうちに、ぞくぞくするような戦慄《せんりつ》が背筋を奔《はし》った。

(驕《おご》るな、焦るな――)

われとわが心の手綱を引き締める。曙光《しょこう》は見えたとはいえ、ゴールはまだ遠い。

工藤の手紙を読んだ午後二時以降、竹村は炬燵《こたつ》に深々と手をつっこみ、上板に顎《あご》を載せた格好で考えに耽《ふけ》った。時折、あお向けに畳に倒れ、天井を睨《にら》む。

陽子は竹村と向かい合う位置に座って、編物に精を出していた。思い出したように立って行っては、台所で茶を淹《い》れてくる。竹村は無意識のうちにそれを飲み干すこともあるし、口をつけないまま、虚《むな》しく冷めてしまうこともある。それは陽子にしてみれば、結婚以来、はじめて見る異様な夫のすがただった。不安であると同時に、近寄りがたい威厳のようなものも感じた。警察官の妻であることの生き甲斐《がい》とは、あるいはこんな瞬間のことをいうのかもしれない、と思ったりもした。

夕食の膳《ぜん》を整える段になって、はじめて、陽子は遠慮しながらも、声をかけた。

「ご飯、炬燵で食べる?」

とたん、憑《つ》き物が落ちたように、竹村は立ち上がり、あたふたと便所へ走った。長い放尿であった。

(カギは根岸三郎の死にある――)と、竹村は思った。きわめて緻密《ちみつ》に組み立てられた計画的犯行の中で、おそらく犯人が予期していなかったと思われる事態をあげるなら、それは根岸の出現をおいてない。

いうまでもなく、すでに竹村は、この一連の事件の主犯が沢藤栄造であることを確信している。だが、いざ犯罪を立証しようとすると、その象《すがた》はとらえようがない。野本孝平を殺し、敏夫夫婦を殺したというのは、第三者の目から見れば、いまだ心証の域を出ていないのである。別荘の土が靴底の土と一致したといっても、それはあくまで軽井沢の土のひとつの標本にしかすぎないのであって、ただちに沢藤の犯行を裏打ちするほどのものではない。心中事件に関するアリバイの消滅だけでは、決定的な破綻《はたん》とはなりえないのだ。

ここまでは完璧《かんぺき》を誇った犯人にとって、根岸三郎の出現こそ、まったく予想しなかった重大なピンチであったに違いない。

むろん、その前に真実、根岸は殺されたのか、という疑点がある。げんに所轄署は根岸の死を事故によるものとして処理している。しかし、とにもかくにも、根岸は殺された、と仮定するのでなければ、事件解明の端緒はつかむことができない。

沢藤がなぜ根岸を殺さなければならなかったか――、その動機は、すでに触れたように〝恐喝〟である。根岸の部屋にあった場違いな感じのする三冊の週刊誌、そして、事件当夜の根岸の言動、このふたつは根岸が恐喝をはたらこうとしたことを匂わせる有力な状況証拠たりうるであろう。

花嫁自殺事件を報じた週刊誌を根岸が読んだのは、十一月六日か七日と考えられる。六日は日曜日であるから、五代通商の沢藤専務に電話できたのは早くても七日朝ということになる。この場合、脅迫は電話によるものであったことはほぼ間違いない。根岸の部屋に手紙を書いた痕跡《こんせき》がなかったし、時間的な問題からいっても電話以外、考えられない。

そして、八日の深夜——厳密には、九日の未明、根岸は死んだ。

つまり、脅迫を受けた翌日には、沢藤は根岸を殺したことになる。まさに果断の処置というべきかもしれないが、竹村はかえってそこに、沢藤の周章ぶりを見るように思えた。沢藤にしてみれば、恐喝そのものより、根岸の口から第三者に秘密の伝わることを惧《おそ》れたに違いない。恐怖の根源を消すために、寸秒の刻《とき》も吝《お》しんだ。

だが——と、竹村の思考はここでまた、停滞することになった。

いったい、誰が根岸を殺したのか？

犯人と仮定して推理をすすめている沢藤自身には、事件当夜、立派なアリバイがある。だとすると、直接手を下した犯人は、沢藤の意志を受けた何者か、ということになる。それにしても、警察の実況検分にもなんら疑念を抱かせなかった、完璧な偽装工作は、プロの手口としか思えない。しかも、沢藤が殺意を抱いた時から凶行が行なわれるまで、わずか一日というスピードである。

〝殺人者〟の人物像として、まず浮かぶのは土地勘のある人間——ということだ。根岸の行動をぴったりマークし、八日の夜、フェリー埠頭《ふとう》上で仮眠した千載一遇ともいうべきチャンスを逃《のが》さず、車もろとも海中に転落させるというのは、並みの土地勘ではない。

もうひとつの考え方として、あの夜〝殺人者〟と接触することは、根岸のスケジュールにあったのかもしれない。もちろん殺人者とは知らず、金品の受け渡しを口実とする沢藤自身、もしくは沢藤の代理人と信じて、自ら死地に赴いたというケースだ。東京で岡部が指摘したように、根岸は助手席にいて、運転席には別の人物がいたとする説は、この場合かなり真実味を帯びてくる。もっとも、いくら酔っていたにせよ、運転席を相手に譲るほど無防備な状態に根岸が甘んじるとは考えにくいし、かりに凶器かなにかで脅されて助手席に圧《お》しこめられたかたちであったとすると、今度は、転落の際にロックを外すなり、ドアを開けようとするなりの脱出の努力をした形跡のないのが腑《ふ》に落ちない。あの時、車は徐行の状態でゆっくり岸壁を出はずれたのであって、意識さえあれば、落下以前に脱出できる可能性は充分、あったはずだ。犯行は百パーセント失敗は許されないのだから、この説は採れない、と竹村は思った。

現場付近の地理を知悉《ちしつ》し、根岸の行動を監視できる機動性を有《も》つ〝殺人者〟となると、常識的には地元の暴力団員などが浮かぶ。しかしその人物に電話一本で殺人を指令できるとすると、沢藤自身にも相当な土地勘がなければなるまい。

沢藤に土地勘があるとすれば、それはどのようなものだろう。ことによると、出身地でもあるのだろうか。

三重県鳥羽市──

その名が浮かんだ瞬間、竹村はふと、あることに思いいたった。

陽子が夕餉《ゆうげ》のことで声をかけたのは、まさにその時だったのである。竹村は返事もせずに便所へ立った。何か答えると、せっかく固まりかけた思考が、ボロボロと零《こぼ》れ落ちてしまいそうな気がした。

放尿のあいだ、便所の小窓に小便の湯気と呼気が、淡い曇りを描いた。その曇りが消えるのと同時に、竹村はぶるぶると震えた。

翌朝、竹村は始業時間を待ちかねたように軽井沢町役場に電話した。先日、応対してくれた小柄な職員のことはすぐに分かった。

「このまえおうかがいした、飯田署の竹村という者ですが、じつはその時お教えいただいた沢藤栄造さんの別荘地の、以前の持ち主について、ちょっとお聞きしたいのです」

「はあ、どういったことでしょうか」

「たしかその方は、三重県の方とおっしゃいましたね」

「さあ、ちょっとそれは、はっきり憶《おぼ》えておりませんが」

「おそれいりますが、もう一度、その方の住所を調べていただけませんか」

「分かりました、では、時間がかかりますので、いったん切っておかけ直しください」

「いや、構いませんから、このままで待たせてください」

電話料金はもったいないが、先方が気をきかせたつもりで飯田署へ電話をかけたりするようなことでもあると、話がややこしくなってしまう。

思ったより早く、職員は電話口に戻ってきた。

「お待たせしました。おっしゃるとおり、やはり三重県の人でした。三重県松阪市の殿町《とのまち》という所に住んでいる人で、奥村哲夫さん、哲学の哲に夫《おっと》です」

竹村は住所と氏名を手早くメモして、丁寧に礼を言い、電話を切った。

やはり、沢藤は三重県に土地勘がある。

軽井沢の土地をどのような経緯で入手したにせよ、以前の持ち主である奥村なる人物となんらかの接触があったことは確実だ。軽井沢にあれだけの土地を所有していたほどだから、奥村氏がかなりの資産家であり、松阪あたりでは相当の有力者であろうことは、想像に難くない。その人物が犯行に加担したとは考えられないが、奥村氏と沢藤のあいだで仲介の労をとったか、あるいはその商談を通じて、沢藤の代行を務めた者が現地にいたことは当然ありうるし、それが土地ブローカーのような人物であれば、どこかで暴力団と繋《つな》がっていてもおかしくはない。

この線を辿《たど》ってゆけば、必ずどこかで突破口にぶつかる——、と竹村は信じた。

崩れる

1

十一月二十八日、竹村岩男は松阪を訪れている。

三重県松阪市は、蒲生《がもう》氏郷《うじさと》が開いたという古い町である。江戸期、「松阪商人」という語に代表されるように、商都として発展した。その名残《なご》りが街のあちこちに見られる。格子戸のある商家、板塀、和瓦《わがわら》の屋根、いくつもの寺が並ぶ通り。それらが、明るい近代建築のビルや商店と混在している。松阪牛を食わせる店も多い。そういう賑《にぎ》やかな街並みを出外れ、ぽっかり空間がひらけたような屋敷町が、目的の殿町であった。派手で薄っぺらな新建築もないではないが、板塀をめぐらせ庭木を茂らせた、いかにも旧家然とした邸《やしき》が多い。

街角の電柱に貼られた地番表示の札に、尋ねる住所を発見したとき、竹村は無意識にネクタイを締め直した。

宏壮《こうそう》な瓦葺《ぶ》き二階屋、門構えも堂堂とした純日本風の邸宅が目の前にあった。

だが門柱に「奥村」の表札はなく、その代わり、五分板の大きな標札に「中日本機械株式会社松阪寮」と書かれてある。竹村は狐につままれたような顔で門内を覗《のぞ》きこんだ。玄関まで十メートルばかり、みごとな敷石がつづいている。思案のあげく、門内に足を踏み入れたとたん、玄関から老人が現われた。

「何か、ご用でしょうか」

痩身《そうしん》を屈《かが》めて窺《うかが》うような目付きで竹村を見た。

「こちらは、奥村さんのお宅と違いますか」

「いいえ、違います」

老人はいかめしい顔で言った。

「以前は住んでおられたが、いまはご覧のとおり、わが社の社員寮になっております」

「すると、奥村さんはどちらへ行かれたのでしょうか」

老人は鼻を鳴らした。

「あなたは、どちらさまかな」

竹村は苦笑して、名刺を渡した。

「ほう、警察の方ですか。すると、まだあの事件は解決しておらんのですな」

「ええ、まあ……」

〝あの事件〟とは何か分からぬまま、竹村はあいまいに相槌《あいづち》を打った。

「もうかれこれ二年になろうというのに、警察もたいへんですなあ」

しかし、と老人は首を捻《ひね》った。

「警察は奥村氏の移転先を知らんのですか」

それから急に、疑わしい態度になった。

「失礼ですが、警察手帳を拝見できませんかな」

「きょうは公務ではないので、手帳は持参しておりません」

「ふうん、さようですか。それでは当方も、めったなことはお話しできませんな」

「しかし、移転先をお聞きするのに、警察手帳の有無は問題ではないでしょう」

「問題であるかないかは、当方が決めるべきことです」

老人は傲然《ごうぜん》と言った。会社を停年退職して寮の管理人に転身したといったところだろうか、よほど頑固で狷介《けんかい》な人柄らしい。

竹村は唇を嚙《か》んだ。身分を疑われたことの無念さと同時に、いまさらのように、警察権の威力を思い知った。たとえ有能な捜査員であろうと、背後に警察の強権を持たないかぎり、その力のおよぶ範囲はたかが知れていることを認めないわけにはいかなかった。そう思ったとき、ふいに竹村は飯田警察署の風景が脳裡《のうり》を掠《かす》めるのを感じた。あのオンボロ庁舎や、署長、園田警部補、桂木たちに言いようのない懐かしさをおぼえた。

(おれの還《かえ》る場所は、結局、あそこしかないらしい——)

そう思いながら、竹村は黙って老人に頭を下げ、踵《きびす》を返した。

老人が言ったように、警察ならば奥村の転居先を知っているかもしれない。しかし竹村としてはこの際、警察に顔を出すわけにはいかなかった。だとすれば、残るは市役所ということになる。

竹村は道で会った青年に教わり、市役所のある魚町《うおまち》をめざし歩速を早めた。

魚町は古い街並みの面影を遺《のこ》している町だ。時代劇に出てきそうな商家が軒を接して、いくつも店を開いている。その中に、すこし場違いな感じの看板があるのを竹村は見つけて立ち停まった。

『毎朝新聞松阪通信部』

気がつくと、その付近に固まって、中央紙の通信部や支局の看板が軒端《のきば》から突き出している。その向こうに市役所らしい建物が見えた。

すこし思案してから、竹村は毎朝の通信部を訪れることにした。『通信部』といっても、古めかしい格子窓の一見商家風で、新聞販売店を併営している小さな事務所だ。

三枚開きのガラス戸を引き開けると、奥行一間ほどの土間があり、その向こうが板の間になっている。朝夕の時間帯にはその板の間で配達員たちが新聞の折り畳みに精を出すのだろうが、いまは誰もいない。板の間の一隅にスチールデスクが二つあるが、そこにも人影はなかった。

訪《おと》なう声をあげてから、かなり間をおいて奥のドアが開き、中年の男が顔を出した。小《こ》肥《ぶと》りな躰《からだ》をジーパンとジャンパーに包んだ格好は、どう見ても米屋か酒屋の主人といったところだが、これが毎朝新聞の通信員なのであった。

竹村はここでは名刺を示さず、名前だけを名乗った。

「じつは、私の知人で、殿町に住んでいた奥村という人の転居先を調べているのですが、なんでも、奥村氏は二年ほど前に、何かの事件に関係したという噂を聞きまして、こちらでお尋ねすれば、その事件というのがどういうことかお教え願えるのではないかと思いまして」

「ああ、その事件なら憶《おぼ》えていますよ」

通信員は事もなげに言った。

「奥村氏は松阪ではれっきとした名士でしたからね、私でなくとも、市民ならたいてい、あの事件のことは知ってるはずですよ。ちょっとお待ちください」

奥へ入って、一冊の新聞縮刷版を持ってきた。ほとんど無造作とも思える仕草でページを開いて、竹村の前に差し出す。職業柄とはいえ、一見好人物にしか見えないこの男が、その実、なかなか鋭い一面のあることを思わせた。

「原稿送りは私がやったのですがね、もちろん中央には出なかったが、ローカル版ではけっこう大々的に取り上げてくれましたよ」

事件というのは一種の手形詐取事件で、奥村哲夫が経営する会社から大量の融通手形が発行され、それが原因で会社が倒産に追い込まれたというのがその大筋である。手形はごく一部を除けば、ほとんどが社長である奥村の知らぬ間に発行された。社長印を乱用したのは、取締役でもある奥村の妻・勢津子。勢津子を教唆したのは、関西の若手実業家というふれこみで接近した片岡某《なにがし》。勢津子と片岡はむろん、深い関係にあり、事件発覚直前、行方をくらました。

「奥村家というのは、松阪ではちょっと名の通った旧家でしてね、倒産した会社は祖父の代からのもので、つまり奥村哲夫氏は三代目というわけですが、プラスチック関係のメーカーとして、けっこう順調にやってました。パクられた金額は三億足らずでしたが、オイルショック以来、業界そのものがかなりきびしい状況にあったわけで、どうにもやりくりがつかなかったようですな。ま、その遠因には、三代目らしい奥村氏の人の善さもあったことはたしかでしょうね。記事にはなりませんでしたが、倒産後、債権者が連日、押しかけましてね。中には暴力団がらみの取り立てもあったらしい。会社の資産はもちろん、個人名義の不動産もすべて処分する破目になって、それでも払いきれなかったそうです。負債総額は五億程度だというから、当然そうなりましょうね。巷《ちまた》の噂では、奥村社長は早晩、自殺するだろうということでしたが、最後のところで、大口債権者である東京の商社が整理に乗りだして、債権者グループの譲歩をとりつけ、奥村氏にもなにがしかの取り分が残るようにして事態を収束しました」

「ちょっと待ってください」

竹村は男の能弁に水を差した。

「その、東京の商社というのは、なんという会社ですか」

「さあ、そこまでは調べませんでしたが、とにかく一流商社のひとつだと思いますよ。商社といえば、一般的にはあまりいい印象を与えませんが、その会社の処置はなかなか温情主義的でしてね、そのあと、奥村氏の就職先まで世話するという面倒見のよさで、当時、地元ではちょっとした美談になりました」

「暴力団がらみというのは、その商社ではなかったのでしょうか」

「とんでもない、それどころか、むしろ暴力団がらみの連中のゴリ押しを捻《ね》じ伏せたというところですよ。かなり危険だったと思いますがねえ」

それを聞いて竹村はやや失望した。

「ところで、その奥村氏の転職先というのはどこか、ご存知ありませんか」

「それは、知らないこともありませんが」

男は急に、にやにや笑いを浮かべた。

「それをお話しする前に、どうでしょう、あなたの目的を訊《き》かせてはいただけませんか、竹村刑事」

あっ、と竹村は愕《おどろ》いた。

「そうですか、知っていたのですか」

「そりゃ、私もブン屋のはしくれですからねえ、一度見た顔写真はなかなか忘れません」

男は笑って、あらためて「私は玉林といいます」と名乗った。

「どうやら、人捜しの目的は、例の花嫁の事件と無関係ではない、と睨《にら》んだのですがね、いかがでしょうか」

「いや、そんなことはありませんよ」

竹村は言下に否定した。

「私は処分中の身ですからね、そんな捜査活動ができる状態ではありません」

「なるほど、それもそうですねえ」

玉林はまた、にやにやした。

「これは私が迂闊《うかつ》でした。分かりました、余計な穿鑿《せんさく》はやめましょう。その代わりといってはなんですが、もし、何か掘り当てたら、ひとつ私の方に声をかけてくださいよ」

「結構です、かならずお報《し》らせしましょう」

うっかり答えてから、これはいささか、語るに落ちたかな、と気が付いた。玉林の顔を窺《うかが》うと、呆《あき》れたような目でこちらを見ていた。それから二人そろって、すこし軽薄な感じで笑いだした。

「転職先は鳥羽ですよ」

玉林通信員は、真顔に返って言った。

「鳥羽、ですか……」

竹村はドキッとした。

「そうです、鳥羽のでっかいホテルの支配人に納まりました」

「なんですって!!」

竹村は思わず、甲高い声をあげた。目の前の霧がいっぺんにかき消えた。それと同時に軽井沢の沢藤の別荘から現われた客の顔が、鮮明に蘇《よみがえ》った。その男こそ、いまにして思えば、鳥羽ワールドホテルの奥村支配人にほかならなかったのだ。

一時間後、竹村は鳥羽にいた。鳥羽駅から徒歩で岬へ向かう。鳥羽ワールドホテルまで、約十五分の道程《みちのり》を、深刻な不安とかすかな期待を、こもごも抱きながら、歩いた。

ワールドホテル本館手前の急坂を左へ折れる細道の角に『鳥羽ワールドホテル社員寮』と書いた小さな立て札があった。竹村は躊躇《ちゅうちょ》なくその道を辿《たど》った。

社員寮は森閑としていた。曇り空の下でコンクリート壁の建物がいかにも寒ざむと感じられた。四辺に人影はない。竹村は玄関の前に立ち、耳を澄ませた。館内に物音はなかった。ドアのノブに手をかけ、ゆっくりまわした。金属が擦《す》れるかすかな音にも怯《おび》えた。まるでこれは、空き巣の心理だ、と竹村は心の中で苦笑した。

玄関の中は、外気よりむしろ冷えびえとしていた。奥の方から、テレビかラジオらしい音がかすかに聞こえてきた。

竹村はいそいで、下駄《げた》箱に目を転じた。

『奥村』の名札のある蓋戸を引きあける。サンダルと茶、黒の靴がそれぞれ一足ずつ入っていた。右端にもう一足分の空間がある。竹村は手を伸ばし、まず黒い短靴を取り出し、底を見た。つぎに茶色の、すこし古びた靴を調べた。緊張のあまり血の気を失っていた竹村の両頰に、みるみる喜色がみなぎった。

その足で竹村は、鳥羽署に大野巡査を訪ねた。奥村の靴底から採取した廃油らしきものと、根岸三郎の車のタイヤに付着していた廃油とを照合分析してもらうためである。さいわい、根岸の車は事故当時の状態のまま、鳥羽署の駐車スペースの隅に放置してあった。

大野はあまり乗り気という様子には見えなかったが、竹村は無理矢理、押し付けるようにして頼み込み、そそくさと鳥羽をあとにした。

2

次の日の夕刻、竹村は二十日ぶりに飯田署の玄関をくぐった。老朽しきった木造庁舎、黒ずんだ壁、埃《ほこり》っぽい空気。すこしも変化のない雰囲気に、竹村は満足した。めぼしい事件もなく、刑事課のスタッフはほぼ全員が顔を揃えていて、時ならぬ竹村の出現に、いっせいに振り向いた。

「どうも……」

竹村は照れ笑いを浮かべて挨拶《あいさつ》をした。仲間たちの顔にとまどいの色がある。停職処分中の人間に、どういう言葉をかけたらいいものか、困惑している。

「よお、元気か」

やはり、園田警部補が口火を切った。

「タケさん、すこし痩《や》せたんじゃねえか、目ばかりギョロギョロしてるぜ」

「そうですかねえ」

竹村は頤《あご》のあたりを撫《な》でてみせた。

「ああ痩せたぜ、痩せてるよ、なあ」

園田は周囲に同意を求めて、猪首《いくび》を窮屈そうにまわした。他の連中は仕方なく、曖昧《あいまい》に笑ってうなずいた。

中本刑事課長が姿を見せた。

「竹村君、署長がお待ちだ、すぐ来たまえ」

言い置いて署長室へ消えた。

「おいタケさん、停職解除か？」

園田が小声で訊いた。竹村は苦笑して、首を横に振った。

「そうか、まだか」

園田は複雑な表情になった。

大森署長はひどくむずかしい顔をして、竹村を迎えた。中本がとりなすように、竹村に椅子をすすめた。竹村が腰を下ろしてからも、署長は黙りこくって机の上に目を落としたり、一転、窓外を眺めたりした。

「さっきの電話で、きみがいまだにあの事件を追っていると知って、正直、わたしも中本君も、いささか心中穏やかならざるものがあるのだ」

署長は固い口調で言った。

「停年間近いわたしはともかく、将来のある中本君にキズをつけたことに対して、もうすこし責任を感じているのと思っていたのだがねえ」

大森は中本の立場を意識して、あえて厳しいことを言っている。それは以心伝心、竹村にも理解できた。

「申し訳ありません」

深ぶかと頭を下げた。

「まあ、いいじゃありませんか、署長。それより、せっかくだから竹村君の話というやつを、ひととおり聞きましょう」

いくぶん小心のきらいはあるが、それだけに、中本は人が善い。

署長は顎《あご》を撫でて、竹村に向き直った。

「よし、ともかく、話してみたまえ」

竹村は一礼して、話をはじめた。長い話になるという覚悟があったから、別段、緊張することもなかった。たんたんとした語り口に対して、むしろ聞き手側の二人に幾度も動揺が走り、驚きの色が浮かんだ。話の途中から署長は熱心にメモを取った。論旨が曖昧《あいまい》な個《か》所《しょ》があると、もう一度、詳細に検討を加えた。証拠の不備な点については、逆にどのように補足すべきかをアドバイスしたりもした。署長室の三人に、奇妙な一体感が生じていた。竹村が拾い蒐《あつ》めてきた数多くの事実の断片が積みあげられ、整理され、ひとつのストーリーに集約されていった。

作業が了《お》わったとき、窓の外は完全に昏《く》れきっていた。三人はそれぞれに、疲労感と充実感に浸りながら、椅子の背に躰《からだ》をあずけた。中本が煙草を出し大森と竹村にすすめ、自分も銜《くわ》えた。大森は安物のライターを差し出し、二人の部下に火を貸した。

「わたしは、長い警察ぐらしの中で、今日ほどこの仕事が面白いと思ったことはないよ」

と大森は言った。

「とにかく、よくやった、みごとだ、ご苦労さん」

手を差しのべて握手を求めた。竹村は立ち上がり、それに応《こた》えた。すこし汗ばむような温かい感触であった。ふいに目頭に、こみあげてくるものを感じた。


長野県警察本部第二会議室は、庁舎三階の北側にあって、職員のあいだに暖房の効きが悪いという定評がある。そのせいでもあろうか、室内の空気は凍《い》てついたようにピリピリと緊張していた。

この日の出席者は、県警側から宮崎捜査一課長、勝田次長、原警部。飯田署から大森署長、中本刑事課長、竹村巡査部長。そして長野地検から渋谷検事、近藤検事補が参加した。

竹村を除けば錚錚《そうそう》たるメンバーだが、会議の主役は、末席にいる竹村であった。

まず宮崎一課長の挨拶《あいさつ》と出席者の紹介が行なわれ、ついで大森署長がとくに発言を求めて立った。

「本日、ご多用のところをお集まりいただきましたのは、すでにご案内のとおり、松川ダムバラバラ殺人事件に端を発します一連の事件に関する新たな展開について、ご報告ならびにご提案申し上げるのが、その主旨です。

ご承知のごとく、本事件は、戸隠における野本敏夫夫婦の心中によって解決したものとして、すでに処理されております。しかしながら、じつは事件の動機および犯人野本の行動、さらに心中事件の状況に、常識では理解しかねる点があったこともまた事実なのであります。

捜査本部解散に際し、いちはやくそれらの点を指摘し、継続捜査の必要性を主張してやまなかったのが、ここにいる竹村君にほかなりません。不運にして彼の意見は、小生という不明なる上司によって却下されましたが、彼の信念はいささかも揺るぐことなく、ひとり、真相の究明に腐心し、奔走しつづけたのであります。その結果として、五代通商の社長秘書をしておりました浜野理恵の自殺という、思いがけぬ悲劇を惹起《じゃっき》するにいたり、竹村君にも停職一ヵ月の処分が科せられるという事態になりました。

しかしながら同君はよく逆境に堪えぬき、卓抜した着想と推理によって、ついに事件の全貌《ぜんぼう》を把握するにいたったということであります。自分はすでにその内容を聞いておりますが、それはまさに驚くべきものであることを、あらかじめ申し上げておきたい。その当否についてはこの席でご検討いただき、みなさんのご判断を仰ぐわけですが、その結果のいかんにかかわらず、自分は竹村君の熱意と努力と、いうなれば警察官魂とに対し、深甚なる敬意を表するとともに、僭越《せんえつ》ではありますが、みなさんにおかれても、特にその点にご留意の上、ご傾聴くださるよう、心からお願いするものであります」

いささか時代がかった挨拶だが、それは大森の、竹村に対する精一杯の掩護《えんご》射撃であった。いったん終結した事件捜査に、再開の途《みち》を拓《ひら》くことの困難さを、大森はよく承知している。それだけに、出席者全員が虚心坦懐《きょしんたんかい》、竹村の話に耳を傾けてくれるよう、心底、願わないではいられなかった。

「では竹村君、はじめてくれたまえ」

宮崎一課長が眼鏡越しに竹村を見た。

「はい」と竹村は立った。要旨はメモにしてテーブルの上に置いてあるのだが、一瞬、とりとめのないことを喋《しゃべ》り出しそうな、うわずった気分になった。しかしそれは杞憂《きゆう》にすぎなかった。口を開くと同時に胸のつかえが下り、思考がそのまま言葉となって、よどみなく迸《ほとばし》り出た。

「本事件は、先ほど署長が言われたように、戸隠における野本夫婦の心中によってピリオドが打たれております。そこで、捜査を再開する前提条件として、まずこの心中事件の真相を解明しなければなりません。結論として自分は、彼らの死が自殺ではなく、巧妙に心中を偽装した殺人であると信ずるに足る、有力な物的証拠を二つ発見しました。

物証の第一は、妻・美津子の靴に付着していた土であります。ご記憶かと思いますが、靴はいわゆるハイヒールでありまして、その土踏まずの部分にはかなりの量の土がこびりついておりました。当初、自分は、彼ら夫婦が死の直前、現場付近を彷徨《ほうこう》し、その際、軟弱な地面の上を歩いたために、そのような土が付着したものと考えました。もっとも、その時点では土がどこで付着したかといったことは、さほど重要な意味を持つものとは思わなかったのも事実であります。

ところが、最近になって調査分析したところ、その土は現場周辺はもちろん、戸隠一帯には存在しえないという結果が出ました。分析には信大の地質学研究室の協力をえておりますので、充分な信憑性《しんぴょうせい》があると思います。分析によれば、この土はいわゆる火山灰土でありまして、成分中には、微量ながら比較的新しい火山灰そのものも含まれていたということです。つまり、野本夫婦は、青森駅に姿を現わす前、付近に活火山のある土地の上を歩いたことが明らかになったわけであります」

「有珠山か……」

宮崎一課長が顔をあげて、言った。「やはり、北海道から渡ってきたのだね」

竹村は宮崎の方を向いて、丁寧にうなずいてみせた。

「はい、自分もそのように考えました。戸隠、直江津、青森という軌跡を逆行すれば、その延長線上に北海道を想定するのは、むしろ当然かと思います。ところが、その後の調査によって、この土の出所が、じつはまったく方角ちがいの場所であったことが判明したのです」

全員の目が竹村に集まった。べつに意図的にそうなったわけではないが、きわめて演出効果満点の状況が生まれた。

「それは、軽井沢です」

ほうっ、という嘆息のような声がいくつも聞こえた。

「軽井沢ねえ」と、宮崎は首をかしげた。「たしかに浅間山に近いのだから、そういう土があってもおかしくないが、しかし、軽井沢と青森じゃ、どうにも結びつかない気がするが、それ、間違いないんだろうねえ」

「間違いはないと思います。火山灰土というだけでは、わが国の火山はほぼ共通した噴出物を降らせるそうですから、かんたんに識別するというわけにはいかないのですが、この場合、土の中に含まれる腐植の状態が、軽井沢で採取したものと完全に一致したということであります」

「すると、野本夫婦は軽井沢から青森経由で戸隠へ行ったということになる」

「ちょっと待ってください」と原警部が口を挟んだ。

「それはちょっと考えられませんね。と言いますのは、靴底の土の状態です。軽井沢から青森へ行くのに、東京回りか直江津回りか、どっちで行ったにせよ数百キロの大旅行でしょう。しかも乗り換えなどで階段の登り降りもかなりあったはずです。その間、あれだけの量の土が付着したままでいたというのはおかしい。どうだろう、竹村君」

「警部の言われるとおりです。自分も死体安置所でそれを見ていますから、軽井沢から青森、そして戸隠、という大旅行を彼ら夫婦がしてきたというのは、どうにも納得できないと思いました。しかし、土の分析結果は疑いのない事実です。いったいこれは、どのように解釈すればよいのか、さんざん悩んでいるうちに、重大な事実を見過ごしていることに気がついたのであります」

竹村はテーブルの上の紙袋から四葉の写真を出した。青森の工藤に確認をとった、例の縊《い》死《し》体の写真だ。

「これが第二の物的証拠です。と言いますより、この写真に写っている美津子のワンピースこそ、謎を解くための重大な手がかりでありました。

ご覧のとおり、ワンピースは、ブルーがかった花柄のデザインの生地を使ったものであります。心中事件直後の捜査で、工藤氏に照会する際には、このワンピースの色や柄についても問い合わせ、工藤氏の供述と一致したことに満足しました。しかし、その時点では、工藤氏はこの写真、もしくは現物を確認したわけではないのであります。にもかかわらず、全体的な印象から見て、青森駅に現われた男女が、野本夫婦であるという先入観に囚《とら》われ、とことんつめる作業を省略していたことは、怠慢のそしりを受けてもやむをえません」

「というと、ワンピース——いや、青森の男女は別人だったというのかね」

宮崎が苦い顔をして、訊《き》いた。

「はい、最近になって、この写真を工藤氏に送り確認してもらったところ、ワンピースの花柄はもっと大きなもので、あきらかに別の物だったということでした」

「迂《う》闊《かつ》だったな」

「申し訳ありません」

「いや、きみに言っているわけではない。われわれ捜査員すべての問題だ。それにしても一種の盲点というのか、いまのいままでそんなことは疑ってもみなかったよ。そうか、青森の男女は本事件とは関係がなかったのか」

「いえ、そうではありません」

「というと？」

「青森に現われた男女は、直江津から戸隠へ向かった男女と同一人物だったと思います。つまり、あきらかに、野本夫婦を偽装した陽動行為を演じたものと考えるべきです。結果的に、彼らの行動があったればこそ、捜査陣は野本夫婦の死を心中と断定するにいたっているのですから、あの男女の不可解な行動の目的や役割は、おのずから理解することができます。

それでは、本物の野本夫婦はいったいどのようにして戸隠へやってきたのか。先ほど原警部が指摘されたように、靴底の泥を見たかぎりでは、野本夫婦が通常の方法で旅行したとは考えられません。彼らは、自分の足で歩くことをしないで、現場へきた。つまり、何者かの手によって運ばれたのだと考えられます。もちろん、その時点では、彼らはすでに死亡しております。彼らは自ら縊死したごとく見せかけて殺され、殺人者の手で運ばれたものであります。また、それに先立ち、犯人は犯行を容易にするため、彼らに睡眠薬入りのジュースを飲ませております。直江津から戸隠へ向かうハイヤーの中で、ニセ夫婦が缶ジュースを飲んだというのも、周到に計画されたカムフラージュのひとつであったわけです。

以上のように、野本夫婦は軽井沢で殺されております。おそらく彼らはバラバラ事件発覚直後から、軽井沢に潜伏していたものでありましょう。そして、彼らを殺した犯人こそ、バラバラ事件の主犯であり、さらに、このあとに起きたもうひとつの殺人の主犯なのです」

「なんだって？」

宮崎が目を剝《む》いた。

「それはどういう意味かね。まさか浜野理恵の死のことを言っているわけじゃあるまい」

「いえ、あれは残念ながら、自分の不注意による自殺であります」

「すると、これ以外にまだ、われわれの知らない殺人事件が起きているというのか」

「そうです」

「愕《おどろ》いたね、どうも」

宮崎は首を振った。

「この上、話が錯綜《さくそう》してくると、いよいよ何がなんだか分からなくなりそうだ。いっそ最初から筋道を立てて話してもらった方が、事件の全体像を摑《つか》みやすいかもしれないな。いかがでしょう、検事さん」

ずっとメモをとっていた渋谷検事は、宮崎の呼びかけに即座にうなずいた。

「そうですね、その方がいい。じつのところ、われわれの側は、あのバラバラ事件に関しては直接関わるチャンスがなかったわけで、詳細な内容を把握しておりません。ただ、心中事件の経緯について、いま聞いたかぎりでは、竹村君の推理はかなり当をえたものだと思うのです。もしそうであるなら、心中は一転して偽装殺人ということになり、したがって彼らの犯行として捜査を打ち切ったバラバラ事件そのものを見直す必要が生じるのは当然なことですから、それに関するレクチャーを受ける意味からも、事件の発端から現在に至るまで、竹村君の知りえたかぎりの全体像を教えてもらいたいと思います。

ただ、その前に、いまの偽装心中について二、三尋ねておきたいのですが、にせの夫婦が青森から戸隠へ向かった目的は、要するに野本夫婦があたかも、青森付近か北海道に潜伏していたかのようにみせかけたかったためと思っていいのだろうか」

「そうだと思います」と竹村は答えた。「それと同時に、犯人としては軽井沢と逆の方向から現場に向かった印象を与えることによって、軽井沢のニオイを極力消そうとしたのではないでしょうか」

「なるほど。ところで、心中現場に戸隠を選んだ理由は、どう考えますか」

「いくつかの理由が考えられます。第一に地理的な便利さ。ご承知のように、戸隠は直江津と軽井沢のほぼ中間に位置しており、犯行スケジュールを立てる上で、最も理想的なポイントだったと思います。犯人のアリバイを確立するためにも、また、ニセ夫婦の待機時間を少なくするためにも、それは言えます。また、夜間人通りがまったく途絶えるということも理由のひとつでしょう。

それと、地理的な理由よりむしろ重要だと思えるのは、大橋というきわめて特殊な場所に着目したことで、大橋こそ、完全犯罪を仕上げるための、いわば理想的な条件をいくつも備えた場所であったに違いありません。

まず、あの橋は欄干が低く、死体を吊《つ》り下げる作業が容易にできたはずです。これがもし、木の枝など高い所となると簡単にはいきません。時間もかかるでしょうし、死体を動かしているうちには、首に巻いたロープがずれて、索条溝が二重についたりして、犯行の痕跡《こんせき》を遺《のこ》す結果になりかねません。

また、偽装工作は完全舗装された橋の上から、一歩も出外れることなく行なうことができますから、通常の場合のように足跡を残すおそれもなく、逆に、心中した夫婦の足跡が残っていないことに疑いをもたれる心配もありません。

そしてもうひとつ、これこそもっとも決定的な意味をもつと考えられるのは、当然のことはいえ、現場である橋の下を川が流れているということです。いうまでもなく縊《い》死には吐《と》瀉《しゃ》物と失禁がつきもので、げんに、あの死体の衣服にも汚物の痕《あと》が見られました。しかし、足下には川が流れており、そういう痕跡が残っていなくとも、すこしも不自然ではありません。こういったいくつもの条件を兼ね備えた場所は、そうざらにあるとは思えないのです」

「おみごとです」

渋谷検事は好意的な微笑を浮かべながら言った。

「あなたの推理もみごとだが、犯人の悪知恵の方も端倪《たんげい》すべからざるものがある。いよいよもって竹村君の話の内容に興味を惹《ひ》かれましたよ」

「よし」と宮崎は、勢い込んで言った。

「竹村君、それではあらためて、きみの事件全体についての推理を話してくれたまえ」

3

「事件の発端は九月二十四日、三重県鳥羽市にある鳥羽ワールドホテルで起こりました。この日、野本孝平は愛人の平山君江という女性とともに同ホテルに宿泊し、その際、たまたま同宿していた男女を目撃したことから、この一連の悲劇がはじまったのであります。

その男女とは、五代通商専務沢藤栄造と、社長秘書の浜野理恵でありました。

孝平はこの事実をネタに沢藤を恐喝しました。当時、孝平には君江との結婚という目的があり、そのために多少まとまった金が欲しいという事情があったようです。しかし沢藤としては、金の問題より、この秘密が社長の福島太一郎氏の耳に入ることを惧《おそ》れたに違いありません。孝平は福島氏とは戦友の仲で、たとえ金を渡したとしても、秘密を洩《も》らさないという保証はないのです。次期社長の椅子を狙っている沢藤にしてみれば、そのような事態はなんとしてでも防がねばならず、ついに孝平殺害を決意するにいたったものと思います。

沢藤はその共犯者として、こともあろうに孝平の甥《おい》である野本敏夫を選んでおります。どのような経緯《いきさつ》があったにせよ、実の叔父《おじ》甥という関係にある敏夫が、恐るべき殺人の片棒をかついだ気持は常識では理解できるものではありません。そういう意味からいってもやはり敏夫という人間は、性格異常者であったのかもしれません。また、日頃から敏夫が孝平を憎悪していたことや、借金のために困窮していた事情について、沢藤は充分承知していたと考えられます。相当額の報酬を示せば、叔父殺しぐらいは引き受ける人間だという確信があったればこそ、沢藤は敏夫に犯行計画を持ちかけたものと考えられます。もっとも、敏夫という存在がかりになくとも、沢藤は孝平殺害に踏み切っていたでしょう。沢藤栄造とはそういう男だと、自分は思うのであります。

十月一日、土曜日の午後。日直者も引き揚げて人気《ひとけ》のなくなった五代通商ビル専務室を野本孝平は訪れました。おそらくこの日、孝平は沢藤から金を受け取る約束になっていたのでしょう。専務室へ上がる前、管理人室に立ち寄って毎月の集金を済ませておりますが、その報《し》らせは、孝平よりひと足先に、敏夫からの社内電話によって沢藤の耳にとどいていたかもしれません。

孝平殺害の現場は専務室だと思います。沢藤は孝平の隙をつき、かねて用意してあった凶器をふるって頭部を殴打し、ほぼ一撃をもって死に至らしめたものでありましょう。

その後の遺体処理、運搬、投棄の状況についてはご承知のとおりであります。ただ、その方法がいかにも派手なやりクチでありまして、はたして沢藤の指示どおりかどうか、疑問な点ではあります。いずれにしても、沢藤としては、すべてが敏夫の単独犯行であると思わせることに成功したことはたしかです。逆に言えば、いったい敏夫は、どういう思惑があって、この損な役回りを引き受けたのか理解に苦しむところです。

十月六日、松川ダムで死体が発見され、翌日の新聞に報道されるや、敏夫夫婦はただちに逃走、潜伏しました。逃走は夜間、沢藤の運転する車で行なわれたものと思われます。潜伏先は軽井沢にある沢藤の別荘で、その日以後、彼らは別荘の敷地内から一歩も外へ出ることなく最後の日を迎えることになります。

沢藤が当初から、敏夫夫婦まで殺害してしまうつもりであったかどうか、はっきりしません。五代通商には海外との交流がありますから、ことによると外国へ逃亡させる計画だったとも考えられます。しかし、とにかく犯人の潜伏が続くかぎり、警察当局の追及がきびしく、一刻も早く野本夫婦を処理する必要に迫られ、その方法としては犯人を〝自殺〟させる以外にない、と判断するにいたったことは確かです。

沢藤は綿密に完全犯罪を計画しました。もちろん、孝平殺害を決めた時点で、すべての筋書ができあがっていた可能性もないとは言いきれませんが、もしそうだとすれば、沢藤は悪魔ほどの冷酷さと頭脳をもっていると思います。

十月十五日、沢藤は野本夫婦に似せた男女を青森に向かわせました。この男女については後に詳しくご説明しますが、いずれも実物は、それほど野本夫婦に似ているということはありません。ところが野本敏夫の特徴的なヘアスタイルをカツラで造り、サングラスをかけると、かんたんには識別がつかなくなることも事実なのです。また細君に扮《ふん》した女性の方は、ほとんど顔を見せておりません。そしてきわめて印象的ともいえる花柄のワンピース姿を、目撃者の記憶にとどめています。

ニセの野本夫婦は青森駅で駅員の工藤氏に意識的に姿を見せ、直江津からハイヤーの中では、これ見よがしにジュースを飲んで、沢藤の書いた筋書どおりの演技を続けながら戸隠へ到着しました。十月十六日の午前三時になろうとする頃でした。

ちょうどその頃、沢藤は軽井沢に来ております。翌日は五代会という定例のゴルフコンペが開かれることになっていて、五代会長の別荘でマージャン卓を囲んでいたものです。参加者は、五代会長、沢藤のほか、社長の福島太一郎氏ともうひとり、川崎という常務の四人だったそうです。マージャンは午前三時で終了し、そのあと、軽井沢に別荘のある沢藤だけが引き揚げております。沢藤は別荘に戻るとすぐ、野本夫婦に睡眠薬入りのジュースを飲ませます。その際、野本夫婦が洋服を着ていたということは、沢藤の帰りを起きて待っていたと考えられます。ことによると、沢藤は別の場所への高飛びをにおわせて、待機しているように命じておいたのかもしれません。

死亡推定時刻は三時半から四時までのあいだと言いましたが、どちらかといえば三時半に近い時間だったかもしれません。ともかく沢藤は、ただちに二人の死体を車に積み、戸隠へ向かいました。遅くとも五時前までには現場に到着し、心中の偽装工作を完了したと考えます。

その間、ニセ夫婦の男女はどうしていたかはさだかではありません。現場付近はかなりの冷え込みだったと思いますから、そこで待機していたとすれば、かなり辛《つら》いことだったはずです。あるいは、付近に前もって車を駐車しておいて、それに乗って沢藤の到着を待っていたか、それとも、すでに退去してしまったとも考えられます。

かくて偽装心中は完成し、沢藤は軽井沢へ戻って、何くわぬ顔でコンペに参加します。ところで、この事件における共犯者ですが、女の方はいうまでもなく浜野理恵です。彼女は翌日、ゴルフ場で接待役を務めることになっていましたから、犯行後たぶん沢藤の別荘へ同行したものと思います。また、敏夫役を演じた男は、鳥羽ワールドホテルの支配人、奥村哲夫という人物です。奥村は二年ほど前、沢藤に窮境を救われ、いわば命の恩人として沢藤を信奉している男です。じつは、かつて自分はワールドホテルで宿泊者カードを調べているのですが、その際、偽名で投宿していた浜野理恵のカードは発見できたにもかかわらず、該当するようなカードに沢藤か、あるいはそれらしい人物の名を発見できなかったという経緯《いきさつ》があります。その謎も、奥村支配人の手によってカードのファイルに改ざんが加えられたとすれば、説明がつきます。

さて、戸隠の心中によって、バラバラ事件の捜査は終結し、沢藤一味の安泰は約束されたかにみえました。ところが、彼らにとって不幸なことに、なおも執拗《しつよう》に、事件の疑惑を追いかける刑事が現われたのです。その刑事は、非常識にも、結婚式当日、花嫁浜野理恵に対して、強引な事情聴取を行なったのであります」

きなかった。

竹村は息をつき、宙をみつめた。このくだりは、さすがに感慨なくしては語ることがで
「浜野理恵は、昨今の風潮から見れば、どちらかといえば清純派に属するタイプの女性で、いわゆる才媛《さいえん》であったと思います。そのような浜野が、なぜ沢藤と不倫な関係をもつにいたったのかは、自分などには到底、理解できるものではありませんが、いずれにせよ、好むと好まざるとにかかわらず、沢藤の犯罪に加担してしまったことに対して、良心の呵責《かしやく》と恐怖にさいなまれる毎日だったであろうことは想像に難くありません。そして現実に刑事に追及を受けるにいたり、ついに精神的な限界に達して、ホテル屋上から投身自殺を遂げたものであります。

浜野理恵の死は彼女にとってはもちろん、自分にとっても不幸な事件でありました。しかし、この事件の発生がバラバラ事件解決の遠因となったことを思えば、彼女の死は決して無駄ではなかったと思います。

ご承知のように、この自殺事件は行き過ぎ捜査と恐喝まがいの尋問によって、花嫁が死に追いこまれたものとして、センセーショナルに報道されました。各週刊誌はこぞって大大的に紙面を割き、死んだ花嫁や悪徳刑事の写真をデカデカと掲載したのであります」

竹村は苦笑してみせたが、だれも笑う者はなかった。

「そうした一連の写真の中には、花嫁の両親の写真や花婿の写真もあり、そして仲人《なこうど》役である沢藤栄造の写真ももちろんありました。この写真が、先ほど言いました第三の殺人の

ヒキガネになったのです。

九月二十四日、野本孝平が沢藤と理恵のデートを目撃した時、その場所にもうひとりの目撃者がおりました。鳥羽ワールドホテルの従業員、根岸三郎という青年であります。根岸は週刊誌の記事と写真を見て、花嫁の不倫の相手がこともあろうに仲人の沢藤であることを知りました。しかも沢藤は五代通商の専務であります。恐喝を行なうにはもってこいの相手だと考えたのでしょう。しかし結果的には沢藤の方がうわ手で、根岸もまた孝平と同じ轍《てつ》を踏むことになります。推定すると、十一月八日の深更、根岸は鳥羽駅付近のバーから現われ、自分の車に乗ろうとしたところで、ホテルの支配人奥村哲夫に会います。もちろん、奥村は沢藤の命を受け、根岸を張っていたものです。奥村は根岸の酔いを理由に、自分が運転すると言い、根岸を助手席に座らせます。このあとの行動は不明です。何か口実を設けてドライヴをしながら、奥村は根岸が眠りこけるのを待ったのかもしれません。最終的には車は伊勢湾フェリーの発着場付近の埠頭《ふとう》上に現われますが、その時にはすでに根岸は熟睡していたか、あるいは埠頭上で一服している内に眠りこんだとも考えられます。夜寒でヒーターが必要ですから、当然、エンジンはかかったままです。

奥村は助手席側のドアのロックボタンを押し、オートマチックのギアをドライヴの位置に合わせ、ブレーキペダルから足をあげ、静かを車外に出ます。車はすでにゆっくり動きはじめていたでしょう。いくぶん加速しながら岸壁を出外れます。その際、奥村は最後のひと押しを車に加えたかもしれません。

こうして根岸は愛車の中で溺死《できし》しました。地元署では、この事件をたんなる事故死として処理しております。したがって、自分が申しあげたことは、すべて推測の域を出ておりません。しかしただひとつ、犯行を立証できる可能性があります。

事件当夜、埠頭の上に置いてあった石油缶を何者かが倒し、中に入っていた廃油がかなりの量、流れました。根岸の車はこの廃油の帯を越えて海中に転落したのでありますが、犯行の際、奥村もこの上を歩いたことは充分考えられます。そこで自分は一昨日、ワールドホテル従業員寮の奥村の下足箱を調べ、そこにある靴の底に廃油が付着しているのを確認しました。これがもし現場の廃油と同質のものであれば、有力な物証となることはあきらかです。

以上が、自分の調査結果のあらましであります。すべてのケースについて、たぶんに推測的であることは、残念ながら認めざるをえません。しかし、沢藤の別荘にしろ奥村のところにしろ、綿密な捜索を行なえば、必ず多くの物証が得られるものと信じております。事態は一刻を争う状況だと思います。犯人たちが証拠湮滅《いんめつ》を図る恐《おそ》れは当然、予測できるところです。よろしくご検討の上、早急かつ適切なるご処置をとられるよう、お願いする次第です」

竹村は深ぶかと一礼し、ゆっくり腰を下ろした。最後の一句を言い了《お》えた瞬間、頭の中は空っぽになったような気がした。

しばらくのあいだ、誰ひとりとして、声を発する者がなかった。

4

月が変わるのと同時に、この冬最初の寒波が南下してきた。伊勢湾のおだやかな水面から沿岸一帯にかけて、真珠色の靄《もや》がたちこめる朝であった。

まだ覚めやらぬ岬の路《みち》を、二台のパトカーと、灰色の鑑識車が連なってゆく。赤色灯《とう》は点《つ》けているが、ホテル客への配慮から、サイレンは鳴らしていない。

先頭のパトカーには竹村と長野県警の原警部が同乗している。それ以外はすべて所轄の鳥羽署のスタッフである。この日、おそくとも正午頃には飯田署内に、ふたたびバラバラ事件の合同捜査本部が設置される手筈《てはず》になっている。長野、三重、東京の三都県にまたがる合同捜査がスタートするのだ。

ホテルの業務は朝が早いらしい。従業員寮のドアを開けると、味噌《みそ》汁の香りが漂ってきた。出勤を急ぐ制服姿の男たちが、玄関ホールに姿を現わしはじめていた。そのひとりに奥村支配人を呼びにやらせた。

奥村は蝶《ちょう》ネクタイの結び目を気にしながらあわただしげにやってきた。愛想笑いを浮かべてはいるが、さすがに緊張の色を隠しきれない。

「何か、ありましたのでしょうか」

「ちょっと、根岸三郎さんの事故の件で、お尋ねしたいことがありましてね」

捜査員の先頭にいる、鳥羽署の警部補が言った。

「それで、申し訳ないが、署までご同行ねがいたいのだが」

「いま、すぐにでしょうか」

「そうです」

奥村は顔を歪《ゆが》めた。若い捜査員が二人、警部補の脇をすり抜けてホールに上がりこみ、奥村の背後に立った。

「分かりました、それでは電話を一本かけさせてください」

「いや、それは署へ行ってからにしてくれませんか。それから、恐縮ですが、あなたの部屋を家宅捜索させていただきます」

捜査令状をつきつけられて、奥村は青ざめた顔になった。禿《は》げあがった額の白さがやけに印象的だ。やがて、観念したように、奥村は下足箱から靴を取り出した。その時、捜査員の列から、竹村が一歩前へ進んだ。

「奥村さん、その奥にある茶色い靴、それもあなたのものですね」

「そうですが」

奥村は竹村を見返って、相手の素性を知ったとたん、いちだんと脅えた表情になった。

「その靴、証拠物件としてお借りしますよ」

奥村はだまってうなずいただけであった。

この日の家宅捜索で、奥村の部屋から発見された証拠品の内、めぼしいものを挙げると次のようなものである。オールバックスタイルの男性用かつら、サングラス、紺色の背広上下、沢藤栄造からの手紙、そして、沢藤に対する額面五百万円の借用証の控。すべてが奥村と事件との強い関係を示していた。

ほぼ同時刻、東京では、渋谷区内にある沢藤の宏壮《こうそう》な邸《やしき》へ、室町署の捜査員が出動している。指揮は岡部警部補がとった。沢藤に対しても、この時点では逮捕状は執行されず、任意同行の形式がとられた。

沢藤はまだパジャマ姿で、厚ぼったいガウンをまとって岡部らと会った。例によって傲《ごう》岸《がん》な態度を装っていたが、岡部の目にはそれが、あきらかな虚勢としか映らなかった。沢藤家には栄造とその妻のほか、高校生の長男と中学生の長女、それと手伝いの女が二人、運転手が一人いたが、その者たちの狼狽《ろうばい》を制しようとする配慮もできないほど、事実、沢藤の衝撃は大きかったのだ。

室町署の取調室に入ると、沢藤は悪びれずに犯行の一部始終をすらすらと述べている。これは、かなりの難航を予期した岡部たちにとっては一種のアテ外れであった。

犯行の大筋はほぼ竹村が推理したような内容であったが、大本の野本孝平殺害については、沢藤は意外な供述をしている。孝平殺しの実行は敏夫がやったというのだ。沢藤はあらかじめ殺意をもって呼び寄せたことは認めたが、実際に凶器を揮《ふる》って一撃で孝平を死にいたらしめたのは敏夫だ、と主張している。

「孝平氏ハ私ノ殺意ヲ警戒シタノカ、終始、私トノアイダニテーブルヲ挟ムヨウナ位置デ向キ合ッテイマシタ。ソノ時、ドアガ開イテ敏夫ガ顔ヲ見セマシタ。孝平氏ハ振リ向イテ、甥《おい》ノ顔ヲ見タノデ安心シタラシク、スコシ警戒ヲ解イタ顔ヲコチラニ向ケタノデアリマス。スルト敏夫ガドアカラ入ッテキテイキナリ、持ッテイル金属製ノバットデ孝平氏ノ後頭部ヲ強打シマシタ」

沢藤は事前に犯行に関して、敏夫と共謀をしてはいるが、敏夫に殺害そのものを依頼してはいない、と強弁した。つまり、敏夫には犯行後の死体遺棄のみを依頼したのだというのである。

沢藤はかなり以前から野本敏夫を手なずけていて、敏夫と孝平の不仲ぶりも充分承知していた。敏夫は沢藤の意を受けて、社内の情報収集、というと聞こえはいいが、いわばスパイ役を務めていたらしい。末端の噂ばなしを盗み聞きしたり、管理人の立場を利用して休日の社内を巡っては、社員や役員連中のデスクを漁《あさ》り、めぼしい情報を蒐《あつ》めて沢藤に注進するという役目で、むろん、なにがしかの報酬を受け取っていた。そういう付き合いの中で、敏夫の叔父《おじ》に対する憎悪——それはあるいは殺意に近いものだったかもしれない——を感じていたればこそ、沢藤は敏夫を共犯者に仕立てる決意を固めたのだ。

孝平にしてみれば、逆に、五代通商ビルには甥夫婦がいるということで安心感があったに違いない。そうでもなければ、おめおめと沢藤の誘いに乗って出かけてくるほど、無警戒な孝平ではあるまい。また、それを沢藤は利用したともいえる。そのためには、どうしても敏夫を共犯者に引き入れる必要があった。そして敏夫は、積極的に沢藤の要望に応じた。むしろ沢藤の思惑を超える働きぶりを示した。

「私ハ野本敏夫ニ対シテ、孝平氏ノ死体ヲ遺棄スルヨウ、依頼シマシタ。シカシ、死体ヲ損壊シ、アノヨウナ捨テ方ヲシタノハ、敏夫ノ独断デアリマス」

沢藤は調書の中でこう述べている。要するに、死体遺棄に関しては、当初の話し合いどおり敏夫に一任したものの、あれほど派手にやらかすとは思ってもみなかったらしい。それは沢藤にとって、第一の誤算であった。沢藤にしてみれば、もっと要領よく、完全に死体を隠蔽《いんぺい》してくれるものと楽観していたのだろう。敏夫自身に真先に疑いがかかるような莫迦《ばか》げたやり方をするとは、常識では考えられない。さすがの沢藤も、敏夫の狂気としかいいようのない異常性向まで見抜くことはできなかった。それだけに、敏夫に対する沢藤の嫌悪感は凄《すさ》まじいものであった。「あの下衆《げす》は」という言い方を、沢藤はしている。

「あの下衆は、私を脅迫するために、最も効果的な方法で死体を捨てたのだ。死体が発見されないような捨て方をしたのでは効果がない、と計算した上で、ああいう残虐非道な手段を取ったのだ」

沢藤の供述書を取りながら、岡部警部補は、事件の主犯である沢藤の口から「残虐非道」という罵詈《ばり》を聞くのは妙な気がしたが、沢藤にしてみれば、自分の犯した殺人には、それぞれ正当な理由がある、という論理なのであった。確かに、沢藤が殺した相手は、すべて沢藤に対する恐喝者であった。沢藤の言を藉《か》りれば、彼らは「蛆虫《うじむし》ども」ということになる。世に害毒を流す存在、踏み潰《つぶ》されて当然の人種であるという。

敏夫に対して沢藤は〝共犯〟の報酬として五百万円と、海外移住の約束をした。ところが、犯行後、敏夫は五千万円を要求してきたのだという。それが敏夫夫婦謀殺の動機に結びついたのであって、それまでは彼らに対する殺意がまったくなかったことを、沢藤はくり返し主張した。

根岸三郎殺害の時点では、沢藤にはなんらの心的抵抗もなくなっていたらしい。沢藤は根岸から恐喝の電話を受けると、即座に奥村哲夫に向けて殺人指令を発した。沢藤は「殺せ」と言い、奥村は「分かりました」というような、かんたんな話し合いを交わしただけで、犯行は実施されたのだ。

竹村が松阪で調べたとおり、奥村哲夫の逆境を救った人物は沢藤であった。以来、奥村は絶対的な沢藤の信奉者になる。しかし沢藤が奥村を救ったのには、奥村を感激させたような単純な善意ばかりがあったわけではないことも、のちの調べで判明した。沢藤の真の目的は、鳥羽ワールドホテルの乗っ取りにあったのだ。元来、五代通商は鳥羽ワールドホテルの大株主の一員ではあった。しかし筆頭株主以下、株式の半数以上は地元財界によって占められている。それを少しずつ切りくずし、筆頭株主の位置を奪取しようというのが沢藤の狙いであり、その工作員として、たまたま空席となった支配人人事に〝美談〟という地元好みの背景をいいことに、奥村を送り込んだ、というのが真相であった。

ともあれ、奥村が沢藤に対して忠実であったことも事実なのだ。沢藤の敵はすなわち奥村にとっても共通の敵という認識だ。だからこそ野本敏夫殺害の片棒をかついだし、根岸三郎殺しにも加担した。

だが、沢藤の素直な供述とは裏腹に、鳥羽署における奥村の取調べは難航していた。奥村は沢藤から根岸殺しの依頼を受けたことは認めたが、殺害を実行した点については頑強に否認しつづけた。

「私が手を下すまでもなく、根岸は死んでしまいましたからね」

と奥村はうそぶいた。

「警察だって、根岸の事故死を確認しているではありませんか」

それは捜査当局にとって、もっとも痛いところであった。鳥羽署は県警の指令に従って長野から来た捜査員に協力してはいるが、根岸の死を事故死と断定したてまえ、それを覆すような結果になることは望ましくないというのが本音だ。じっさい、捜査員の中には、奥村の供述を丸々、正しいと考える空気が強くなっていた。

午前十時頃、奥村に対する逮捕令状が執行されたが、名目は野本夫婦殺害に関わる共犯容疑ということであった。しかし、殺人の共犯といっても、事実関係からいえば、これはほとんど微罪のようなものだ。奥村は死んだ浜野理恵とともに、沢藤に命ぜられるまま、青森へ行き、直江津から戸隠へ向かったにすぎない。供述によれば、戸隠に到着後、彼らは徒歩で越水原ロッジ付近に駐車してあった奥村の車まで行き、そこからまっすぐ軽井沢へ向かったのだという。供述どおりとすれば、奥村は野本夫婦の死体遺棄にもたずさわっていないことになる。そのことは沢藤の供述とも一致した。沢藤は浜野理恵に対して、この奇妙な旅行の意味を正確には知らせなかった。事件後になって、理恵はようやく自分の役割を悟ったのだという。それと同時に、彼女は野本孝平殺しの主犯が誰なのかを知ったに違いない。それ以後、理恵は恐怖の日々を送ることになる。

考えてみると、この一連の事件で純粋な意味で被害者と呼べるのは、浜野理恵ひとりではないだろうか。そう思うと、竹村の胸には苦いものがこみあげてくる。理恵の死に対して、贖罪《しょくざい》のすべをもたないことが辛《つら》かった。

午後二時過ぎ、鳥羽署刑事課の大野巡査に電話がかかった。大野は電話の内容を慎重にメモして、直ちに取調室にいる竹村のもとへ届けた。戸口まで出てきた竹村にメモを渡しながら、大野は「竹村さん、やりましたね」と言った。好人物の大野の目がいっそう細められていた。

竹村はメモを読むと、あらためて奥村と対峙《たいじ》した。傍らには原警部がいるが、尋問はほとんど竹村に任せっきりだった。

「奥村さん、あなた、根岸の車が発見された十一月十日の朝、フェリーの埠頭《ふとう》へ行きましたね」

「ええ、警察からパトカーが来て、身元確認に立ち会いました」

「ところで、それ以前に埠頭へ行ったのは、いつ頃になりますか」

「いつ頃といわれても、急には思い出せませんが」

「では、前日の九日はどうでしょう」

「いえ、行っておりません」

「間違いありませんか」

「間違いありません。記憶がはっきりしないといっても、そのくらいは分かりますよ」

「それでは、その前日の八日はどうです」

「行っておりません」

「ほんとうですか。この日の深夜から翌日の未明にかけて、根岸さんは死んでいるので、たいへん重要な点ですから、はっきり思い出してください」

「行っておりませんよ。ほんとうです」

「それでは聞きますが、あなたの茶色の靴、あれはホテルでは履きませんね」

「履きません。ホテル内では黒靴がきまりですから」

「じつは、あの靴の底に、かなりの量の廃油が付着しているのですがね、ご存知ですか」

「いえ、気がつきませんでした。茶の靴はずっと履いていないものですから」

「最後に履いたのはいつですか」

「さあ、憶《おぼ》えておりません」

「十一月十日、現場へ行ったときには履いていたのではありませんか」

「さあ、どうでしたか」

「その時の服装はホテルの制服でしたか」

「ええ、出勤の支度をしようとしている時でしたから、制服を着て出かけました。あ、そうです、ですから靴は黒靴を履いていたはずです」

「なるほど、すると茶色の靴に廃油が付着したのは、十一月八日か九日ということになりますな」

「それは、どういうわけですか」

「その廃油というのがですね、八日の晩、埠頭上に置いてあった石油缶を、誤ってひっくりかえしたために流れ出したものなのです」

「しかし、廃油なんてものは、どこにだって流れているでしょう。ガソリンスタンドかどこかで付いたのかもしれないし」

「それがそうでないのです。その廃油というのは、八日朝、寄港した巡視艇あさかぜが、夕方出港する際、港湾関係者に処分を依頼して置いていったもので、石油缶の中にはペンキの残りが混入してあったものだから、ただの廃油とははっきり区別できたそうです」

竹村はテーブルの上にメモを置いた。

「分析によればですね、あなたの靴に付いていた廃油と、根岸の車のタイヤに付着していた廃油とは、まったく同質のものだというのですな。つまりあなたは、八日の晩から九日にかけて、現場に立ち入っている」

「待ってくださいよ」

奥村はうろたえた声を発した。それは、これまで見せたことのない動揺ぶりであった。

「いや、それはですね、こういうことかもしれません。さっき、十日の朝に現場検証に立ち会ったとき、黒靴を履いて行ったと言いましたが、ひょっとするとそれは錯覚で、じつは茶色の方だったかも……、いや、おそらくそうですよ。間違いない」

「なるほど、そうかもしれませんね」

竹村はこの時、この事件に関わって以来、はじめて、心の底からこみあげてくる勝利の快感を味わった。奥村に対する尋問が、まったく自分の予測したとおりに展開していた。しぜん、微笑が頰に浮かんだ。

「しかし、たとえ十日の朝、茶の靴を履いて行ったとしてもですね、靴の底にあの廃油が付くことはなかったのですよ」

奥村はポカンとした眸《め》を、竹村に向けた。

「というのはですな、九日の朝、港湾関係者が廃油の帯を見つけて、ただちに洗剤を使って海へ洗い流してしまったのです。あそこは車も通りますしね、スリップでもしたら危険と判断したのでしょうね。おかげで九日いっぱい、海面はにごっていて、根岸さんの車は発見されなかったというわけです」

エピローグ

十二月三日、竹村と原は鳥羽を離れ、奥村哲夫を護送して東京・室町署へ向かった。

室町署では、岡部警部補が待ち構えていたように竹村を迎え、両手で握手を求めた。

「おめでとう、ついにやりましたね」

「ありがとうございます」

竹村は笑おうとして、不覚にも泪《なみだ》ぐんだ。なんだか、ひどく長い道程《みちのり》を旅してきたような、重い感傷に囚《とら》われていた。ひたむきに何かを成し遂げたという満足感より、むしろ、自分の中であるひとつの物が燃え尽きたことの方に実感があった。

室町署で行なわれた合同捜査会議は、二十名を超える参加者で賑《にぎ》わった。ここでも主役は竹村岩男であった。あらたに明らかにされた根岸三郎殺しの真相を中心に、報告と質問が交わされた。事件の全体像が浮き彫りにされればされるほど、竹村の〝仕事〟の大きさと重みが彼らを圧倒した。警察官という共通した生活背景を持つ者同士である。竹村の生きざまが、自分たちとまるで無縁であるという意識など、抱きようがない。竹村の哀歓は彼ら自身のそれであった。だからこそ、事件解決にいたるまでの竹村が経験したであろう辛酸と、それを乗り越えた研鑽《けんさん》に対して、すなおに頭が下がった。

その夜、竹村は岡部を連れて新宿の三番館を訪れた。懐中は乏しかったが、そうせずにはいられない気分だった。

君江は竹村の顔を見るなり、そこの客を放って駆け寄ってきた。

「ニュースで見ましたわ。とうとう解決したんですね、おめでとうございます」

手を握られ、竹村はテレた。岡部は笑っていた。それから君江を相手に、二人の警察官は祝杯をいくども交わした。

「こちら、ハンサムねえ、お巡りさんにしとくの、もったいないわ」

君江もすこし酔ったらしい。目を細めて岡部を眺めては、なかば本心ともとれる、気のある素振りを見せた。

「だめだよ、この人には愛妻がいる」

「あら、いいのよ、結婚までしてもらおうとは思わない」

野本孝平とのことは、この女にとって、すでに過去でしかないのだ、と竹村は思った。それでいいのだと思う気持の裏で、やりきれないものを感じた。人間の業のかなしさを感じた。そう思ったとき、ふいに陽子の顔が浮かんだ。

「岡部さん、一段落ついたら、飯田へいらっしゃいませんか。うまい岩魚《いわな》料理をごちそうしますよ」

「そうですねえ、奥さんと祝杯をあげる約束もあるし、一度お邪魔したいですね」

「ぜひそうしてください。その時は、奥さんもご一緒にどうぞ」

「女房ですか……、そうですねえ、そうしようかなあ」

妻のことを言う岡部の口吻《くちぶり》からいつかのような翳《かげ》りが消えていることに、竹村は気がついた。ほんのわずかな時の流れの中で、それぞれの生活が転変してゆく。やはり岡部を誘ってよかった、と竹村は思った。

男たちの会話にとり残されて、君江はつまらなそうな顔になった。


翌日、パトカーの先導をつけた護送車で、沢藤栄造と奥村哲夫を軽井沢の現場検証に連行することになった。軽井沢には長野県警側の捜索隊が待機していて、そこで室町署からバトンタッチされる段取りである。

この日、早朝から、室町署には報道陣がつめかけている。容疑者二人がめあてなのはもちろんだが、大殊勲の竹村から、談話のひとつも取れればという連中がひしめきあった。

「いっそ、記者会見でもやったらどうか」と室町署の幹部が勧めるのを、竹村はひたすら固辞した。

護送車は庁舎裏の出入口に横付けされた。周辺に署員総出のピケが張られ、その外側に報道陣がひしめいた。一行が現われると、たて続けにフラッシュが焚《た》かれた。

奥村は左右の捜査員のあいだに顔を隠すようにして歩いた。それと対照的に、沢藤は昂《こう》然《ぜん》と胸を張り、斜め上方を睨《にら》みつけていた。

竹村は原と並んで、一行の最後尾に随《つ》いていた。目立たないように、なるべく伏目がちにして歩いたが、例のレインコート姿のせいか、それとも、顔が売れてしまった証拠か、すぐに見破られて報道陣の関心の的になった。中から「竹村さん、ご活躍でしたね」と、不遠慮な大声が飛んだ。声の主に見憶《みおぼ》えがあった。浜野理恵が自殺した日、ホテルへ一番乗りした新聞記者だ。

「このままは各社、ひどいこと書いたけど、こんどは罪滅ぼしに、せいぜい賞《ほ》めて書かせてもらいますよ」

記者連中はどっと笑った。竹村は仕方なしに苦笑した。その表情をとらえて、またひとしきり、フラッシュが光った。

護送車の中で、竹村は沢藤の後ろに席を占めた。シートに腰を下ろしかけた時、沢藤が「あんた、気分がよかろう」と呟《つぶや》くのを聞いた。「誰がほんとうの被害者か、考えもせんで」と、沢藤は続けた。

文字どおり、ひかれ者の小唄《こうた》だが、竹村は沢藤の気持が分からぬでもない。まったくのところ、沢藤は加害者である以前に、脅迫の被害者であった。野本孝平による恐喝を受けなければ、沢藤に孝平殺害の動機は生じなかったし、敏夫夫婦も、浜野理恵も、根岸三郎も死ぬことはなかったのだ。沢藤の犯行は一種の防衛行為と見られなくもない。刑法第三六条には『急迫不正ノ侵害ニ対シ自己又ハ他人ノ権利ヲ防衛スル為《た》メ已《や》ムコトヲ得サルニ出《い》テタル行為ハ之《これ》ヲ罰セス』と規定し、さらに過剰防衛についても、情状酌量の対象になるしている。沢藤の場合でも、殺した人数は多いがその意味で同情すべき点もある。むろんそういうことへの斟酌《しんしゃく》は、捜査員が配慮すべき範疇《はんちゅう》ではないが、竹村はやはり、沢藤を襲った不幸を思わずにはいられなかった。

それっきり沢藤は口をきかなかった。車が走りだすと、わずかな隙間風がカーテンを煽《あお》って、窓外の風景を窺《のぞ》くことができる。沢藤は真剣な目で東京の街並みに見入っていた。

軽井沢には正午前に着いた。冬枯れのものさびしい風景の中に大勢の人間があわただしく動きまわっていた。

飯田署からは園田警部補と桂木刑事が出張《でば》ってきている。園田はいくぶん緊張ぎみだが例によって野放図な調子で声をかけてきた。

「よお、タケさん、ご苦労さん」

それからすこし声を低くして、

「おい、どうやらお前さん、一階級特進らしいぞ」

「まさか」

「笑いごとじゃない。署長がそんなようなこと言っとられた。ヘタすりゃ二階級ってこともありうるとさ。そうなると警部さんだぜ、気安くタケさんなんて呼ぶわけにはいかない。なさけねえこった」

園田は愉快そうに笑った。ヤッカミもこの男の場合には陽気さの中に溶け込んでしまうから、すこしも嫌味には感じない。

沢藤の別荘は敷地のぐるりを立入禁止のロープで囲み、警官が要所要所に配置されていた。すでに敷地内の足跡などは採取が完了していて、現在は、邸内の捜索と検証が進められつつあった。

別荘は、玄関を入るとすぐ、吹き抜けのホールになっていて、右手の階段をのぼったところから、回廊がL字形にホールを囲んでいる。回廊に面して小部屋が二つある。小部屋といっても、廊下と完全に仕切られているのではなく、ゴルフ場のロッジなどでよく見かけるような、かんたんなベッドルームで、子供たちや気のおけない客用に設けられたものらしい。野本敏夫夫婦はここで起居していたのだった。

沢藤はみずから捜査員たちを先導して階段を上り、回廊の手摺《てすり》の際《きわ》に立った。そこはベッドからほど近い場所だ。あの夜、ジュースを飲んで二十分あまり経つと、野本夫婦は睡魔に襲われ、たまらずベッドにもぐりこんだ。充分寝入ったところを、沢藤は彼らの首にロープをかけ、一方の端を回廊の手摺に結えて、夫婦を一人ひとり放り出したのだ。

「ここから投げました」

沢藤の示す位置の手摺にロープの擦過痕《さっかこん》が残っていた。

竹村は検証の集団から離れ、ひとり、建物の裏手に出た。この付近から野本美津子の靴跡を採取したと聞いている。軒下から芝の生え際まで二メートルばかりは、帯状に黒ぐろとした地面が露出している。芝生に近い部分は急傾斜に高まっていた。そのあたりには、およそ五センチもあろうかと思える霜柱が、凶悪な歯を剝《む》いている。佇《たたず》んで見るうちに、霜柱はつぎつぎと崩れた。

「霜崩れか」

竹村はつぶやいた。〝霜崩れ〟は俳句の季語である。幾百幾千の霜柱が、うたかたの生命を了《お》えて、震え、呻《うめ》きながら、黒土の茵《しとね》に朽ち果てるさまには、心惹《ひ》かれるものがあった。

竹村はひっそりと佇んで、斜面のそこかしこから沸き起こる、かすかな崩壊の音に聴き入っていた。

自作解説

僕が一念発起して『死者の木霊《こだま》』を書きはじめたのは、一九七七年のたぶん晩秋のころのことである。当時の僕はちっぽけな広告会社のようなものを経営して、自らもコピーライターであった。テレビCMやPR映画の企画や制作、まれに演出なども手掛けたりして——というと聞こえがいいけれど、その日暮らしの、気儘《きまま》だが、将来的には大した展望のない日々を送っていた。

そのころの友人に中川博之という作曲家がいた。ロス・プリモスの「ラブユー東京」だとか、美川憲一の「さそり座の女」などで知られている。その中川氏が将棋のライバルで、よく彼のマンションに押しかけ、ヘボな将棋を指した。将棋に倦《う》むと、氏の蔵書の中からミステリーを借りて帰り、次回の訪問のときに返却した。その返すときの言いぐさが可愛ゆくなかった。「なんだ、こんなくだらないミステリー。トリックがなっちゃいないじゃないか」といった具合である。毎度毎度のことだから、おとなしい中川氏もしまいには怒り、「そんなことを言って、書けもしないくせに」と言った。

「そんなことはない、こんなものぐらい、書けないでどうする」

「だったら書いてみたら」

といったようなわけで、引っ込みがつかなくなった。大言壮語の手前、書き上がらないうちは将棋も指せない。こっちも相当の負けず嫌いだから「なにくそ」と意地になった。しかし、いざミステリーを書くとなると、これがなかなか難しい。たかがミステリーなどとばかにできないことに気づいた。

コピーライターとしてごく短い文章を書いてはいたが、同じ「作文」といっても、それは小説の文章とはおよそかけ離れたものだ。いわゆる広告文案はいかに簡潔に趣旨を伝えるかに腐心するもので、もって回ったような（？）言い方で、原稿用紙数百枚にもおよぶ文章を書く作業など、まるで別の世界のことという認識しかなかった。したがって、この長編推理小説を書く作業は、文字通り手探り状態だったはずで、よくぞまあ、これだけの作品を完結させることができたものと驚きを禁じえない。

そもそも、当時の僕には警察機構に関する知識さえほとんどなかった。警察署と警視庁、警察庁、検察庁といった役所がそれぞれどのように関わりあい機能しているのかなどもまるで知らない。警察官の階級が巡査、巡査長、巡査部長、警部補、警部、警視、警視正、警視長、警視監——と上がってゆくこともはじめて知ったくらいだから、その無知ぶりは推して知るべしである。

ただ、幸運にも——というと被害者に申し訳ないが、ちょうどそのころ、長野県の飯田《いいだ》市で起きた、猟奇的で不可解なバラバラ事件のことが新聞に載っているのを見て、それがヒントになって、どうにか創作の糸口を摑《つか》むことができた。作中にも書いたとおり、バラバラ死体をわざわざタクシーで運び、ダムに捨てたという事件である。

創作の作業はバラバラ死体が発見された松川ダムの取材から始まった。記憶は定かではないが、ダム湖を囲む山々の紅葉が美しかったことだけは憶《おぼ》えている。

当時の飯田警察署は木造二階建ての老朽庁舎で、床板はギシギシいうし、建物の中は薄暗く陰気くさかった。刑事課の部屋で留守番然としていた警部補に話を聞いた。作品の中で「イノシシ」と表現した園田警部補はこの人の風貌《ふうぼう》をモデルにしている。顔に似合わぬ親切な応対をしてくれた。その直前、警視庁の広報関係のセクションに取材の申し入れをして、けんもほろろに断られていたから、この警部補の親切は一入《ひとしお》ありがたかった。考えてみると、『死者の木霊』が単なる犯罪小説や謎解きゲームに終始してしまわず、警察官やその家族、事件関係者それぞれのドラマを描く方向で書き綴《つづ》られたのは、この人間味豊かな警部補との出会いがあったせいではないかと思っている。

取材先の松川ダムの管理事務所にいた老人もすこぶる親切で、ダムの地下——堰堤《えんてい》の中に案内して、そこに貯蔵してある山ゴボウの味噌《みそ》漬けをご馳走《ちそう》してくれた。後日談になるが、『死者の木霊』が出版されたとき、その老人に本を送ったところ、夫人から返事があって、その老人はすでに他界されていることを知った。せめて生前に本が間に合えば——と残念でならなかった。

取材のほうは、まずまず順調だったが、執筆はまったくといっていいほど進捗《しんちょく》しなかった。だいたい小説の書き方を知らないで、いきなり長編ミステリーを書こうというのだから、どだい無理な話なのである。いろいろな知人を頼って、小説書きのコツのようなものを教えてもらったが、どれ一つとして役に立たなかった。こうなったらマニュアルを無視して、自己流でゆくっきゃない——と腹を決め、とにかく冒頭から書き始めた。

五百枚をかなり超える原稿が完結したのは、一九七八年の暮近くか、翌年の正月ごろだったと思う。書き上げてはみたものの、いいのか悪いのか、さっぱり分からない。カミさんに読ませたが、ミステリーにはぜんぜん興味のない女だから、批評をする気にもなれないらしい。例の中川氏に見せればよさそうなものだが、「なんだ、こんな駄作」と貶《けな》されるのがこわくて、持って行けない。とどのつまり、机の上に載せたまま、いたずらに時は流れた。

そのうちに、講談社後援の「江戸川乱歩賞」に応募してみようと思いついた。こっそり応募して、うまいこと佳作ぐらいにでも入ったりしたら、あの憎らしい作曲家の鼻をあかしてやれる——と思った。

しかし、作品は第一次予選は通ったが、第二次予選であえなく脱落。やれやれ、いくら大きなことを言っても、素人《しろうと》の力なんてこんなものか——とガックりきた。こんなザマでは、あの作曲家のマンションには顔が出せない。原稿を見るのもしゃくにさわるので、戸棚の片隅にしまいっぱなしになった。もしそのまま、ふたたびその原稿を世に出すことがなければ、ミステリー作家・内田康夫は誕生しなかったのである。

翌一九八〇年の秋、僕はふと、あの作品を自費出版して、名刺代わりに配ってみよう

――と思いついた。雑誌か何かの広告で知った「栄光出版」という小さな会社を訪ね、二百万円ばかりかけて、三千部印刷した。奥付の発行日は「昭和五十五年十二月二十五日」になっている。できた本はあちこちの書店に並べてくれるということであったが、そっちのほうはあまり期待していなかった。

明けて昭和五十六（一九八一）年三月八日の朝まだき――僕とカミさんはけたたましい電話のベルに叩《たた》き起こされた。カミさんの従姉《いとこ》からの電話で、「出てるわよ！」という叫び声は布団の中の僕の耳にも届いた。何のことかと思えば、朝日新聞日曜版の読書欄に『死者の木霊』の書評が載っているというのである。そのころ、わが家では景品の洗剤に惹《ひ》かれて読売新聞を購読していたから、カミさんは幡《はた》ヶ谷《や》駅の売店まで走って、朝日新聞を十部も買い込んできた。どの新聞も同じ内容だと思うのだが、ずいぶん無駄なことではあった。

僕に作家への道を拓《ひら》かせてくれたのは、このときの書評の力である。名もない素人の書いた本を取り上げて、大きな扱いで正面きって論評した朝日新聞社の見識に、いま改めて敬意を表したい。また、「安」というネームの評論家が誰なのか、長いこと知らなかったけれど、片時もその恩は忘れない。

ところで、松川ダムバラバラ事件の顚末《てんまつ》だが、現実の捜査のほうは、死体を運んだビル管理人が犯人であるとして全国に指名手配し、その時点で事実上完了している。

新聞記事で事件を知った瞬間、僕は強い好奇心と抑えがたい疑惑の虜《とりこ》になった。ごく短い記事だったが、あっさり終結宣言を出した捜査のあり方に納得いかないものを感じた。そのときの僕の感想はそのまま、作品の中で竹村部長刑事の心理描写として示したとおりのものである。その好奇心と疑惑が創作のエネルギーとなって、次から次へ、空想と推理の世界が広がっていった。

『死者の木霊』はその想いの流れるままを、原稿用紙に書き綴ったと言っていいかもしれない。なぜ？　どうして？　誰が？　どこで？　いつ？　どうやって？……という問い掛けをし続けてゆけば、イマジネーションは際限なく新しい舞台を構築し、そこに蠢《うごめ》く沢山の人物を登場させてくれた。

この『死者の木霊』をはじめ、ほとんどの作品について、僕がプロットを作らず、いきなり執筆に掛かっていることを、いまに至ってもなお、仲間や編集者の中にさえ信じない者がいる。

前述したとおり、僕といえども、『死者の木霊』の執筆を始めるに際して、最初のうちは小説作法だとかプロットだとかいう創作上のテクニックを、にわか仕込みに学びながら書こうとした。しかし、根が怠惰な性格の僕は、じきにそういう退屈な作業に飽き、筆が進まず、挫折感《ざせつかん》を味わった。おそらく多くの作家志望の人々が同じ経験をしているのではないだろうか。

それだけに、いわばぶっつけ本番の成り行き任せのような方法でも小説は書けるという事実を、処女作で体験したことは、きわめて幸運だったし、それ以降の創作のスタイルを確立する上で有意義なものであった。

客観的に見て、『死者の木霊』は素人が初めて書いた長編推理小説としては、驚くほど完成度の高い作品だと思う。文章が生硬であることなど、細かい部分的な欠陥はあるが、まあ許容範囲の内といっていいだろう。

とくに、感情移入という点については、自分で言うのは憚《はばか》られるが、僕にはいささかの才能があるのではないかと思っている。どんな小さな役柄の人物に対しても、その場面その場面に応じて、僕は容易に感情移入し、喜び悲しみを実感できる。必ずしも主役クラスの重要人物でなくても、青森駅員の工藤、鳥羽のスナックのママといった、ほんのエピソード的な作中人物にさえ同化して、彼らの視点で周囲の状況を描写することができるのである。もともと僕は、そういう市井の平凡な人物を描くのが、性に合っているのかもしれない。

現時点で僕の著作は九十四冊を数える（二〇〇三年一月現在は一一九冊）。処女作は善《よ》かれ悪《あ》しかれ、作家の代表作の一つに挙げられるものだが、『死者の木霊』が僕の代表作であることに、僕はいささかの疑問も不満も抱いていない。むしろ、僕の創作の原点にこの作品があったことを、誇りにすら思っている。

最後に、余談を二つご紹介する。

執筆が佳境に入った、たぶん一九七八年の夏ごろ、ストーリーは戸隠山麓《とがくしさんろく》の鳥居《とりい》川に架かる橋で「犯人」夫婦が自殺を遂げる場面にさしかかっていた。その朝の新聞に驚くべき記事が載った。バラバラ事件の容疑者夫婦の死体が、北海道のとある湖畔で発見されたというのである。逃避行の果て、自殺したものと見られる――という警察の見解が添えられてあった。単なる偶然とはいえ、まさにその場面を書いている最中だっただけに、僕はゾーッとした。

僕が作家に転業して数年後、江戸川乱歩賞授賞のパーティの席上、講談社のかなり年配の編集者が近づいて、僕に挨拶《あいさつ》して言った。

「内田さんの『死者の木霊』を読みました。いやあ、じつに面白かった。それにしても、どうしてあの作品を乱歩賞に応募しなかったのですか？　もし応募していれば、いっぱつで受賞していたでしょうに」

その翌年、これとそっくり同じことを、当時の江戸川乱歩賞の選考に携わっていた評論家にも言われた。文学賞に応募しつつある作家志望の人たちにとって、この事例は明るい材料になるのだろうか。それとも……。

一九九五年早春　　　　著者

※この自作解説は、一九九五年三月に講談社ノベルス版に掲載されたものを転載したものです。

本作品はフィクションであり、実在の個人・団体などとは一切関係がありません。また、作中に描かれた風景や建造物などは現実と異なっている点がありますことをご了承ください。（編集部）

本作品は、一九八三年十二月に刊行された講談社文庫版に、一九九五年三月に刊行された講談社ノベルズ版の修正を加えて、角川文庫に収録したものです。

死《し》者《しゃ》の木霊《こだま》

内田《うちだ》康夫《やすお》

平成15年 3月25日　初版発行
令和7年 6月20日　9版発行

発行者●山下直久

発行●株式会社KADOKAWA
〒102-8177　東京都千代田区富士見2-13-3
電話　0570-002-301（ナビダイヤル）

角川文庫 12866

印刷所●株式会社KADOKAWA
製本所●株式会社KADOKAWA

表紙画●和田三造

ISBN978-4-04-160757-2　C0193

◆◆◆

角川文庫発刊に際して

角　川　源　義

第二次世界大戦の敗北は、軍事力の敗北であった以上に、私たちの若い文化力の敗退であった。私たちの文化が戦争に対して如何に無力であり、単なるあだ花に過ぎなかったかを、私たちは身を以て体験し痛感した。西洋近代文化の摂取にとって、明治以後八十年の歳月は決して短かすぎたとは言えない。にもかかわらず、近代文化の伝統を確立し、自由な批判と柔軟な良識に富む文化層として自らを形成することに私たちは失敗して来た。そしてこれは、各層への文化の普及滲透を任務とする出版人の責任でもあった。

一九四五年以来、私たちは再び振出しに戻り、第一歩から踏み出すことを余儀なくされた。これは大きな不幸ではあるが、反面、これまでの混沌・未熟・歪曲の中にあった我が国の文化に秩序と確たる基礎を齎らすためには絶好の機会でもある。角川書店は、このような祖国の文化的危機にあたり、微力をも顧みず再建の礎石たるべき抱負と決意とをもって出発したが、ここに創立以来の念願を果すべく角川文庫を発刊する。これまで刊行されたあらゆる全集叢書文庫類の長所と短所とを検討し、古今東西の不朽の典籍を、良心的編集のもとに、廉価に、そして書架にふさわしい美本として、多くのひとびとに提供しようとする。しかし私たちは徒らに百科全書的な知識のジレッタントを作ることを目的とせず、あくまで祖国の文化に秩序と再建への道を示し、この文庫を角川書店の栄ある事業として、今後永久に継続発展せしめ、学芸と教養との殿堂として大成せんことを期したい。多くの読書子の愛情ある忠言と支持とによって、この希望と抱負とを完遂せしめられんことを願う。

一九四九年五月三日

角川文庫ベストセラー

後鳥羽伝説殺人事件　内田康夫

一人旅の女性が古書店で見つけた一冊の本。彼女がその本を手にした時、後鳥羽伝説の地を舞台にした殺人劇の幕は切って落とされた！　浮かび上がった意外な犯人とは。名探偵・浅見光彦の初登場作！

本因坊殺人事件　内田康夫

宮城県鳴子温泉で高村本因坊と若手浦上八段との間で争われた天棋戦。高村はタイトルを失い、翌日、荒雄湖で水死体で発見された。観戦記者・近江と天才棋士・浦上が謎の殺人に挑む。

平家伝説殺人事件　内田康夫

銀座のホステス萌子は、三年間で一億五千万になる仕事という言葉に誘われ、偽装結婚をするが、周囲の男たちが次々と不審死を遂げ……シリーズ一のヒロイン、佐和が登場する代表作。

戸隠伝説殺人事件　内田康夫

戸隠は数多くの伝説を生み、神秘性に満ちた土地。長野実業界の大物、武田喜助が〈鬼女紅葉〉の伝説の地で毒殺された。そして第二、第三の奇怪な殺人が……本格伝奇ミステリ。

明日香の皇子　内田康夫

巨大企業エイブルックにまつわる黒い噂。謎の連続殺人。恋人・恵津子の出生の秘密。事件を解く鍵は一枚の絵に秘められていた！　東京、奈良、飛鳥を舞台に、古代と現代をロマンの糸で結ぶ伝奇ミステリ。

角川文庫ベストセラー

皇女の霊柩　内田康夫

東京品川の閑静な住宅街で殺害された木曾妻籠出身の女性。事件を追って木曾路へ向かった浅見光彦は、同じ木曾路の馬籠で、ほぼ日を同じくして東京の女性が殺されていた事実に驚く。歴史ミステリ。

箸墓幻想　内田康夫

邪馬台国の研究に生涯を費やした考古学者・小池拓郎が殺される。浅見光彦は小池が寄宿していた当麻寺の住職から事件解決を依頼され、早春の大和路へ。古代史のロマンを背景に展開する格調高い文芸ミステリ。

鄙《ひな》の記憶　内田康夫

静岡の寸又峡で「面白い人に会った」という言葉を残して、テレビ局の記者が死亡。さらに、事件を追っていた新聞記者が失踪した。浅見はふたつの事件に隠された深き恩讐と対峙する！　本格推理長編。

氷雪の殺人　内田康夫

北海道沖縄開発庁長官からある男の死の真相調査を依頼された浅見光彦。男は「プロメテウスの火矢は氷雪を溶かさない」という謎のメッセージを遺していた。やがて浅見は、巨大な陰謀と対峙することになり……。

贄門島（上）（下）　内田康夫

11年前、浅見光彦の父・秀一は房総の海に投げ出され、地元の漁師に助けられた。生死の境をさまよう中、奇妙な声を聞いたという父は、翌年、心臓発作で落命した。その死の謎に興味を抱く浅見は美瀬島を訪れる。

角川文庫ベストセラー

壺霊 (上)(下) 内田康夫

代々伝わる高価な壺を手に老舗骨董店の若女将が姿を消した。事件か、事故か。依頼され彼女の行方を追う浅見光彦のもとに、清水寺の裏手で女性の他殺体が発見され――。錦秋の京都をめぐる謎に名探偵が挑む！

「須磨明石」殺人事件 内田康夫

大阪の新聞社に勤める新人記者・前田淳子が失踪。依頼を受け、神戸に飛んだ浅見光彦は、淳子と最後に会った女子大の後輩・崎上由香里と捜索を始める。明石原人を取材中だった淳子を付け狙う謎の男の正体は。

長野殺人事件 内田康夫

品川区役所で働く直子は「長野県人だから」という不思議な理由で、岡根という男から書類を預かる。その後岡根の死体が長野県で発見され怯える直子から相談を受けた浅見は、県知事選に揺れる長野に乗り込む！

姫島殺人事件 内田康夫

大分県国東半島の先に浮かぶ姫島で起きた殺人事件。取材で滞在していた浅見光彦は、惨殺された長の息子と彼を取り巻く島の人々の微妙な空気に気づく。島の人々が守りたいものとは、なんだったのか――。

遺譜 浅見光彦最後の事件 (上)(下) 内田康夫

知らない間に企画された34歳の誕生日会に際し、ドイツ出身の美人ヴァイオリニストに頼まれともに丹波篠山へ赴いた浅見光彦。祖母が託した「遺譜」はどこにあるのか――。史上最大級の難事件！